KB008270

이 책을 펼쳐 '걷거나 자전거를 타고 왕진을 다니는 동네 주치의'가 주는 소박한 느낌의 입구를 지나면 여러분은 예상하지 못했던 스펙터클과 액션, 유머와 감동을 만날 것이다. '동네'라는 것도 생각해보면 그렇다. 수더분한 어감을 넘어서면 끝이 보이지 않도록 별의별 일이 마구 펼쳐지는 세계. 결코 크지 않으면서도 결국 우리 삶의 전부인 세계. 그곳에서 의사이자 여성으로서 추혜인 선생님은 완벽한 페미니즘의 운용을 보여준다. 그는 세상에 존재하는 모든 영웅 중 내 가장 가까이에 산다.

-요조 『아무튼 떡볶이』 저자, 음악인

쿠바에 잠시 머물 때, 동네마다 걸어서 갈 수 있는 주치의 의원이 있는 것을 보고 놀랍고 부러웠다. 내 몸과 마음의 역사를 아는 의사, 나의 증상을 나라는 사람의 맥락 안에서 볼 수 있는 의사, 내가 거동할 수 없을 때 집으로 찾아와주는 의사. 그런 의사가 사는 동네에 최종적인 의미의 고립이 있을까. 아픈 사람에게 신체적 고통보다 더 두려운 것은 고립감인지도 모르겠다. 때로는 고립감이 그 자체로 사람을 아프게도 한다. 왕진 가방을 들고 따릉이를 타고서 아픈 사람들의 집을 방문하는 이 동네 의사의 이야기는 그 자체만으로도 내게 위안이 되었다. 누구도 아픈 채로 고립되어선 안 된다. 이 책을 읽으면서 모두를 위한 의료, 모두를 위한 돌봄을 키워나가려는 사람들의 노력에 가슴이 뭉클해지면서도 용기가 났다.

-최은영 『쇼코의 미소』 『내게 무해한 사람』 작가, 소설가

아마도 20년 전 노동현장 활동을 준비하던 어느 학생회실이었을 게다. 묵은 때 가득한 소파에 앉아 있던 추혜인과 이야기를 나눴다. 첫 만남에 스스로를 페미니스트라고 소개했던 그녀에게 남성인 나는 페미니즘이 뭔지 잘 몰라 함께 있으면 말을 과도하게 조심하게 되는 것 같다고 고민을 털어놓았다. 추혜인은 그런 말을 들으면 삶의 보람을 느낀다며 크게 웃었다. 그 웃음이 참 좋았다. 『왕진 가방 속의 페미니즘』에는 당시 의대생이던 그녀가 마을 의사가 되어 삶의 구석구석마다 쌓아온 이야기가 담겨 있다. 의사로서 자신이 가진 권력에 계속해서 질문하고 환자마다 다른 삶의 고유한 이야기에 공명하며, 실패를 거듭하면서도 사람들의 손을 놓지 않고 만들어낸 시간이 문장 곳곳에 배어 있다. 책을 읽고 나니 오래 살고 싶어진다. 할머니가 된 추혜인은 얼마나 더 멋질까.

-김승섭 『아픔이 길이 되려면』 『우리 몸이 세계라면』 저자

푹 빠져들어 한달음에 읽어 내려가면서도, 중간중간 왠지 마음이 뜨거워지고 눈물이 날 것 같아 고개를 들곤 했다. 챕터마다, 구절마다, 이 책을 추천하고 싶은 얼굴들이 달라졌다. 나를 열 받게 했던 의사들이 읽었으면 좋겠다가, 병원에서 애증의 드라마를 써본 환자들이 읽었으면 좋겠다가, 좌절과 유혹에도 직업윤리를 지키려 애쓰는 의료인들이 읽었으면 하다가, 아니 아니, 이건 병원을 필요로 하는 모든 사람이 읽어야 되겠구나 싶다. 분노와 선언과 투쟁 '이후'에 무엇이 있는지 궁금해하는 페미니스트들에게도, 커뮤니티 케어 정책을 추진하는 정치인과 공무원들에게도, 그리고 책에 등장하는 동네 주민들에게도 권하고 싶다.

그러니 참 난감하다. 대체 이 책을 무슨 책이라고 소개해야 할까? 여성 의료인의 성장기? 1차 의료 현장 에세이? 더 좋은 사회를 만들고 싶은 조직가의 분투기? 몸에 대한 다른 해석을 설득하는 페미니즘 대중서? '의료복지사회적협동조합'의 꿈과 현실을 소개하는 입문서?

실은 이 모든 소개가 다 맞다. 이 책에서 우리가 만나게 되는 것은 평면적 보편명사로서의 '의사'가 아니기 때문이다. 페미니스트 의대생이 협동조합 동네 의사가 되기까지, 도약하면서도 지속되며 깊이와 넓이를 더해온 어떤 '마음'을, 이 책의 행간에서 읽는다. 극소수의 '명의'를 극소수의 특권층만 만날 수 있는 사회보다, '보통의 의사들'을 보통의 시민들이 신뢰할 수 있는 사회가 더 안전하다. 삶은 바이털 사인보다 더 크다. 이런 믿음을 공유하는 의료인이 있다는 사실이 소중하고 든든하다. 이 책을 추천하고 싶다고 생각했던 얼굴들과 만나, 각자가 발견한 행간에 대해 독후감을 나누고 싶다. 독자들 역시 그러고 싶어질 것이다.

-전희경 『새벽 세 시의 몸들에게』 공저자, 여성주의 연구활동가

왕진 가방 속의 페미니즘

왕진 가방 속의 페미니즘

동네 주치의의 명랑 뭉클 에세이

추혜인 지음

심플라이프

나는 왕진을 다니는 동네 주치의다. 걸어서도 가고, 자전거를 타고도 간다. 어떤 땐 동네 사람들의 차를 얻어 타고 가기도 한다. 내 왕진 가방에는 청진기와 설압자, 검이경이 있다. 혈압계나 혈당계, 욕창을 처치할 수 있는 드레싱 도구도 있다. 그리고 무엇보다 페미니즘이 들어 있다.

　　왕진 가방도 별로 크지 않으면서 뭘 페미니즘씩이나 꾸역꾸역 챙겨 다니느냐고 해도 어쩔 수 없다. 나는 동네 주민들과 페미니스트들이 함께 만든 살림의료복지사회적협동조합에서 일을 하는 의사이고, 페미니즘은 내 진료에 필수적이니까. 나는 페미니즘이 우리 동네를 더 건강하게 만들 거라 믿는다.

　　나는 가정의학과 의사다. 가정의학과를 마음속으로 선택했던 날이 기억난다. 본과 3학년 가정의학과 실습 때, 저녁 컨퍼

런스 가정의학과 전공의 선생님이 자신이 진료했던 환자에 대해 발표하는 시간이었다.

70대 할머니, 1년 전부터 혈변이 나와 진료를 보러 오셨다고 했다. 결막을 보니 빈혈이 의심되었고, 배를 만져보니 오른쪽 아랫배에 사과 크기의 둥근 덩어리가 만져졌다. 얼른 대장내시경을 받으시도록 안내했다. 내시경 검사에서 오른쪽 대장에 암이 발견되어, 신속히 수술을 받도록 외과로 연결해드려 입원을 하셨다는 이야기였다. 컨퍼런스 분위기는 훈훈해졌다. 환자분이 적절한 치료를 위해 입원하셨다는 얘기에 다들 안도하던 차였다.

그때 가정의학과 교수님 한 분이 몇 가지를 지적하셨다. 첫째, 우측 대장의 암이 사과처럼 동그란 덩어리로 만져지는 경우란 잘 없다. 그것은 난소에 또 다른 종양이 있을 수 있다는 의미이니, CT를 확인하고 필요하다면 산부인과로도 연결해야 한다. 둘째, 혈변은 1년씩 참고 기다릴 수 있는 증상이 아니다. 어느 누가 피똥을 싸는데 1년을 아무 검사도 안 받고 치료도 안 받나. 할머니에게 가족은 있는가. 혼자 사시나. 혹시 치매는 아닌가. 경제적인 상황은 괜찮은가. 셋째, 가정의학과는 진료실의 앞단과 뒷단을 모두 봐야 하는 과다. 외과로 연결했다고 끝났다고 생각하면 안 된다. 수술이 잘 끝나고 나서 할머니가 건강하게 사시려면 뭐가 더 필요할까. 할머니는 본인의 상태에 대해 어느 정도까지 알고 있고, 앞으로 어떻게 하실 건가.

나는 그날 가정의학과의 진수를 본 것만 같았다. 여러 전문과를 넘나드는 지식, 환자의 삶을 통합적으로 파악하려는 태도, 가정의학과는 이런 과구나.

그 할머니의 삶은 혈변이나 대장암으로 수렴될 수 없다. 누구도 할머니의 삶에 대해 할머니 본인만큼 잘 알지는 못하고, 진료실에 오기 전에도 진료실을 나간 후에도 할머니의 삶은 계속된다. 우리 의사들이 해야 하는 일은 할머니의 삶이 병원 안에서도 평소처럼 유지될 수 있도록 돕는 일이 아닐까.

사주를 보러 간 적이 있다. 응급의학과와 가정의학과 사이에서 앞으로 뭘 할지 고민하던 때였다. 사주를 보던 분은 흥미진진하게 살려면 응급의학과를 하고, 주변 사람들에게 이롭자면 가정의학과를 하라고 조언했다. 그 과가 그렇다는 게 아니라 내 사주가 그렇단다. 그 말을 철석같이 믿고 가정의학과를 선택했다. 그리고 동네 주민들이 힘을 합쳐 만든 의료협동조합의 주치의로 9년째 지내오고 있다.

오늘도 진료실의 문이 열린다. 한 사람이 들어온다. 그 사람의 가장 아프고 힘든 시간이 걸어 들어온다. 나는 그 시간에 공명할 준비가 되어 있는가.

✦ 이 책에 실린 환자분들의 성함은 모두 가명입니다. 저에게 가르침을 주시고 책에 실리는 것을 허락해주신 모든 환자분들께 감사드립니다.

4장   약이 아닌 관계로 치료하다

5장   우리에겐 주치의가 필요하다

1장

따릉이 타는
동네 주치의

그가 그녀가
되는 곳

　　그는, 아니, 그녀는 살림의원의 진료실에 올 때마다 뭔가 조그만 선물을 가지고 왔다. 붕어빵이나 땅콩 같은 것들을 들고 왔기에, 감사한 마음으로 받아 직원들과 나눠 먹곤 했다.

　　사실 시작은 술이었다. 살림의원을 세 번째 찾았을 땐가, 검은 비닐봉지를 내밀었다.

　　"이게 뭐예요?"

　　"지난번에 원장님이 술 끊으라고 하셨잖아요. 여자가 되더라도 건강한 여자가 되어야 한다고요. 그래서 술 이제 끊으려고요. 집에 있는 술 가지고 왔어요. 원장님이 받아주세요."

　　"네? 술 끊기로 하신 건 정말 잘하셨어요. 하지만 이 술은 받을 수 없어요."

　　"아니에요. 이거 받아주세요. 원장님이 받아주셔야, 뭔가 술을 압수당한 것 같기도 하고(웃음), 그래야 꼭 끊을 수 있을 것 같아요. 술 마시고 싶을 때마다 원장님 생각하면서 끊으려고요."

검은 비닐봉지 안에 든 것은 초록색 소주 두 병과 고량주 한 병이었다. 정말로 집에 있었음 직한 술들. 술 끊으시는 데 도움이 된다면야…. 나는 마시지도 않는 술을 선물로 받았다.(사실 나는 맥주파다.)

그 뒤로도 간간이 간식 같은 걸 사와서, 애당초 술부터 받지 말았어야 했나 하는 생각이 들었다. 그러던 어느 날 그녀는 예쁘게 포장된 작은 선물을 하나 가지고 왔다.

"어, 오늘 아직 호르몬 주사 맞을 날 아닌데요? 며칠 일찍 오신 것 같아요."

"네, 맞아요. 오늘 일부러 일찍 왔어요. 이거 받아주세요."

그녀는 선물을 진료실 책상에 내려놓았고, 나는 크게 손사래를 쳤다.

"아휴, 이런 거 주시면 안 된다니깐요."

"원장님, 오늘 제 돌이에요. 돌잔치 하는 거예요."

돌이라는 말을 듣고 어, 싶어서 얼른 차트를 보았다. 딱 1년 전, 그녀가 호르몬 치료를 시작했던 날이다.

"이제 저 여자로 산 지 1년이에요. 그러니까 1년 전에 다시 태어난 셈이죠. 돌인데 누구도 알아주는 사람이 없어서 스스로 선물하려고 샀어요. 여자 향수예요. 제 거 사면서 원장님 것도 하나 더 샀어요. 원장님도 여자잖아요."

그렇게 우리 둘 다 여자라고 얘기하면서 수줍게 웃었다. 호르몬 치료를 위해 처음으로 그녀를 만나던 날이 떠올랐다.

그녀는 60대 트랜스여성이었다. 남성의 몸을 가지고 있으나 스스로는 여성이라고 정체화하고 있는 트랜스젠더, 트랜스여성. 그녀는 에스트라디올, 이른바 '여성호르몬' 치료를 받고 싶다며 찾아왔다.

외국에서는 성별 정체성의 혼란을 주로 겪는 10대 중후반부터 성전환을 위한 상담과 치료가 이뤄지곤 한다. 그에 비해 한국에서는 10대에 호르몬 치료를 시작하는 이들이 극히 드물다. 대부분이 20대, 부모에게서 경제적으로도 공간적으로도 독립을 하고 난 이후에 시작하는 경우가 많다.

20~30대에 다소 늦게 호르몬 치료를 시작하는 이들이 많은 한국의 조건을 고려하더라도 60대는 너무 많은 나이였다. 60대에 호르몬 치료를 시작하는 것은 위험할 수 있다. 대개 60대는 이미 호르몬 치료를 하던 트랜스젠더들도 치료를 종결하는 시기이다. 특히 에스트라디올 투여는 혈전증이라는, 피가 혈관 안에서 굳는 위험한 부작용을 유발할 수 있는데, 이것이 나이가 들수록 위험도가 높아지기 때문이다. 나는 그녀를 설득하려고 했다. 고령자에 대한 호르몬 치료 가이드라인이 없다, 전 세계적으로도 이런 케이스가 없다, 위험할 수 있다, 남들은 오히려 끝내는 시기다, 나도 솔직히 자신이 없다….

　　　　　　　　왕진 가방 속의 페미니즘

하지만 그녀는 강고했다. 젊었을 때는 호르몬 치료라는 것이 있는지도 몰랐다고, 남들과 내가 다르다는 걸 알았지만 정확히 어떻게 다른지 모른 채 평생을 남들처럼 살아왔다고, 이제라도 내 삶을 찾고 싶다고 했다. 아내와는 잘 이혼했고 아이들도 다 시집 장가 갔다고, 부작용으로 죽어도 좋으니까 죽을 때 죽더라도 여자로 죽고 싶다고….

나는 울컥했다. 죽을 때라도 여자로 죽고 싶다는 말에 그 어느 의사가 호르몬 치료를 시도하지 않을 수 있을까. 그렇게 전 세계 어느 나라, 어느 의사도 권하지 않을 60대 호르몬 치료를 시작하고야 말았다. 그랬던 그녀가 이제 1년이 지나 '돌잔치'를 하고 있는 것이다. 다행히 호르몬 치료 초반에 가장 많이 발생한다고 알려진 혈전증과 같은 위험한 부작용은 나타나지 않았고, 그녀는 행복하게 호르몬 치료를 받으며 정기적으로 살림의원을 방문하고 있다.

나는 돌이라는 말에 거절하지 못하고 향수를 받았다. 그리고 그녀에게 진지하게 얘기했다.

"이제 이런 거 사오지 마세요. 저 안 받아요. 이런 거 살 돈 조금씩이라도 모으셔야 해요. 돈을 모아서 수술도 하고 성별정정도 하고 그러셔야죠. 같이 준비해요."

그녀는 내 얼굴을 빤히 들여다보았다.

"원장님, 저 수술할 생각 없어요. 이 나이에 무슨 수술이래요. 수술 안 받으면 성별도 안 바꿔주는 거 아니까, 성별 못 바꾸는 것도 알아요. 그런 거에 관심 없어요."

네? 나는 너무 놀랐다. 물론 모든 트랜스젠더가 수술이나 법적 성별 정정을 원하는 것은 아니다. 굳이 필요로 하지 않는 이들도 있고, 정치적 저항의 의미로 수술을 선택하지 않는 이들도 있다. 하지만 그녀가 첫날부터 '죽을 때 여자로 죽고 싶다'는 얘기를 했기에, 나는 당연히 수술과 성별 정정까지 고려하고 있었던 것이다. 그런데 갑자기 그것을 원하지 않는다니….

"저, 그럼 호르몬 치료는 왜 계속…?"

"이 세상에서 저를 여자라고 말하고 그렇게 봐주는 곳은 오로지 여기밖에 없어서요. 그래서 죽기 전까지는 여기 계속 오고 싶어요."

나는 수많은 트랜스젠더를 만난다. 트랜스젠더는 정신 질환의 세계적인 진단 기준이 되는 미국정신의학회의 진단및통계편람 최신판에서 이미 삭제되었다. 대신 법적으로 지정된 성별과 자기 스스로가 그러하다고 생각하는 성별이 다른 데서 오는 '위화감'을 줄여, 좀 더 건강하고 행복한 삶을 살 수 있도록 돕는 것이 의학의 역할이라고 정의하고 있다.

나는 이러한 정의에 따라, 그(녀)들이 좀 더 건강할 수 있도록 돕고 싶다. 죽을 때 여자로 죽고 싶다는 소원도 꼭 들어드리고 싶다.

스트레스 탓이라는
뻔한 말

　　스물아홉 살 여성 한 분이 진료실에 찾아왔다. 몇 년간 지속된 소화불량과 우상복부에 있는 종괴로 고민이라는, 체격이 대단히 마른 분이었다. 오른쪽 윗배에 튀어나온 큰 덩어리가 만져지는데, CT, 내시경, 초음파 등 무슨 검사를 해도 나오지를 않는다고 했다. 계속 소화불량, 체한 느낌, 더부룩함이 반복되어 신경쇠약에 걸릴 정도여서, 결국 소화기내과에서 과민성 장증후군 증상의 완화를 위해 신경안정제를 처방받아 복용하던 중이었다.

　　그녀는 나에게 종괴를 만져보라고 하면서, 날씬한 배를 내밀어 보여주었다.

　　"여기 이렇게, 이렇게 있잖아요."

　　하지만 내가 만졌을 때, 어이쿠, 그건 간이었다.

"이건 그냥 간이에요."

그녀의 놀란 표정.

"네? 하지만 지금껏 어느 의사도 그렇게 말하지 않았어요."

"이건, 진짜 간이에요."

"그래도 만지면 이렇게 아픈걸요."

"원래 간은 만지면 아픕니다. 간 피막에서는 통증이 느껴지거든요."

그건 정말로 간이 아닐 수 없었다. 나는 확인하기 위해 최근에 촬영했다는 그녀의 CT를 열어보았다. 약간의 오목가슴을 가진 그녀는 오목가슴으로 인해 횡격막이 아래로 많이 밀려 내려와 있었고, 복강이 매우 좁았다. 아래로 내려온 횡격막 때문에 갈비뼈 아래로 꽤 많이 내려온 간과, 그 아래 배와 등 사이에 꽉 차 있는 우측 신장. 그리고 그 이외에 어떤 종괴도 없었다.

간과 신장의 크기와 모양은 '정상적'이었지만 그녀의 마른 체격에 비해서는 상대적으로 너무 큰 것이었고, 그래서 오목가슴으로 인해 그렇지 않아도 좁은 복강 내 공간은 상대적으로 큰 간과 신장에 의해 밀려 소장과 대장이 왼쪽으로 다닥다닥 붙어 있는 구조였다. 그러니 소화가 안 되었던 거지. 그렇지만 또 그러니 아무리 CT를 찍고 초음파 검사를 해도 별다른 소견이 나오지 않았던 거였다. 그 간과 신장의 모양과 크기는 '지극히 정상'이었으니까. 모든 판독에 '정상적인 모양과 크기 Normal Shape & Size'라고 쓰여 있었다.

나는 CT 화면 하나하나를 열어가며, 그리고 같은 부위의 신체를 만지며 그녀에게 설명했다. 화면을 가리키며 그녀의 몸을 같이 가리켰다. 여기가 갈비뼈, 그리고 그 아래로 내려와 있는 간.

그녀는 나의 설명을 듣고 눈물을 글썽거렸다. 자신의 20대가 이것 때문에 날아갔다고 했다. 우상복부에 있는 종괴. 이렇게 또렷하게 만져지고 심지어 만지면 아프기까지 한데, 그런데 무슨 병원에 가서 무슨 검사를 해도 의사들이 절대 찾아내지 못했던 그 종괴. 자신은 불편한데, 의사들은 아무런 종괴가 없다고 하니, 점점 스스로가 미친 게 아닐까 하는 생각까지 들었다고 했다.

나는 우상복부가 충분히 불편할 수 있다고 설명했다. 간과 신장은 그 자체로 보면 정상적인 크기이기는 하지만 환자분의 복강 내 공간에 비해 너무 크고, 그것이 심지어 소장과 대장을 옆으로 누르고 있으니, 그 탓에 여러 가지 소화불량 증상이 나타날 수 있다고, 그것이 '설명 가능한 것'이라고 말씀드렸다. 너무나 허탈하다고 얘기하며 눈물을 글썽이던 그녀는, 그 설명을 너무 기다려온 것 같았다. 자신의 불편함과 통증을 설명할 수 있기를 말이다.

나는 이걸 알았다고 해서 당장 증상이 좋아지지는 않는다고 얘기했다. 지금까지처럼 똑같이 불편할 수도 있다, 하지만 원인을 알고 불편한 거랑 원인을 모르고 불편한 것은 다르니까, 신경안정제 쓰던 것을 조금씩 줄여가보면 어떠냐고 제안했다. 그리고 한 달 후에 만나기로 했다. 설명할 수 없을 때 느꼈던 막연한 불안감을 걷어내고 나면 몸이 어떻게 반응하는지, 함께 기다려보기로 했다.

가끔 의사들이 여성들의, 특히 젊은 여성들의 통증 호소에 너무 둔감하다는 생각을 한다. CT, 초음파, 내시경에서도 아무 이상이 없는 젊고 건강한 여성이 '아프다'고 말했을 때, 그 이유를 설명해보려는 노력보다는 정신과적인 '설명 모델'을 너무 손쉽게 가져오려고 한다.

스트레스 때문이라는 설명? 아무렴, 좋다. 그렇다면 어떤 스트레스인지 정확히 물어주자. 스트레스는 누구나 항상 받고 있다. 그냥 눙치고 스트레스를 탓하려면 왜 병원에 오나. 스트레스야 매일 받고 있는 것인데, 그런 뻔하디뻔한 진단을 받으려고 병원에 올까.

적어도 스트레스가 원인이라고 하려면, 그게 취업 스트레스인지, 직장 스트레스인지, 동료 간의 문제인지, 가족 간의 문제인지 등 물어보고 제대로 알아봐야 한다. 질문은 구체적으로 할 때에만 힘이 생기니까.

취업에서 마주친 남녀차별의 유리 천장, 직장 상사한테 성희롱을 당해서 받는 스트레스, 또는 헤어진 남자친구에게 스토킹을 당하고 있을 수도 있고, 정말 다양한 스트레스 가능성이 있다. 심지어 이것 때문에 목숨을 잃기도 하지 않나. 그러니

"환자분이 예민한 거예요"라거나 "스트레스 때문입니다"라는 설명은 함부로 쓰는 게 아니다. 어떤 환자분은 "그놈의 스트레스 때문이라는 설명, 지긋지긋해요"라고 하기도 했다.

　나는 글썽거리던 그녀의 눈물로부터, 검사 결과는 환자의 신체 조건에 따라 완전히 다르게 해석될 수 있음을 또 배운다. 그것이 아무리 '정상적인 모양과 크기'를 가지고 있다고 하더라도.

따릉이 타는
우리 동네 히어로

　　왕진을 처음부터 계획했던 건 아니다. 2012년 개원할 무렵부터 간간이 필요하면 나가곤 했다. 그러던 것이 2018년 장애인 주치의 시범사업이 전국적으로 시작되고, 내가 일하는 살림의료협동조합에서 시범사업에 참여하기로 결정하면서 갑자기 '왕진하는 의사'로 유명해지기 시작했다.

　　의사는 둘로 나뉜다. 왕진을 한 번이라도 나가본 의사, 한 번도 안 나가본 의사.

　　학생 시절에라도, 직접 진료하러 가는 게 아니어도, 다른 의사나 사회복지사를 따라 단 한 번이라도 환자의 집에 가본 경험이 있는 의사는 다를 수밖에 없다. 내가 진료실에서 만나는 그 사람들이 진료실 밖에서는 얼마나 다른 모습인지, 진료실에조차 오지 못하는 사람들은 어떻게 살고 있는지… 알고자

　　　　　　　　　　　왕진 가방 속의 페미니즘

하지 않았을 때는 모르고 만다. 단 한 환자의 집에만 다녀와도, 다른 환자의 집을, 그 집들이 있는 마을을 상상하게 된다.

물론 진료실에서만큼 뭘 해낼 수는 없다. 하지만 왕진을 나가면 다른 게 보인다. 환자를 둘러싼 환경과 가족들이 보이고 경제적인 상황도 보인다. 진료실에서는 그분의 '질환'이 눈에 들어온다면, 집에서는 그분의 생활 전반에 시선이 간다. 다른 의료협동조합의 의사 선생님은 왕진 나가면 재활용 쓰레기통 뒤져서 술병부터 세기도 한단다.

왕진을 시작하면서 진료실을 비우는 일이 종종 생겼다. 처음에는 수요일 하루를 비웠다. 당시 내 진료실 앞에는 '오늘은 쉽니다'라는 말풍선과 함께 나무늘보 한 마리가 벌러덩 누운 그림이 붙어 있었다. 그러자 기껏 찾아왔는데 의사가 없어서 진료를 허탕 치고 돌아간 환자들에게서 엄청난 항의가 들어왔다.(다행히 지금은 다른 의사 선생님과 교대로 일해서 월~토요일 모두 진료실이 열린다.)

예전 인턴 때 응급실에서 일할 때도 비슷한 항의를 받은 적이 있다. 응급실에서 감정이 격해지는 순간은 대체로 인턴들이 뭘 먹고 있을 때 찾아온다. 열두 시간을 교대로 응급실에서 일하는데, 근무 시간 동안에는 여유가 조금도 없으니 환자들이 적을 때 알아서 눈치껏 밥도 먹고 배뇨·배변도 해야 한다. 그렇게 응급실 한구석 컴퓨터 앞에 쭈그려서 우유와 빵을 먹는데도 환자와 보호자들의 항의는 빗발쳤다.

"밥 먹을 시간이 어디 있어, 지금 환자가 죽어가잖아요!"

"우리는 쫄쫄 굶겨놓고(금식) 늬들만 먹냐?"

환자와 보호자들에겐 어쩌다 오는 긴장감 넘치는 공간인 응급실이, 우리에게는 매일 출근하는 직장이다. 맘 편하게 식사 시간을 비울 수는 없어도, 그래도 밥은 먹고 살아야 할 것 아닌가. 그러니까 이런 감각의 차이는 어쩔 수 없는 것이었는지도 모른다.

내 진료실 앞에 붙어 있던 '나무늘보'는 그런 감각의 차이에 불을 지폈다. 나는 아파서 왔는데 정작 내 주치의는 나의 고통에 일말도 관심이 없고, 지중해 휴양지에나 간 듯 나무늘보처럼 느긋하게 누워 있다니! 여기저기서 볼멘소리가 들려왔다.

"수요일엔 쉬시잖아요!"

"아니, 일은 안 하고 어딜 그렇게 다니시는 거예요?"

"만날 아파서 찾아오면 안 계셔⋯."

나는 항의에 대처하고자 지역신문에 「왕진 가는 날」이라는 칼럼을 썼다. 수요일엔 왕진을 다니고 있다는 얘기를 전했다. 지금은 단어도 생소한 왕진. 칼럼에 대한 반응은 놀라웠다. 원래 댓글이 많이 달리지 않는 칼럼인데, 그 칼럼에만 유독 많은 댓글이 달렸다. '요즘도 왕진 가는 의사가 있다니'라는 놀람이 주된 반응이었다.

그리고 며칠 후, 한 환자분이 뭔가를 들고 왔다. 내 진료실 앞에 붙어 있는 '나무늘보'가 너무 많은 오해를 불러일으키는 것 같다며, 나의 캐리커처가 담긴 "오늘은 왕진 가는 날입니다"라는 문패를 만들어 온 거였다. 그녀는 경미한 발달장애를 가진 소아의 어머니이자 살림의료협동조합의 조합원이었다. 내가 왕진을 다니고 있다는 사실을 주민들에게 좀 더 많이 알렸으면 좋겠다며 그녀는 문패를 내밀었다. 자상한 안내문이 문패에 쓰여 있었다.

> 아파서 진료받으러 왔는데, 주치의 선생님이 안 계셔서 당황스러우셨죠? 주치의 선생님은 수요일마다 동네 여기저기 왕진을 다니고 있습니다. 좀 더 건강한 마을을 만들기 위해 병원에 오기 힘든 분들까지 진료에서 소외되지 않도록 왕진을 다니고 있으니, 양해해주세요.

장애인 건강주치의 제도가 생기면서, 그래서 내가 수요일 진료실을 비우고 왕진을 나가게 되면서 원래 진료실에서 진료를 받으시던 분들이 불편해진 것은 사실이다. 하지만 그 불편함을 감수하고서도, 마치 공공의 보험처럼, 장애인 왕진을 가는 의사가 동네가 있다는 사실이 더 중요하다는 것을 동네 주민들은 받아들이고 있었다. 당장 자기가 그 왕진의 혜택을 입지 않아도, 누구라도 장애를 가지게 될 수 있고 누구라도 나이 들고 약해질 수 있다는 걸 알기에.

이제 주민들은 내가 분홍색 플라스틱 왕진 가방을 들고 걷거나 자전거를 타고 가다 마주치면, "왕진 가시나 봐요?"라고 인사한다. 나도 밝게 웃으며 인사한다. "네, 왕진 갑니다."

나는 걷거나 자전거를 타고 왕진을 간다. 의원에서 출발해서 마을 가게를 들러, 아는 주민들과 인사를 나누고, 오르막을 올라 땀을 훔치며 집에 들어간다. 이렇게 가면 동네가 더 잘 보인다. 얼마나 가파른 오르막을 걸어야 집에 도착할 수 있는지도 보고, 집까지 가는 길에 싱싱한 식재료와 생필품을 구할 곳이 마땅히 있는지도 본다. 집에 도착해서는 고혈압·당뇨 교육도 하고, 무좀 상태도 본다. 소리를 잘 못 들으시는 것 같아 귀안을 들여다보면 귀지가 가득 찬 경우가 있는데 그럴 땐 기구를 넣어 살살 빼내기도 한다. 근육위축이나 관절구축이 더 진행되지 않았는지도 살피고, 방 안의 가구 배치도 본다. 방에 볕과 바람이 잘 들어오는지 확인한다.

왕진 가방을 들고 길을 나서면, 진료실이 거리로 무한히 확장되는 느낌에 빠진다. 파란 하늘을 올려다보며, 주중에 이렇게 여유 있게 동네를 거니는 의사도 없을 거라며 운이 좋다고 생각한다. 그 가방을 들면 나는 코스튬을 입고 변장한 히어로가 되어 동네를 누비는 것 같아 가슴이 뻐근해진다.

왕진 가방 속의 페미니즘

발톱을 깎고
귀지를 파고

　　정말로 화타의 이야기가 맞는지 모르겠지만, 세간에 '명의 화타의 이야기'라고 전해지는 이야기가 있다. 중국의 명의 화타에게는 형이 둘 있었는데, 화타의 의술을 칭송하는 사람들에게 화타는 자신이 아니라 형들이 명의라고 얘기했다는 설화이다.

　　"제 큰형님은 세상에서 가장 뛰어난 명의입니다. 큰형님은 병이 생기기 전에 미리 조절해줘서 사람이 병에 걸리지 않고 무병장수할 수 있게 합니다. 둘째 형님은 큰형님만큼은 아니지만, 병의 조짐이 보이면 미리 알고 조절해줘서 큰 병으로 발전하지 않게 합니다. 저는 그런 안목이 없기 때문에 사람이 큰 병에 걸린 뒤에 치료를 합니다. 큰 병에서 회복된 사람들은 제가 대단한 줄 알지만, 사실은 병이 생기지 않도록 예방해주고,

또 큰 병으로 발전하지 않도록 이른 시기에 치료하는 두 형님이 진짜 명의입니다."

이것은 예방이 무엇인가에 대한 정말 멋진 이야기이다. 나는 왕진을 갈 때마다 이 이야기를 떠올린다. 왕진을 가면 무얼 하느냐고 사람들은 자주 묻는다. 나는 무얼 하나. 욕창을 치료하기도 하고, 상처를 드레싱하기도 한다. 혈액검사를 하기도 하고, 혈액검사 결과지를 들고 가서 설명을 하기도 한다. 어떤 날은 혈압만 체크하고 오기도 하고, 어떤 날은 심전도 모니터 기계만 들여다보다가 끝나기도 한다. 호흡기를 조작하고 돌아오기도 하지만 숨을 잘 쉬시는지만 확인하고 돌아오기도 한다. 관장이나 방광 세척도 하고, 가끔은 기저귀를 갈고 오기도 한다. 어떤 날은 아예 청진기도 가방에서 꺼내지 않고 환자의 얼굴도 거의 보지 않고 보호자와만 얘기하다가 돌아오기도 한다.

뭔가 '의사스러운 행위'를 별로 하지 않는 날들도 참 많다. 어떤 때는 손발톱만 깎고 오기도 하고, 귀지만 파고 돌아오기도 하니까.

의대 학생들이 왕진에 따라왔을 때, 발톱만 정리하다가 온 적이 있다. 여러 지적장애인분들이 함께 생활하는 그룹 홈인데 한 분이 무좀에 걸리자 다들 무좀이 옮아 발톱이 길어지고 두꺼워져서 일반 손톱깎이로는 잘리지 않는 상태였다. 달리 아픈 분이 없는 날이었기에, 나는 발톱 정리를 위해 미리 구매해놓

앴던 의료용 니퍼로 발톱을 손질했다. 그 집을 나오면서 학생들에게 우리가 무엇을 했는지 물었다. 학생들은 발톱을 손질했다고 답했다가, 잠시 후 말을 고쳐 발톱 무좀을 진단하고 치료했다고 답했다. 진단과 치료라는 말을 써야 조금이라도 의사다운 느낌이 들어서 그랬나 보다. 학생들이 귀여워 보였다.

"우리는 오늘 발톱 무좀을 치료했지요. 그렇지만 한편으로는 낙상 사고를 막는다는 생각도 하면 좋겠어요. 미국에서는 고령자들이 페디큐어(발톱 손질)를 하면 낙상으로 인한 고관절 골절을 예방하는 효과가 있다고 증명되었어요. 우리는 미국과 같은 양탄자 문화는 아니지만, 깨끗하고 건강한 발톱이 낙상을 예방하는 효과가 있는 건 어느 나라 어느 문화권에서나 사실입니다. 그리고 우리나라 사람들이 정말 많이 걸리는 당뇨족도 발톱 관리를 통해 예방할 수 있습니다. 실제로 발무좀, 발톱무좀 때문에 당뇨족이 생기게 되니까요. 당뇨족으로 인해 발을 절단하는 사람들이 많다는 것을 생각하면, 발톱 관리의 중요성을 알 수 있지요."

발톱을 깎고 정리하는 일의 중요성은 거기에 그치지 않는다. 의대에 다닐 때 성매매 여성들을 위한 무료 진료에 자원활동으로 참여한 적이 있다. 자원활동 초반에 치과 의사 선생님 한 분이 성매매 지역의 나이 든 여성들에게 잇솔질을 알려주었던 경험을 전해주셨다.

어린 시절 버림받거나 학대받고, 가난하고 교육을 충분히 받지 못했던, 30년 넘게 성매매에 종사해온 여성들. 그녀들이 생전 처음으로 제대로 된 잇솔질을 배우고 3분에 걸쳐 천천히 자신의 치아를 칫솔로 어루만지는 경험을 한 후에 눈물을 터뜨렸다는 얘기였다. 누구도 나를, 나조차도 나를 소중하게 대해오지 않았다는 사실을 잇솔질을 하며 처음으로 깨달았다던 그녀들의 이야기.

그녀들 중 누군가는 어렸을 때 가정폭력이나 성폭력을 당한 경험이 있었고, 누구는 초등학교도 제대로 나오지 못했다. 그런데 하루에 3분의 잇솔질이, 그 작은 삶의 변화가 자신의 몸을 소중하게 되돌아볼 수 있는 계기가 되었다고 했다.

치아만큼 경제력과 문화적 자본력을 드러내는 신체 부위도 드물다. 영화 〈베를린〉을 보면, 치아를 보고 출신 국가와 계급을 짐작하는 내용이 나온다. 환자들의 치아에는 그동안 살아온 힘겨운 과정들이 나이테처럼 아로새겨져 있다.

나는 치과 의사는 아니지만 잇솔질의 힘을 믿는다. 단박에 술을 끊고, 담배도 끊고, 운동도 열심히 하고, 그렇게 벼락을 맞은 것처럼 순식간에 바뀌는 사람은 잘 없다. 작은 변화의 씨앗, 작은 성공들이 모이고 모여서 더 큰 변화를 이룬다. 그런 작은 변화, 성공이 잇솔질을 잘 하는 것에서, 발톱을 잘 관리하는 것에서 시작한다고 나는 믿는다. 나조차도 소중히 생각하지 않고 함부로 버려두었던 내 발을 깨끗이 닦고 손질해주는 행위. 그 행위가 지닌 크나큰 변화의 힘은 일찍이 성경에서도 얘기한 바 있다.

귀지를 파면서도 나는, 교통사고를 예방하는 중이라고 스스로 생각한다. 자주 왕진을 나가는 장애인 그룹 홈의 다운증후군 장애인분들은 다운증후군의 특성상 귀지가 젖어 있고 외이도가 곧지 않아 귀지가 잘 빠져나오지 않는다. 이분들에게 청력 저하의 제1 원인은 귀지이다.

소리를 잘 못 들으시는 어르신의 경우에도 귀지가 쌓여 있는지 의심해야 한다. 청력이 저하되어 있으면 자동차 경적이나 엔진 소리를 잘 듣지 못해 교통사고에 쉽게 노출된다. 게다가 청력이 저하되기 시작하면 청각 자극이 줄어들어 뇌의 인지 기능이 저하되는 속도도 빨라진다. 그러고 보니 귀지를 파는 것은 교통사고와 치매를 예방하는 효과도 있네.

그저 보호자와 두런두런 이야기를 나눴을 뿐이라도 나는 뭔가를 한 것이다. 환자에게 더 해줄 수 있는 게 없어 우는 보호자를 위로하고 나오는 길엔, 나도 답답하고 먹먹한 마음이 된다. 그래도 내가 이런 거라도 해야지 싶다. 간병이 힘들어서 환자를 죽이고 자살하려 했다는, 20년씩 간병해온 지친 가족 보호자들의 이야기라도 신문에서 접하는 날에는, 내가 만나는 보호자들을 조금이라도 더 위로하려고 애쓴다.

고작 발톱이나 정리해놓고 학생들에겐 낙상을 예방하는 것이고 생활습관 변화의 초석이라 큰소리를 쳐도, 가끔은 나도 크고 멋진 병원의 존경받는 의사이고 싶을 때가 있다. 조금도 부럽지 않다면 거짓말이지.

　미국 케네디 대통령이 나사NASA를 방문했던 날의 일화이다. 대통령이 나사에서 마주친 청소부에게 무슨 일을 하느냐고 묻자, 그 청소부가 대답했다고 한다.

　"저는 우주인을 우주로 보내는 일을 하고 있습니다."

　왕진을 가면서 화타의 이야기를 되새기고, 오는 길엔 나사 청소부의 일화를 떠올린다. 사소해 보이는 일일지라도 나는 우리 동네 사람들의 건강을 지키는 안전망의 일부를 담당하고 있다.

　"나는 우리 동네를 건강하게 하는 일을 하고 있습니다."

그러는 나이가 있어요

예전 병원에서 같이 일하던 동료의 어린 아들에게 갑자기 문제가 생겼다. 그 선생님이 퇴근해서 집으로 갔는데 아들이 이렇게 말한 것이다. "엄마, 엄마가 두 개로 보여." 잠시 후 아이는 깔깔거리면서 "할머니도 두 개로 보여. 저기 컵도 두 개로 보여"라고 했다.

사람이 둘로 보인다고? 초점이 맞지 않아 물체가 두 개로 보이는 현상인 복시…? 선생님은 겁이 덜컥 났다. 엄마가 병원에서 일하느라 바쁜 동안 아이에게 큰 병이 생긴 건 아닐까. 너무 놀라 아들의 눈을 들여다보고 이리저리 눈동자를 돌려보라고 해보고 신경학적인 검사를 할 수 있는 데까지 다 해봤다. 그래도 뭐가 문제인지 도저히 집에서는 찾을 수가 없어서 소아안과 교수님의 진료를 예약했다. 안과적인 문제, 신경과적인 문제 등 온갖 심각한 문제들을 상상하며 MRI를 미리 예약을 하네 마네 하면서 마음을 졸이다 진료를 보게 되었다.

아이를 꼼꼼히 살핀 소아안과 교수님은, 다행히 편안하게 얘기하셨다.

"별거 아닙니다. 눈에 초점을 풀어서 두 개로 보이는 거예요. 이맘때 많이들 그래요. 그러는 나이가 있어요."

그렇다. 사람이 눈에 힘을 풀면 물체가 두 개로 보인다는 걸 아이가 이제야 안 것일 뿐이란다. 아이가 자라다 보면 그런 걸 깨닫는 시기가 오고, 그때가 온 것뿐이란다. 그러니까 아이는 '매직 아이' 놀이를 했을 뿐인데, 사람이 둘로 보인다는 말에 '복시'라는 신경학적인 증상의 이름을 붙이고 우리끼리 놀라 걱정했던 거다. 큰 문제인가 싶어 가슴 졸이다가 '그러는 나이가 있다'는 설명에 얼마나 안심하며 지나갔던지….

나도 요즘 진료실에서 소아 환자의 보호자들을 만나다 보면 '그러는 나이가 있다'는 설명을 종종 하게 된다. 아이들이 머리가 아프다고 할 때, 어지럽다고 할 때, 다리가 아프다고 할 때, 여기저기 요상한 증상들을 얘기할 때, 나는 진찰 후에 안심하시도록, "이제 그런 나이가 되어서 그래요"라고 얘기한다.

아이들이 처음으로 자신이 느끼는 이상한 증상을 설명하기 시작할 때, 보호자들은 많이 놀란다. 한 번도 머리 아프다거나 어지럽다는 얘기를 하지 않던 아이들이 어지럽다며 뛰지 않으려는 모습을 보인다든가 머리가 아프다며 눈살을 찌푸리는 모습을 보이니, 보호자들은 적잖이 당황하고 걱정할 수밖에 없다.

사실 두통이나 어지러움은 아주 어린 아이들은 잘 느끼지 못하는 증상이다. 혹은 느낀다고 해도 '머리가 아파'라고 특정해서 말하기 힘든 증상이기도 하다. 뭔가 증상을 얘기하려면 어느 정도 말을 할 수 있어야 하고, 몸집도 좀 커져서 몸의 부위를 구별해낼 수도 있어야 한다. 그 정도 나이가 되어야 특정 부위가 '아프다'며 호소할 수 있는 것이다.

아이들이 자신의 '증상'을 얘기하기 시작하면 물론 심각한 문제인지 아닌지 꼼꼼히 진찰을 해야 한다. 하지만 대개는 이리저리 진찰해보면 큰 문제가 아님이 밝혀지곤 하는데, 그럴 때 '요 녀석이 거짓말을 하는군' 하는 생각보다는 뭔가 대견하다는 생각이 먼저 든다.

마치 말을 배우는 것처럼 자신의 증상을 표현하는 법을 배워가는 아이들은 참 신비롭다. 그리고 아이가 없는 비혼 여성 페미니스트인 나에게도, 동네에서 자라는 이 아이들을 함께 키워가고 있다는 느낌을 준다.

마주 앉아 눈살을 찌푸리고 있는 아이에게 "머리가 어떻게 아파요? 지끈지끈 아파요, 콕콕 아파요?" 물었더니, 한참을 고민하다가 진지하게 "바늘로 콕콕 찌르는 것처럼 아파요"라고 대답한다.

하하하하, 언제 자기가 바늘로 콕콕 찔려보기나 해봤나? 온

석이 벌써 이렇게 자랐어!

아이들은 자신이 느끼는 증상을 (있는 힘껏) 잘 표현하려고 애쓴다. 어떤 때는 곧 괜찮아지기도 하고, 한동안 계속 증상을 느끼기도 하고, 어떤 때는 병원에 데려가지기도 하고, 어떤 때는 집에서 참아보자는 얘기를 듣기도 하면서, 자신의 몸과 자신을 둘러싼 가족들과 차차 관계를 맺어간다.

그러니까 그러는 나이가 있어요.

정말 페미니즘 운동을 위한다면

나는 평생 단 한 번도, 흔히들 애기하는 '날씬한 몸'이라는 것을 가져본 적이 없다. 어렸을 때부터 지금까지 외모에 대한 칭찬 비슷한 애기라고는, "복스럽게 생겼다" "건강해 보인다" "어려 보인다" 정도가 다였다.(이것도 칭찬이라면!)

최근에는 그나마 외모에 대한 평가를 좀 적게 듣는 편이다. 사회 분위기가 남들의 외모를 두고 이러쿵저러쿵하면 안 될 것처럼 바뀌고 있어서일 수도 있다. 외모 애기를 할라치면 "어, 누가 요즘 그런 애기 해요? 너무 구닥다리인데?"라고 여기저기서 주의를 주니까. 하지만 외모 평가를 안 듣는 더 주된 이유는 사실 내가 전문직이어서인 것 같다.

그런데 어떤 이들은 내가 전문직이니까 그 '전문성'을 몸에서부터 보여줘야 한다고 주장하기도 한다.

"TV에 나오는 여자 의사들 중에 통통한 사람 있니? 다들 날씬하고 똑똑해 보이잖아."

날씬하고 군살 없는 외모가 전문적으로 보이는 데 도움이 된다고 말하는 것이다. 하지만, 어이, TV에 나오는 여자들은 의사고 아니고 간에 그냥 다들 날씬하잖아! 내가 성형외과나 피부과라면 더 많이 그런 얘길 들었을지도 모르지. 피부/성형/미용/비만 분야에 종사하는 의사들은 더 심한 '전문성'(이라고 쓰고 '상품성'이라 읽는다)을 얼굴과 피부, 몸매에서부터 보여줘야 한다. 피부과에서는 피부 좋은 인턴만 전공의로 뽑고, 성형외과도 인물이 좋은 인턴만 전공의로 뽑는 것으로 원래 유명했다.

나는 가정의학과 전문의이다. 가정의학과 의사들이 하도 비만/피부/미용 같은 걸 많이 해서 그런 쪽 전문이라고 알고 있는 사람들도 많은데, 사실 가정의학과는 흔히 걸리기 쉬운 질환들을 두루두루 진료하는 과이다. 그리고 질환에 걸리기 전부터 예방과 상담, 검진을 담당하는 과이며, 지역사회 주치의 역할을 맡는 과이다. 어딘가 아픈데 대체 어느 과를 가야 할지 잘 모르겠으면, 가정의학과를 가면 된다.

가정의학과 의사로서 내가 가장 자랑스러운 것은, 사망률이 가장 낮은 체질량지수BMI 구간 내에 내가 위치하고 있다는 사실이다. 체질량지수는 자신의 몸무게(kg)를 키(m)의 제곱으로 나눈 숫자로, 키에 따르는 적당한 체중을 보여주는 지표로 가장 많이 활용되고 있다.(예를 들어, 몸무게 65kg에 키가 163cm이면, 65÷1.63÷1.63=24.5가 나온다.)

BMI 18.5~23 사이가 정상이라고 하지만, 실제 사망률은 BMI 22~25 정도가 가장 낮다고 한다. 체중이 다소 나가더라도 근육량이 많아야 면역력이 좋아 더 건강할 수 있다는 것이다. 그리고 나는 딱 그 정도, 적당한 무게의 근육을 가지고 있다.

엄마는 대학교 1학년 때부터 페미니즘 활동을 쫓아다니던 나에게 "네가 페미니스트라면 다이어트를 좀 해"라고 하셨다. 응? 엄마, 그게 무슨 얘기지요? 엄마의 말씀은 '페미니스트 이미지 관리'를 위해 내가 살을 빼고 외모 관리를 해야 한다는 것이었다.

"네가 날씬하고 예쁜데 페미니스트이기까지 하면, 다른 사람들이 다 너의 말을 믿고 의심하지 않겠지. 그런데 네가 외모가 시원찮은데 페미니스트라고 하면, 페미니스트에 대한 사람들의 선입견이 강해질 거야. 못생긴 여자라서, 외모로 인한 열등감과 피해망상에 사로잡혀 페미니즘 운동을 한다고 오해한다, 그 말이야. '응, 네 얼굴 보니 네가 왜 페미니스트인 줄 알겠다.' 이렇게 생각할 거 아니니? 네가 정말로 한국의 페미니즘 운동을 위한다면, 페미니스트들에 대한 그런 쓸데없는 오해를 없애기 위해서라도 자기 관리를 해야 하는 거야! 살 좀 빼!"

하아… 우리 엄마는 무서운 여자…. 하다 하다 대한민국 페미니즘 브랜드 이미지 관리를 위해 내가 살을 빼야 한다는 압박까지 하시다니…. 나, 솔깃할 뻔했다. 내가 통통한 것이 대한민국 페미니즘을 욕먹이고 있는 것인 양 부끄러워질 뻔했다고.

사실 체중은 고등학교 3학년 때 급격히 늘었다(고 스스로는 기억하고 있다). '허리디스크 때문에 고등학교 3학년 때 누워서 지내다 보니 살이 많이 쪘지'라고 근 10~20년 동안 여겨 왔다. 그러나 내가 이후에 갖게 된 의학 지식으로 보건대, 급속 성장기가 끝나고 난 고등학교 2~3학년 때 대입 수험생이라고 삼 시 세 끼, 간식, 야식까지 잘 챙겨 먹는 바람에 체중이 늘어난 것일 듯싶다. 갑자기 늘어난 체중 탓에 허리에 통증이 왔을 거다. 고등학생이라고 그나마 있는 체육 시간에도 자습을 하는 일이 많았으니, 수험생의 허리 통증은 당연한 결과였다.

체중이 이렇게 늘어나면서 나는 여기저기 잘 부딪게 되었다. 교실 책상과 책상 사이의 틈을 지나갈 때마다 어김없이 허벅지가 책상 모서리에 부딪히곤 했다. 고등학교 3학년 이후 1~2년만 이랬으면 신체 사이즈가 변한 걸 아직 뇌가 인지하지 못한 적응기에 있으려니 했을 텐데, 이런 부딪힘은 10년 이상 지속되었다.

30대 후반에 이르러 좀 덜 부딪히기 시작했을 때, 그래서 허벅지에 든 멍이 눈에 잘 안 띄게 되었을 때, 알아챘다. 실제의 내 몸과 머릿속 내 바디 이미지 사이의 엄청난 갭을. 인생에서 사실 단 한 번도 날씬했던 적이 없는데도, 나는 꽤 늘씬한 바디 이미지를 가지고 있었나 보다. 웬만한 틈들은 다 지나갈 거라고 생각하고 있었나 보다.

높은 자존감 덕에 살 빼라는 얘기에도, 통통하단 인사에도 무시를 날릴 수는 있었으나, 실제 몸과 무의식의 바디 이미지 사이에선 통 큰 화해가 필요한 상태였던 거다. 그 화해는 시간이 지나고 나이가 드니 그냥 자연스럽게 얻어진 것이 아니었다. 내 몸을 미친 듯이 혐오해보기도 하고, 또 용서하고 쓰다듬고 사랑해보기도 했다. 길거리에서 시위하면서 아스팔트 바닥에 대자로 누워도 보고, 전투 경찰들에 쫓겨 학교 뒷산을 타 넘으며 발소리 하나 내지 않으려고 숨죽여보기도 했다. 배낭을 메고 몇천 킬로미터를 걸어도 보고, 공기통을 메고 바다 속으로 뛰어들기도 했다.

몸과의 그 많은 시간들을 거치고서야 내가 생각하는 몸과 내 실제 몸 사이에서 합일점이 찾아지기 시작했다. 몸으로 해볼 수 있는 많은 것들을 해본 후에야, 30대 후반 이후에야, 서서히 내 안에서 화해가 일어나고 있다.

새로워지는 데
걸리는 시간

요즘 도수 치료를 받고 있다. 나의 진료실은 책상과 모니터가 문을 향해 있고, 환자분은 내 기준으로 책상 왼쪽으로 들어와서 앉는 구조로 되어 있다. 자연히 진료를 위해서 왼쪽으로 고개를 돌리게 된다. 몸을 같이 돌려 진료하면 좋으련만, 공간 사정이 여의치 않아 결국 앉은 자리에서 고개만 왼쪽으로 돌린다. 지난 차트의 내용도 봐야 하고 이번 진료의 내용도 빠르게 타자 쳐야 하니, 컴퓨터 모니터를 향해 앉은 몸을 환자 쪽으로 돌려 앉기란 그리 쉽지 않다.

7년이 넘는 시간 동안 매일 책상 앞에 앉아 왼쪽으로 고개를 돌려 환자분들을 맞이하다 보니, 어느 순간 오른쪽으로는 고개가 돌아가지 않게 되었다. 오른쪽으로 돌리려고 하면 돌아가지 않고 뻑뻑한 느낌이 들면서 아프더니, 어느 날부터인가 왼쪽으로도 잘 돌아가지 않았다. 오른쪽이든 왼쪽이든 고개를 돌리려고만 하면 날카로운 통증을 느껴서 진료에 점점 집중하지 못하게 되었다.

부랴부랴 스스로 통증 치료 주사를 놔보았지만, 목 뒤를 혼자 어쩌기는 힘들었다. 진료가 끝난 저녁에 주사기를 챙기다 문득 궁상맞다는 생각이 들었다. 아프면 참지 말고 제대로 치료를 받아, 이 사람아!

일대일 도수 치료를 받기로 했다. 도수 치료는 통상적인 물리치료보다 비싸고 심지어 비보험이다. 나는 의료복지사회적협동조합을 만들면서, '앞으로 건강 관리는 의료협동조합에서 해야지' 하며 신이 나서 원래 가입해두었던 실손보험을 해지했던 터라, 도수 치료를 온전히 모든 비용을 내고 받아야 했다. 살짝 아쉬웠지만 괜찮다. 내가 충분히 필요하다고 생각해서 결정한 치료이고, 가성비를 고려하여 내가 원할 때까지 받으면 되니까.

게다가 비싼 치료를 받으니 통증을 인정받는 듯한 느낌도 들었고, 비싸니까 더욱 치료를 열심히 받게 되었다.(나의 물리치료사 선생님은 숙제를 내주시는 분이다!)

도수 치료를 받는 김에 평소 구부정하고 턱이 앞으로 빠져있는, 이른바 '굽은 허리'와 '거북목'도 같이 교정을 하기로 했다. 나는 고등학교 때 어깨가 구부정하다는 얘기를 듣기 시작했다. 아마도 고등학생이 되어서 커지기 시작한 가슴이 싫어서 감추고 싶었던 것일 게다. 나뿐 아니라 많은 여중생, 여고생들이 가슴이 흔들리지 않게 하려고 체육 시간에 전력을 다해서 질주하지 않거나, 가슴을 가리고 싶어 머리를 기르거나, 가슴을 티 나지 않게 하려고 어깨를 구부정하게 하고 다녔다.

가슴이 자라는 건 정말 싫었다. 유방은 '여성의 상징' 같은 것이었고, 나의 가장 나약한 부위가 가장 돌출되어 있는 느낌이 들었다. 약하고 공격당하기 쉬워 보였다. 더군다나 이제 더 이상 무성적인 존재인 어린이가 아님을 드러내는 것이었다. 유별나게 장난기 많은 친구들은 같은 반 친구들의 가슴을 만지거나 움켜쥔 후 깔깔대며 도망가곤 했다. 특히 가슴이 큰 아이들이 공격 대상이 되곤 했다. 그 나이의 여자아이들 모두가 이미 알고 있었던 것이다. 가슴은 너에게도, 나에게도, 공격받기 쉽고 취약한 곳이라는 걸.

여자가 되고 싶지 않았다. 그렇다고 소녀로 남아 있고 싶은 것도 아니었다. 남자니 여자니 가르는 그 세계로 들어가고 싶지 않은 마음이 컸다. 여자가 되면, 우주인이 되고 싶고 엔지니어가 되고 싶었던 내 미래가 막혀버릴 것 같았다. 무엇보다 멍청해 보일까 봐 두려웠다. 왠지 똑똑한 여자는 가슴이 크지 않을 것 같았다. 그 마음이 커질수록 어깨는 점점 구부정해졌다.

대학에 입학한 후 페미니즘 모임에 나가, 나와 친구들은 가슴을 얘기하기 시작했다. 가슴을 숨기고 싶어 했던 시기를 너나없이 보냈다는 사실에 우리는 놀랐다. 가슴을 숨기고 싶었던 시간과 가슴이 크면 멍청해 보일 것 같았던 사춘기의 걱정이, 내 안에 자리 잡은 '여성혐오'라는 걸 깨달았다. 여성혐오는 남성들만 하는 것이 아니다.

우리는 우리의 가슴을 그때 새롭게 발견했다. 섹슈얼한 여성미의 상징도, 여성적 나약함의 상징도, 강인한 모성의 상징도 아닌, 그냥 있는 그대로의 가슴. 몸의 일부이지만 지난 시간 동안 계속 부정당해왔던 우리의 가슴.

그때부터 의식적으로 가슴을 펴려고 노력했다. 당당하고 싶었고, 가슴이 있어도 나약해 보이거나 성적인 대상이 되는 것만이 아닌 다른 삶을 살 수 있는 가능성이 있다고 믿고 싶었다. 'Our bodies are battle ground', 'We can do it' 같은 스티커를 여자 화장실에 붙이고 돌아다니며, 나는 가슴을 자신 있게 펴기 위해 허리를 점점 뒤로 젖혀갔다.

의사가 된 이후 가장 많이 하는 동작은 환자들의 얘기에 귀를 기울이기 위해 몸을 숙이는 것이다. 눈을 쳐다보고 깊이 공감하고, 듣고 고개를 끄덕인다. 거기에 차트를 사용하느라 컴퓨터 자판을 두드리는 시간이 더해져, 나의 목은 점차 앞으로 빠지기 시작했다. 전형적인 거북목. 경추는 앞으로, 흉추는 뒤로 빠져 있고, 다시 요추는 앞으로 꺾여 있는 모습. 오른쪽으로 돌아가지 않는 고개를 돌리기 위해 시작한 도수 치료이긴 하지만, 치료 과정에서는 이상한 각도로 후만, 전만되어 있는 척추를 모든 레벨에서 만지고 바로잡게 되었다. 나를 만져주는 물리치료사 선생님은 무리하게 치료하지 않는다. 조심스럽게 척추의 한 레벨 한 레벨을 만지는 그 손길은 마치 내 몸에 새겨진 오랜 시간들을 존중하는 것 같다. 그 덕에 나도 방황했던 지난 시간이 새겨진 척추의 마디마디를 느끼고 있다.

지금 나는 이전에 익숙하게 취해오던 자세도 불편해지고, 새롭고 바람직한 자세에는 아직 익숙해지지 않은, 그 사이 어디의 묘한 경계에 위치해 있다. 나의 근육은 지금까지 사용하던 편한 방식은 점차 버려나가고 있지만 올바른 방식은 아직 완전히 숙지하지 못한 상태이다. 아직도 진료 중엔 마음과는 달리 먼저 환자를 향해 달려 나가려는 얼굴을 자제하는 것이 일이다. 환자를 향해, 환자의 눈을 향해, 주책없이 다가가려는 머리를, 큰 숨 한번 내쉬고 하늘을 향해 꼿꼿이 세운다.

나의 물리치료사 선생님은 도수 치료를 아프게 하지 않는다. 근육을 세게 자극해서 푸는 방법도 있겠지만, 그녀는 다정하게 풀어주는 편이다. 이전에 아픈 마사지를 받으면 깜짝 놀라서 근육이 풀렸다가 더 긴장하여 뭉치는 느낌이 있었는데, 이 선생님은 오래된 긴장을 풀기 위해 먼저 신뢰를 쌓는다는 느낌이랄까. '해치지 않아요. 믿어도 좋아요. 이 감각을, 이 자극을 조금 더 느껴볼래요? 서두르지 않을게요'라고 말하는 듯한 손길이다.

"원래대로 해도 아프고, 아직 새로운 자세는 익숙하지 않아 그것도 불편해요. 이래도 아프고 저래도 불편하니, 도무지 영혼이 쉴 틈이 없는 느낌이에요. 앞으로 한참 더 이러겠죠?"

"잘해나가는 중이에요. 한동안은 과거로도 돌아갈 수 없고, 미래도 오지 않은 시간이니까. 그렇게 힘들 때면 한번 상상해보시겠어요? 치료를 다 받고 나서 앞으로 좋아진 몸으로 살아갈 시간을요. 좋아진다면 어디까지 좋아질 수 있을지, 낫고 나면 뭘 하고 싶은지도요."

나의 투정을 치료사 선생님은 부드럽게 받아준다. 가끔은 투정도 부려보지만, 그래도 아주 억울하진 않다. 어쩌면 최선을 다해 살아온 그 시간들이 좀 사랑스럽기도 한 것 같다.

언젠가는 찾아오는 빚쟁이

어느 날부터인가 컴퓨터 화면이 흐릿하게 보였다. 특히 아침나절부터 오전까지 눈이 침침했다. 이리저리 눈을 비비며 컴퓨터를 향해 바짝 다가앉았더니, 더 초점이 안 맞는 느낌이 들었다. 설마 하는 마음에 의자를 뒤로 젖혀 컴퓨터 화면에서 멀어지자, 뿌옇던 시야가 뚜렷하게 밝아지기 시작했다. 이럴 수가! 노안이 시작된 것이다.

만 40세 이상이면 노안이 시작되는 나이라고 안과 교과서에 나와 있기는 하지만, 그것이 나에게 발생한 순간을 느끼는 것은 그 의학 지식을 아는 것과는 달랐다. 그리고 이론적으로 노안을 이해하고 있는 것과, 습관을 바꾸는 것은 또 달랐다.

지금까지는 안 보이면 가까이 당겨서 보려고 몸을 바짝 다가서거나 물건을 내 쪽으로 당겨야 했고, 그게 습관으로 몸에 배어 있었다. 그런데 이제는 안 보인다 싶으면 몸을 뒤로 주춤 거리며 빼야 한다. 머리로는 알고 있는데, 몸은 자꾸만 안 보일 수록 당겨 앉으려 한다.

나는 라식 수술을 받았다. 서른 살에 받았으니, 25년을 안경을 끼고 살았고 그 이후로 10여 년을 안경을 벗고 산 셈이다.

다섯 살이 되기 전부터 나는 안경을 꼈다. 소아들에게 종종 나타나는 원시였다. 어린 나의 행동을 보고 눈이 나쁘다는 합리적인 의심을 했던 고마운 엄마 덕분에, 그리고 교통비와 진료비를 감당할 수 있었던 가정 형편 덕분에, 그 시절 지방 소도시에 살면서도 서울로 부산으로 가서 대학병원 안과 진료를 받을 수 있었다. 그렇게 두껍고 무거운 볼록렌즈 돋보기안경을 맞춰서 쓰고서야 시력이 '정상적'으로 발달할 수 있었다.

초등학교 입학 이후 키가 점점 자라는 것에 맞춰 내 안구는 점점 뒤로 길어졌고, 안구의 길이에 따라 시력이 원시에서 근시로 서서히 이동했다. 드디어 초등학교 3학년 무렵, 인생에서 처음으로 안경을 끼지 않고도 잘 보이는 1년의 시기를 맞이했다. 그러고는 그뿐이었다. 안구는 점점 길어져 시력은 더 근시로 진행했고, 나는 4학년 때부터 오목렌즈 안경을 끼게 되었다.

근시 중에서도 지독한 근시였다. 교실 제일 앞줄에 앉아도 안경을 끼지 않으면 아무것도 읽을 수가 없었다. 눈을 뜨면 습관처럼 손을 더듬어 안경을 찾아야 했고, 안경을 찾기 전까지는 침대에서 내려올 때조차 더듬거렸다. 안경이 발명되지 않았다면 나도 시각장애인으로 살아야 했을 것이다.

서른 살, 라식 수술을 받기 전에 한참 고민했다. 초중고등학교에 대학교까지 다 졸업하고, 인턴까지 마치고서 이제 와 수술을 받는다고? 앞으로는 수업을 받을 일도 없잖아! 이제 라식 수술을 하면 노안(원시)이 빨리 올 텐데, 그러면 돋보기를 다시 끼고 살아야 하는 시간이 길어질 수도 있는데…. 수술을 받을까 말까.

안과 의사들은 정작 라식 수술을 안 받는다는데 그럼 안정성이 검증되지 않은 수술인 건 아닐까 하는 일반인스러운 고민도 했다. 물론 안과 의사들이 라식 수술을 잘 받지 못하는 이유는 알고 있다. 각막을 절제해 레이저로 단면을 성형해서 깎아내는 라식 수술의 특성상 동공이 커지는 야간에는 빛 번짐 현상이 생길 수밖에 없는데, 안과 수술은 어두컴컴한 방에서 진행하기 때문에 라식 수술을 하면 이 빛 번짐 현상을 수술 중에 겪어야 하는 것이다. 그러니 수술에 집중하는 안과 의사들은 라식/라섹 수술을 망설일 수밖에 없다.

고민이야 한참 했지만, 당장에 안경 따위 벗어 던질 수 있다는 유혹은 뿌리치기 힘들었다. 그래, 언젠가 다시 시력이 점차 원시로 진행해서 서른 살에 안경을 벗는 만큼이나 돋보기를 써야 하는 때를 앞당길 수도 있겠지. 그래도 기술도 발달하겠지. 나도 돈을 벌 테고. 그리고 안 되면 나중에 그냥 돋보기 쓰고 살지 뭐. 이런 낙관적인 기대 반, 빚을 지는 심정 반으로 수술대에 올랐다. 그리고 그 빚의 상환 시기가 드디어 돌아온 것이다.

진료실에서 응괴성 여드름을 가진 젊은이들에게 이소티논 혹은 로아큐탄이라는 이름의 약을 간혹 처방하곤 한다. 이 약은 몸 안에 잔류하는 기간이 긴 데다 임신부가 복용하면 태아 기형을 초래할 수 있는 약이라, 약 복용 중에는 물론 복용 중단 후에도 3개월 이상 헌혈과 임신을 하면 안 된다는 얘기를 꼬박꼬박 한다. 이 얘기들은 의사들이라면 누구라도 다 주의사항으로 알려주는 것이겠지만, 나는 여기에 더해 다른 얘기 하나를 얹는다.

로아큐탄은 이소트레티노인isotretinoin 성분으로 피지샘을 위축시키는 작용을 하는데, 이 효과가 영구적이라는 얘기. 즉 로아큐탄을 먹어서 위축된 만큼은 다시 돌이킬 수 없다. 약을 끊고 다시 피지샘이 증식된다고 하더라도, 약을 먹은 양만큼의 효과는 누적되어 있어서, 확실히 이전처럼 증식되지는 않는다. 그리고 이 효과는 10~20년 후면 마치 오래된 빚쟁이가 찾아오는 것처럼 되돌아오게 된다. 젊었을 때는 기름진 여드름 피부가 골치지만, 조금만 시간이 지나도 건조한 피부가 골치니까. 지금 이 약을 먹게 되면, 건조한 피부로 살아가야 하는 시간이 조금 더 길다는 뜻이다. 지금의 선택이 10~20년 후에 어떤 의미인지를 정확히 알고 복용했으면 하는 심정에서 알리는 것이다. 물론 이 얘기를 한다고 해서, 갑자기 여드름약 처방을 포기하고 되돌아간 이는 아무도 없었다. 내 얘기를 듣고 난 후 잠시 고민하는 표정, 다음 처방전을 받으러 왔을 때 며칠씩 복용을 건너뛴 것이 확인되는 기록. 그래, 이 정도면 충분하다.

라식 수술도 마찬가지다. 안과 의사로부터 노안/원시가 빨리 올 것이다, 돋보기를 일찍부터 착용해야 할지도 모른다는 경고를 듣는다고, 라식 수술을 포기하는 사람이 얼마나 될까. 다만 알고 선택한 길이니까, 조금 더 빨리 진행된 원시에도 그러려니 하는 마음가짐이 될 뿐. 진료실에서의 모든 선택이 미래에 다가올 효과까지 알고 있는 상태로 내릴 수 있는 것이라면 얼마나 좋겠냐만, 내가 알고 있는 건 이렇게 몇 가지밖에 없다.

그나저나 가까이 있는 것들이 덜 보이기 시작하니, 바늘귀에 실을 꿸 때 불편하기는 해도 좋은 점들도 생긴다. 가까이 있는 것을 들여다보는 재미가 줄어드니 멀찍이 바라보는 시간을 더 가지게 된다. 들여다봐야 보이는 세세한 흠결 따위 찾을 생각 말고, 고개를 들어 멀리 보고 크게 보라는 뜻인가 싶기도 하다.

팔짱을 끼지 않는
의사들

병원 선전물, 광고판을 유심히 보면 정말 많은 의사들이 팔짱을 끼고 있다. 나는 대체 왜 그런 자세로 사진을 찍는지 이해할 수 없었다. 우리는 의대생 때 정신과 수업을 들으면서 이미 배웠지 않은가. 팔짱을 끼는 자세는, 그 제스처만으로도 거부의 표현이라고. '너 하고 싶은 말 해봐라. 나는 듣지 않을 거다'라고 환자에게 읽힐 수 있다고. 의사는 공감이 가장 중요한 직업 스킬인데, 이렇게 많은 광고가 이렇게 많은 팔짱 낀 의사를 표현하고 있는 것이 놀라웠다.

팔짱 낀 자세로 프로필 사진을 찍는 것이 어울린다고 내가 느꼈던 사람들은 스타크래프트나 롤, 오버워치 같은 온라인 게임 중계 시에 보이는 게이머들이다. 그들은 팔짱 낀 자세가 정말 어울린다. '네가 나를 공격한다고? 할 테면 해봐, 나는 지지 않을 거니까.' 마치 이렇게 말하는 것 같다. 나에게 팔짱은 그런 의미로 보인다. 팔짱 낀 그들의 프로필이 게임 중계 전 소개될 때, 나는 기대감으로 흥분하기 시작한다.

내가 팔짱 낀 의사가 '필요하다'고 생각했던 건, 응급실 심폐소생술 장면에서였다. 인턴 시절 응급실에서 일하고 있을 때였다. 구급차를 타고 심폐소생술CPR을 하면서 한 환자가 들어왔다. 우리는 환자를 응급실 안의 소생실로 옮겼다.

심폐소생술을 하게 되면 보통 응급의학과 교수님이 지휘를 한다. 교수님이 없다면 그 현장에 있는 가장 경험이 많은 의사(연차가 가장 높은 의사)가 지휘자 역할을 맡는다. 지휘자들은 모니터와 환자를 한눈에 볼 수 있는 발치에 서서 심폐소생술을 지휘하는데, 주로 팔짱을 끼고 있다.

심폐소생술 지휘자가 팔짱을 끼는 이유는 그야말로 명확하다. 소생실 안에서 이리저리 움직이는 분주한 다른 사람들에게 최대한 걸리적거리지 않게 최소한의 공간을 차지하기 위해서다. 교수님이라도 마찬가지다. 오케스트라 지휘자처럼 큰 동작으로 손을 휘둘러 지휘할 수 없다. 말만 하거나 손가락만 까딱까딱, 혹은 눈짓, 고갯짓으로만 지휘를 한다. 그래서 팔짱을 끼고 환자의 발치에 꼼짝 않고 서서 이런저런 오더만 내리는 것이다. 말도 짤막하게, 효율적으로 해야 한다.

"컴프레션 손 바꿔요."(심장 압박을 하던 사람이 지치지 않게 다른 사람과 차례를 바꾸라는 뜻.)

"에피 주세요."(심장의 수축력을 높이는 약을 투입하라는 뜻.)

"리듬 체크."(심전도의 리듬을 확인하기 위해 잠시 심장 압박을 멈추라는 뜻.)

"다시 컴프레션."(다시 심장 압박을 지속하라는 뜻.)

지휘자는 환자에게 바짝 다가가지 않는다. 바쁘게 움직이는 인턴과 전공의, 간호사들의 동선을 방해하면 안 되고, 너무 다가가면 여러 모니터링 기계들을 한눈에 파악하기 힘드니까. 일 잘하는 CPR 팀은 모두 이렇게 생겼다.

그날의 CPR은 환자의 사망으로 결국 끝이 났다. 아니 정확하게는 교수님의 사망선고로 끝이 났다. 그 CPR로 그날의 근무가 끝난 나는 오열하는 보호자를 달래주었다. 그 보호자는 소생실 밖에서 숨죽여 아버지의 심폐소생술 장면을 보며 기도하고 있다가, 결국 아버지가 돌아가시자 응급의학과 교수님을 원망하며 탓하기 시작했다.

"다들 아버지 살리려고 열심히 하는데, 저 사람은 뭐예요? 팔짱 끼고 멀찍이 떨어져서 틱틱 잔소리나 해대고. 자기는 아무것도 안 하면서…. 아버지 살릴 마음이 있었던 건지도 모르겠어요."

그 교수님이 말투는 조금 사무적이기는 해도 정말 많은 환자를 열심히 보는 분이었는데, 하룻밤에도 몇 건의 CPR을 지휘하다 보니 무덤덤하게 느껴졌을 수는 있다. 하지만 팔짱 낀 자세는, 진짜 다른 때는 다 필요 없어도, 오로지 심폐소생술을 지휘할 때는 '합리적인 이유'로 필요한 것인데 말이다. 그런 때조차 의사의 팔짱에 환자와 보호자들은 거부당한다는 느낌을 받는다는 얘기다. 의료인과 환자 보호자의 온도 차이는 이 정도구나, 나는 놀랐다.

팔짱 낀 의사가 자신만만한 표정으로 웃고 있는 병원 광고판을 보면 항상 그때의 CPR이 떠오른다. 병원 광고에 왜 그렇게들 팔짱 끼고 찍은 사진을 쓰는 걸까. 곰곰이 생각해보니, '최고 실력'이라는 사실을 알리기 위해서인 것 같다.(설마 환자와 싸우자고 하는 의사를 표현하고 싶었던 건 아닐 테니까.)

팔짱을 끼면 좀 더 전문적으로 보이나 보다. 누가 나보다 잘하더냐, 나는 이 영역에서 최고의 실력을 가지고 있다, 난 자신있다, 누구도 날 무시할 수 없다, 여러분, 하늘 아래 최고의 전문가에게 진료받으세요! 음, 그렇게 보이는 것 같기도 하고.

살림의원에선 의사들이 프로필을 찍을 때 그 누구도 팔짱을 끼지 않았다. 딱히 팔짱을 끼지 말자고 서로 약속한 것도 아니었다. 그냥 그랬다. 다만 팔짱을 껴달라고 주문하지 않았을 뿐.

사실 팔짱을 끼면 촬영하기 편하다. 의사들은 전문 모델이 아닌 터라, 손이 갈 곳 없이 허공에서 허우적거리는 것보다는 정확히 둘 곳이 있는 게 사진 포즈 잡기가 낫다. 둘 곳 없는 손이 조금 어색하지만, 약간 어색한 대로, 있는 그대로, 평소 성격이 잘 보이게 다들 촬영을 끝냈다. 우리는 어차피 팔짱을 낄 필요가 없다. 그것이 동네 주치의인 우리의 가치가 아니니까.

진료실에서 환자들을 거부할 수 있는 작은 제스처는 많고도 많다. 팔짱을 끼거나, 등받이에 몸을 기대면서 환자에게서 살짝 멀어지거나, 혹은 작고 미묘한 한숨이나 지친 듯한 표정. 정말로 작은 제스처로도 환자들은 '아 더 이상은 얘기하면 안 되겠다', '이 의사와는 말이 통하지 않겠구나' 하고 느끼게 된다. 그저 효율적인 CPR을 위해서 끼고 있던 팔짱도, 긴 근무 시간에 지쳐 잠시 내뿜은 한숨도, 어떤 이들에게는 거부당한 느낌을 주고 상처를 남긴다. 그리고 진료실은 그 어느 때보다 상처받기 쉬운 상태의 사람들이 찾아오는 곳이다.

그래서 결국 환자들은 최고 실력을 가진 의사가 아닌, 나의 고통과 상처에 공감해주는 의사를 주치의로 만나고 싶어 계속 찾아다니게 되는 것인지도 모른다.

벌거벗은
주치의

우리 집에는 욕조가 없다. 친구와 함께 윗동네 목욕탕에 갔던 날의 일이다. 뜨끈한 탕에 몸을 담그자마자 뿌연 수증기 사이로 아는 얼굴이 보였다. 아뿔싸, 동네 목욕탕에 오면 이런 일이 생길 줄 알아야 했건만, 너무 마음의 준비 없이 왔군. 그분도 나를 알아보는 듯했다. 다만 내가 누구인지까지는 알아채지 못한 표정. 어디서 봤더라 하고 고개를 갸웃거리는 그분과 까딱 목례를 주고받았다. 병원 유니폼이나 의사 가운을 벗으면 사람들이 잘 알아보지 못하는 건 천만다행이라고 안심하고 있을 즈음, 사우나실 앞에서 그분과 마주쳤다.

"어, 어, 아이고, 안녕하세요, 원장님? 누구신가 했어요!"

나를 정확히 알아보셨다. 어딘가를 가리고 싶었지만, 어디를 가려야 할지 정말 모르겠는 상황이었다. 가슴을 가려야 할

왕진 가방 속의 페미니즘

까, 아랫도리를 가려야 할까, 하다못해 그녀의 눈이라도 가려야 할까.

"이 동네 사세요, 원장님?"

"아니요, 요 아랫동네에 살아요."

"그런데 이 목욕탕까지 웬일이세요?"

차마 바로 아랫동네 목욕탕은 아는 환자 마주칠까 봐 피해서 굳이 여기까지 온 거라고 말은 못 하겠다. 화제를 돌리고 싶었으나, 돌릴 화제라는 게 진료와 관련된 것밖에 없었다.

"참, 무릎은 요즘 괜찮으세요?"

"좀 좋아지는 것 같기는 한데, 아직 그래요. 이렇게 만날 사우나 해야 그나마 좀 낫지, 안 그러면 뻣뻣해서 구부리기도 힘들어요."

"네, 미끄러지지 않게 조심하셔야겠어요. 저는 여기 처음 와 봤는데, 바닥이 꽤 미끄럽네요."

사우나를 하는 둥 마는 둥 한시바삐 그 목욕탕에서 탈출하겠다는 일념으로, 평소 목욕 시간의 반의반도 채우지 못하고 분주하게 몸을 씻었다. 그런 와중에 저 멀리서 수증기를 뚫고 또다른 분이 뛰어왔다.

"아유, 원장님 맞네! 현자 언니한테 원장님 계시다는 말 듣고 물어보고 싶은 거 있어서 왔어요."

고혈압과 협심증으로 진료를 받고 계시는 원숙 할머니였다. 하지만 왜 굳이 여기에서 물어보고 싶으셨을까. 그리고 현자 할머니는 내가 여기 있다는 걸 왜 동네방네 소문내셨을까.

"며칠 전에 가슴이 너무 두근거려서 갔는데, 문을 닫으셨던데요."

"아… 아, 네…. 수요일 오후에 오셨군요. 수요일 오후에는 진료를 쉬고 있어요."(당시에는 진료하는 의사가 나밖에 없어 어쩔 수 없이 수요일 오후는 휴진하고 있었다.)

"수요일이었어요. 맞아 맞아, 수요일 오후에 쉰다고 문자도 받았어요. 그런데 만날 까먹어요, 내 정신이야."

"아프실 때는 오늘이 수요일인지 아닌지 잘 생각이 안 나시죠. 죄송해요, 마침 아프신 날에 쉬어서."

"아녜요! 선생님 혼자이신데 좀 쉬엄쉬엄 해야죠. 우리 살림의료협동조합도 빨리 커져서 의사도 더 많아지고 그러면 해결되겠죠."(원숙 할머니는 조합원이시다!)

"그렇게 생각해주시니 감사합니다. 그래서 가슴 두근거리는 거는 어떠세요?"

"아니, 그래서 근처에 있는 다른 병원에 갔죠. 혈액검사를 해야 한대서 했는데, 설명을 해주셨는데도 뭔 말인지 잘 모르겠네요. 그거 받아가지고 다시 갈게요."

"네네, 검사 결과지 받아가지고 오시면 다시 찬찬히 설명해드릴게요."

갑상선 얘기와 췌장암 걱정 그리고 최근의 우울증, 할아버지와의 관계 문제까지, 우리는 한참이나 의료 상담과 살아가는 이야기를 했다. 나는 어딘가 가리고 싶다는 마음을 이미 포기한 지 오래였다. 동네 주치의가 된다는 건, 이런 걸 각오하는 일인가.

"에고, 내 정신이야. 이제 가볼게요. 원장님, 잘 씻고 들어가세요. 이 목욕탕 감식초 참 맛있어요, 시원하고."

발가벗었지만 우리는 최대한의 예의를 갖춰 서로에게 인사를 했다. 그리고 잠시 후에 나와 친구는 목욕탕 매점 아주머니가 가져다주신 감식초를 받았다. '원숙 할머니가 쏘신 거'라면서 눈웃음과 하트를 날리고는 매점 아주머니가 사라졌다.

학교 선생님들이 학부모 마주칠까 봐 동네 목욕탕에 못 간다는 얘기를 들었을 때 그렇겠네 했었다. 서로 민망하겠다 싶었다. 그럼 나도 이제 목욕탕에 못 가는 건가? 아, 학교 선생님들과 다를 바 없는 운명이 되고 만 건가? 하지만 학부모들은 선생님을 목욕탕에서 마주쳤을 때, 설마 아이의 학교생활에 대해서 상담을 하고 싶어 하지는 않겠지? 왜 나는 벗었는데도 상담하고 싶어지는 의사인 걸까. 원래도 의사와는 검사할 때 벗고도 만나니까, 목욕탕에서 만나도 자연스러운 걸까. 이런저런 생각을 하면서 달고 시원한 감식초를 마시다가 한참을 웃었다.

동네 주치의. 병원에서 만나든 다른 곳에서 만나든, 의사 가운을 입었든 안 입었든, 동네 사람들이 편하게 상담할 수 있는 의사. 미용실에서, 목욕탕에서, 슈퍼에서 장을 보다가도 마주칠 수 있는 의사. 그게 동네 주치의의 운명인데, 지금 벗은 게 문제겠어?

이 민망하면서도 은근히 맛있었던 하루를 친구들에게 얘기했다. 친구들은 부끄러운 듯 즐거운 듯 웃어주었다. 얼마 후 그 친구들이 우리 집 근처로 이사 오게 되었을 때, 자기들 집 욕실 인테리어를 하며 욕조를 넣었다는 얘기를 해주었다. 몸을 담그고 목욕하고 싶으면 언제든 부담 없이 오라는 말과 함께.

밤 11시 45분에
걸려오는 전화

살림의원 바로 옆에 있는 동네 수영장에 조용히 수영을 다니고 있었다. 동네 목욕탕을 비롯, 굳이 찾아간 다른 구의 목욕탕에서조차 알몸 진료 사건을 몇 번 더 겪은 후 나는 자포자기 상태가 되어, 동네 수영장 등록을 감행했던 것이다. 그러니까 수영장에 다니는 동네 사람들과 매일 벗은 몸을 보는 사이가 되었다는 뜻이다. 그렇다고 '안녕하세요, 수영장에 등록하려고요. 저는 의사예요'라고 할 것도 아니니, 그저 내가 옆 병원에서 일하는 의사인 것을 아는 사람은 알고 모르는 사람은 모르는 그런 상태였다. 아침에 일어나서 눈곱도 제대로 떼지 않고 수영장으로 직행하여 수영 강습을 듣고 출근하는 일상이 반복되었다.

어느 날 아침 수영 수업이 끝나고 좀 더 몸을 풀며 연습을 하고 있는데, 엄청난 쿵 소리가 지하 수영장을 울렸다. 누군가 타일 바닥에 쓰러지며 머리를 세게 박은 듯했다. 그는 일어나지 못하는 것처럼 보였고, 나는 수영장 레인의 반대편에 있었다. 달려갈까 헤엄칠까 고민 속에 그쪽에서 시선을 떼지 못하고 몸을 슬슬 움직이며 상황을 지켜보니, 강사가 핸드폰을 들어 119에 신고를 하고 쓰러진 이가 머리를 짚고 옆으로 끙 하며 돌아눕는 것이 보였다.

'저분이 움직였으니 이젠 내가 안 가도 되겠지. 119는 금방 올 건데 뭐. 심폐소생술 할 게 아니면 내가 지금 가서 해줄 수 있는 게 없는걸.'

내가 다가가는 속도를 늦추는 걸 느꼈는지, 옆 레인의 아는 언니가 나를 어깨로 툭 쳤다. 이건 '너 의사잖아, 가봐야지'라는 뜻이다. 언니의 카리스마에 나는 물 밖으로 나가, 강사에게 핸드폰을 좀 달라고 했다. 핸드폰 랜턴을 이용해 양쪽 눈의 동공반사를 확인하고 호흡, 맥박, 의식 상태를 체크했다. 큰 이상은 없었다. 나는 그를 진정시키고 주변의 웅성거림을 정돈했다. 곧 119 대원들이 들어와 그를 들것에 옮겨 실었다. 탈의실 입구까지 대원들과 함께 갔다가 다시 물로 돌아왔다. 내가 레인으로 돌아오자, 나를 툭 쳤던 언니와 다른 언니들까지 모여 있었다.

"우리 수영장에 의사가 있어서 다행이네."

"혜인 씨, 의사였어? 몰랐네."

"얘 여기 근처 살림의원의 원장님이잖아."

"어머, 몰랐네 몰랐어. 어쨌든 수영장에 의사 있으니 좋다."

"아, 저 아무것도 안 했어요. 그냥 저분 괜찮으셨어요."

"그래도 의사가 있어서 참 다행이지 뭐야."

아니, 진짜로 나는 별것을 하지 않았다. 그저 의사라고 밝힌 것, 괜찮은지 확인한 것, 괜찮을 거라고 한 것, 그것이 다였다. 내가 나서지 않았어도 결과가 전혀 달라지지 않았을 거다. 사실 나는 의사라는 사실을 밝히는 걸 좋아하지 않았다.

예전에 전공의로 일할 때였다. 대학병원 앞에서 택시를 타거나 집에서 택시를 잡아 행선지를 병원으로 밝히면, "병원에서 일하시나 봐요" 하고 얘기하는 택시 기사분들을 만나게 된다. 참 신기하다. 매일의 출근길인 병원 직원과, 가족이나 지인이 입원하여 병문안 가는 사람들을 분위기만으로도 구별할 수 있다는 거니까.

이럴 때 병원에서 일한다고 답하면 "간호사예요?"라는 질문을 받게 된다. 이 질문은 내가 여자라서 받는 질문이다. 나는 간호사를 존중하고 같이 일하는 좋은 동료들이라고 생각한다. 하지만 그와는 별개로 그 질문은 '의사는 남자, 간호사는 여자'와 같은 의업에서의 공고한 성별분업 체계에 바탕을 둔 질문인 데다, 나의 대답 여하에 따라 그 성별분업의 이미지를 고착할 수도 있으므로, 솔직하게 의사라고 인정해버리고 만다. 그러고 나서 택시를 타고 가는 시간이 피곤해지면 후회하곤 했다. 의사라고 밝히지 말걸….

내 친구 하나는 자신은 남자라서 그런지 항상 "의사이세요?"라는 질문만 받는다고 했다. 하지만 자신은 그런 질문에 '물리치료사'나 '임상병리사'라고 답한다고 했다. 초반엔 자기도 멋모르고 의사라고 몇 번 대답해봤으나, 그러고 나면 사돈의 팔촌까지 앓고 있는 각종 질환에 대해 상담하려고 하거나 혹은 여기저기서 들은 의료 사고 이야기들을 꺼내 하소연하려고 하기에, 출퇴근 시간 피곤한 자신을 그저 가만히 내버려두었으면 좋겠단 생각에 의사 신분을 숨긴다는 것이다.

이런 일들을 나 역시 자주 겪은 터라, 모르는 사람들과 처음 만날 때는 가능하면 의사임을 숨기는 때가 많다. 사실 충분한 정보도 없이 생면부지의 환자에 대해 얘기하는 게 위험하기도 하거니와 책임질 수 없는 문제를 일으킬 수도 있다. 그 환자와 다른 의사가 맺고 있는 관계를 어그러뜨리기도 한다. 그래서 가급적 진료 얘기는 실제로 환자를 담당하고 있는 그 주치의에게 하시도록 권하고 대화를 이어나가지 않으려고 한다.

나의 필요에 따라 적극적으로 의사 신분을 밝혔던 경우도 있다. 의대 4학년 때 의사 국가고시를 앞두고 캄보디아로 여행을 갔을 때였다. 국가고시 직전은 의대 본과 4년 중 가장 여유로운 시간이다. 친구와 캄보디아 씨엠립에서 앙코르와트 유적을 둘러본 뒤 태국으로 가기 위해 택시를 대절하여 캄보디아 비포장 시골 마을길을 달리던 중이었다. 아무리 비포장도로에

차선도 없다지만 이렇게 택시를 마구 운전해도 될까 싶던 바로 그 순간, 우리가 타고 가던 택시가 마주 오던 트럭과 정면으로 부딪혔다. 흙먼지 속에서 정신을 차리고 보니 나는 얼굴이 약간 찢어진 정도였다. 비포장도로라 속도를 낼 수 없어 다행이라고 생각하고 있는데, 같이 간 친구가 떨리는 목소리로 나를 불렀다.

"혜인아, 나 팔이 이상해."

친구의 오른팔이 어깨와 팔꿈치 사이에서 SF 영화에나 나오는 것처럼 비현실적으로 덜렁거리고 있었다. 상완(위팔) 골절임이 분명한 그 팔을 붙들고, 끔찍하게 신음하는 친구를 울면서 위로하며, 지나가던 트럭을 잡아타고 짐칸에 올라 비포장도로를 다시 달려 어느 마을에 도착했다. 통증으로 이미 실신한 친구를 앞에 놓고, 캄보디아 시골 마을의 의사는 심각한 표정만 지을 뿐 아무 처치도 해줄 생각이 없어 보였다.

결국 나는 '의사'라고 밝히고(사실은 의대생이었지만) 종이에 영어로 써가며 오른쪽 상완의 골절이 의심된다고 설명하면서 방사선 검사를 해달라고 요청했다. 잘 못 알아듣는 듯해, 이번엔 엑스레이를 찍어달라고 했으나 이것도 전달되지 않았다. 머리를 짜내고 짜내어 뢴트겐이 있느냐고 물었더니, 아, 하면서 드디어 창고에 있던 먼지 쌓인 엑스레이 기계를 달달 끌고 나왔다. 엑스레이를 찍어 여러 조각으로 부러진 뼈가 확인되고 나자, 그 동네의 유일한 의사인 그는 난감해했다. 자기 역량 밖이라며 나에게 골절된 뼈를 맞춰보겠느냐고 했다. 의사인 지금도 내가 하지 못하는 것을 의대생이 어찌 하랴. 나는 못 한다고 했고, 한참을 골똘히 궁리하던 그는 누군가에게 전화를 했다.

잠시 후 수의사인지 접골사인지 도축업자인지 도무지 모를 어떤 덩치 좋고 수염 덥수룩한 중년 남자가, 푸줏간에서 입는 방수 앞치마에 피를 묻히고 나타났다. 그 의복과 외양에 당황하는 나의 표정을 보더니, 그는 주섬주섬 피 묻은 앞치마를 벗고 의사가 내어준 흰 의사 가운으로 갈아입었다. 그러고는 자기 가슴을 손으로 툭툭 두드리며 말했다. "닥터, 닥터. 돈 워리. 돈 워리.Doctor, doctor. Don't worry. Don't worry." 나는 그가 그렇게 말할수록 더 그의 말이 믿기지 않았지만, 달리 방도가 없었다.

그는 믿을 수 없는 솜씨로 내 친구의 팔뼈를 맞춰주었다. 뼈를 맞춘 솜씨가 얼마나 훌륭했는지, 한국에 돌아온 후 진료받은 대학병원의 정형외과 교수님도 혀를 내두르며 솜씨를 칭찬할 정도였다. "요즘 한국 의사들은 이런 예술을 못 하지. 이렇게 여러 조각이면 다 수술하니까. 허, 참 대단한데. 대단해!"

뜻하지 않게 의사(사실은 의대생) 신분을 밝히긴 했지만, 그 덕에 사고로 정신없는 와중에도 진단서에 영수증까지 다 챙겨올 수 있었다. 캄보디아의 의사가 자신은 영어를 못 한다며, 나에게 직접 써가지고 가라고 했기 때문이다.

그 친구와 함께 2년 후 남미로 여행을 가게 되었다. 페루 쿠스코부터 마추픽추로 이어지는 잉카 트레일을 걷기 시작했다.

왕진 가방 속의 페미니즘

트레킹을 시작한 지 3일째 날이었던가. 절벽 상공에 매달린 집라인을 타고 계곡을 건너려고 기다리고 있었다. 앞서 가던 다른 일행을 안내하던 현지인 가이드 청년이 집라인에 붙어 앉아, 녹이 슬어 덜거덕거리는 집라인을 공중에서 수리하고 있었다. 그런데 갑자기 집라인이 삐걱거리는 소리를 내더니, 그가 앉아 있던 집라인이 균형을 잃고 180도 팽그르르 돌아버렸고, 그는 10여 미터 계곡 아래로 둔탁한 소리를 내며 추락하고 말았다. 바로 눈앞에서 벌어진 일이었다. 나와 친구는 우리 팀 가이드를 소리쳐 불렀다. 사고가 났음을 설명하고 내가 의사라고 밝혔다.(이번엔 진짜로 의사였다. 그것도 인턴을 막 마친, 인턴 때 응급실에서 6개월을 근무했던 의사였다.)

계곡을 따라 난 길을 우리 팀 가이드를 따라 한참 달음박질하여 그가 떨어진 물가로 갔다. 가이드는 달리면서 어디론가 전화했다. 구급대를 호출하는 것이려니 했다.

떨어진 청년은 이미 두개골골절에 뇌내출혈까지 생겼는지, 의식을 잃은 상태였다. 페루의 구급대원들이 올 때까지 그를 지켜야 했다. 계곡 물속에 박혀 있던 그를 척수 손상이 생기지 않게 조심스럽게 굴려서 물가로 꺼내고, 근처의 관광객들을 동원해 옷가지를 엮어 임시로 들것을 만들어 구급차가 들어오기 좋은 곳까지 간신히 옮겼다.

구급차가 빨리 도착하지 않아 나는 초조해졌다. 계곡을 헤치고 오느라 몸은 온통 물에 젖었고, 빠르고 흥분된 스페인어

사이에서 정신이 혼미해질 지경이었다. 새삼 숨이 차올랐다. 가빠지는 나의 숨과는 달리, 그의 동공반사는 느려지기 시작했다. 뇌출혈로 뇌부종이 시작되어, 뇌압이 높아지는 것 같았다.

이어 구급대원들이 도착했다. 구급대원이 왔으니 나는 숨을 돌리며 옆으로 빠지려고 했다. 그러나 우리 가이드한테서 나를 소개받은 구급대원들이 내 팔을 잡아끌었다. 자기들은 의사가 아니라며 병원까지 동행해주면 안 되겠느냐고 했다. 나는 구급차 안에서 뇌부종을 막아줄 이뇨제와 스테로이드를 투입할 수액 라인을 꽂고 투약하고, 산소를 투여하고 심폐소생술을 하면서 비포장도로를 달려 시골 병원까지 갔다. 병원에 그를 넘긴 후 나는 동네 아저씨의 오토바이를 얻어 타고 친구가 기다리는 숙소로 돌아왔다. 몸도 마음도 덜컹거렸다.

그날 밤 우리 일행의 숙소엔 그의 부고가 전해졌다. 나는 그의 죽음에 어떠한 임상적 책임도 없었다. 하지만 우리 여행자들이 굳이 마추픽추를 보겠다고 그 길을 걷는 바람에 멀쩡한 페루 젊은이가 희생된 것만 같은 마음과 응급 처치로 살리지 못한 것 같은 정체 모를 죄책감이 들었다. 그래서 내 친구와 나는 잉카 트레일을 같이 걷던 유럽과 캐나다 여행자들을 설득해서 조의금을 모으는 일까지 하게 되었다.

이후로도 나는 비행기 안에서 의사를 찾는 콜을 정말 자주 받았다. 뇌전증 발작에서 미주신경성 실신까지 다양하게 경험해보았다. 친구와 농담 삼아 "내가 김전일인가 봐"라고 말하기도 했다. 흔하지 않은 살인 사건이 소년 탐정 김전일 주변에서는 유독 자주 일어나듯이, 흔하지 않은 비행기 안 의사 콜이 내가 탄 비행기에서는 유독 자주 생기니까. 살고 싶으면 김전일을 멀리하라는 말처럼, 살고 싶으면 내 주변에 있으면 안 되는 것인가. 내가 여행을 아주 많이 다니는 것도 아니고 무슨 오지로만 다니는 것도 아닌데 말이다. 다행히 운이 좋아, 비행기 안에서 심폐소생술을 해야 했던 적은 아직 없지만.

그러니까 응급한 순간에, 정말로 의사가 필요한 순간에 신분을 밝히는 걸 두려워하는 건 아니다. 다만 실제로 내가 해결해주기 어려운 문제를, 단지 손 닿는 곳에 있는 편한 의사라서 답변해야 하는 상황이 부담스러울 뿐이다.

내가 이런 부담감을 느끼고 있다는 걸, 내 친구들과 이웃들은 잘 알고 있다. 언젠가 내가 없던 동네 술자리에서 누군가 내 연락처를 물었다고 한다. 아플 때 전화해서 물어보고 싶으니 내 전화번호를 좀 알려달라고. 한 명이 알려주려 하자, 다른 이가 말렸다.

"이 사람 저 사람 다 아프다고 밤에 연락하면, 추 원장이 어떻게 살 수가 있겠니?"

"맞네 맞아, 우리가 아껴줘야지."

"여기 다들 추 원장한테 그렇게 함부로 연락하지 말아. 알았지?"

급할 때 오는 연락은 어쩔 수 없는 부분이 있다. 밤 11시 45분에 스마트폰이 울렸다. 나는 평소 폰을 무음으로 해놓고 있어 전화가 오는 줄도 모르는 경우가 많지만, 그날은 어째선지 전화가 오는 것을 눈치 챘다. 받을까 받지 말까 잠깐 생각했으나, 11시 45분이라는 애매한 시각이 마음을 흔들었다.

필시 많이 아픈데 응급실에 가야 할지 말아야 할지 묻는 전화일 것이다. 원래 그것이 제일 궁금하다. 이게 병원에 갈 만한 문제인지, 아니면 오늘은 좀 참고 넘겨봐도 되는지.

저녁에 아프기 시작했는데, 참고 참으면서 좋아지기를 기다려보았을 터였다. 기다려도 낫지 않고 점점 더 아픈데, 15분만 지나면 12시가 되어 이제 그 누구에게라도 연락하면 예의에 어긋나는 시간이니, 얼마나 고민하다가 전화를 했을 것인가. 민폐를 끼치기 싫다는 마음과 그래도 의지할 구석은 아는 의사밖에 없다는 마음 사이에서의 갈등이 11시 45분에서 읽혔다.

오전 7~8시 사이에 오는 전화도 있다. 밤사이에 많이 아팠을 것이나, 곤히 자는 나를 깨우지 못하고 끙끙 앓다가, 이제는 잠에서 깼을 시간, 혹 자고 있더라도 깨워도 덜 미안한 시간이니 너무 염치없진 않겠지 하는 마음에서 거는 전화들이다.

아픈 상황에서도 내 사정까지 조금씩 생각해주는, 마음이 읽히는 그 시각들에 나는 결국 무장해제가 되고야 만다.

할머니의
반지

　　할머니의 손가락에 작은 연분홍색 장난감 반지가 끼워
져 있었다. 침대에 누워 계시는 할머니에게 눈을 맞추며 "안녕
하셨어요" 하고 큰 소리로 인사를 드리니, 흠흠 하고 공기가
새어 나오게 천천히 웃는 모습이다. 90세, 방광암 4기, 그리고
치매. 복강 안으로 전이된 방광암 말기라고 진단을 받았지만,
연세가 많아서인지 암의 진행은 느렸고, 3개월을 못 사신다는
얘기를 병원에서 들은 것이 벌써 1년 전이다. 셋째 아들과 며
느리의 집 작은방 침대에 누워 있는 할머니는 연세가 무색하
게 피부가 고왔다.

　　한 달 반쯤 전에 한 중년 여성이 살림의원에 찾아왔다. 조금
머뭇거리면서 의원 안을 이모저모 살피던 그녀는 첫날에는 진
료를 받지 않고 그냥 떠났다. 다음 날 다시 와서 데스크 직원들

과 얘기를 나누었다. 왕진을 신청하러 왔다고 했다. 직원들은 다른 병원의 진료기록을 가지고 와서 우선 진료를 보라고, 그러고 나면 주치의와 왕진 약속을 잡을 수 있을 것이라고 조언했다. 3일 후쯤인가 다시 살림의원을 방문할 때 '복막 전이를 동반한 방광암' 진단서를 가지고 왔다. 자신의 것은 아니고 시어머니의 진단서였다. 그녀는 요양병원에 계시는 시어머니를 퇴원하시도록 돕고 싶은데 퇴원 후 왕진을 와줄 수 있는지를 알아야 퇴원을 결정할 수 있을 것 같다고 했다.

요양병원에 계시는 환자에 대해, 더욱이 환자의 상태를 보지 않은 채로 왕진을 결정하기란 참 난감하다. 우리의 역량 바깥의 문제라면 어떻게 할 것인가? 살림의원만 믿고 덜컥 요양병원을 퇴원했는데, 정작 우리가 진료할 수 있는 문제가 아니라면? 거기다가 진료실 안에서의 진료보다 방문 진료는 더 제약이 있다.

나의 머뭇거림을 느낀 그녀가 말했다.

"이수자 님 기억하시죠?"

"아, 네. 기억하다마다요."

이수자 님 댁은 그 얼마 전까지 우리가 왕진을 다니던 집이다. 심근경색으로 인한 심부전, 신부전이 있었고, 팔다리의 근육이 너무 약해져 침대에서 전혀 움직이지 못하는 80대 여성분이었다. 극진한 아드님과 함께 생활하고 있었는데, 움직일 수가 없어 장기요양보험 의사소견서를 받으러 병원에 가지 못

왕진 가방 속의 페미니즘

하는 탓에 장기요양보험 혜택을 받지 못하고 있었다. 요양보호사를 부르는데 그 비용을 전부 개인이 부담하고 있는 상태였다. 집에 방문해서 의사소견서를 써줄 수 있는 병의원을 수소문하다가 살림의원까지 오게 되었고, 내가 4개월 전 방문하여 이미 소견서를 써드린 터였다. 소견서 덕에 요양 등급을 잘 받았다는 감사 인사를 문자로 받은 후, 나는 다른 많은 일들 사이에서 이수자 님을 잠시 잊고 있었다.

그러다 아드님으로부터 어머니가 혈뇨를 본다고, 아스피린을 끊었는데도 혈뇨가 계속된다고 왕진을 와줬으면 좋겠다는 연락을 받았다. 혈뇨를 씻어내고 요도를 막고 있던 피딱지도 제거하고 방광의 염증을 치료했다. 혈액검사를 했더니 응급으로라도 혈액투석이 필요한 상태였다. 그러나 이수자 님과 아드님은 투석을 원하지 않았다. 아드님은 어머니가 1년 전 심근경색으로 돌아가실 뻔했을 때, 대학병원 응급실에 모셔가 중환자실에서 치료를 하며 최선을 다해 살린 이후 그 일을 어머니께 죄송하게 여기고 있었다. "제 욕심이었지요. 어머니는 사는 게 너무 힘들다고, 더 살고 싶지 않다고 하셨어요. 이번에는 최대한 편안하게 해드리고 싶어요. 이제 와 투석을 한다고 여기저기 찌르고 검사하고, 그런 거 너무 불쌍하고 죄송해요."

사실 몸의 모든 기능들이 너무 쇠약해져 있어 투석을 견딜 수 있을까 싶은 생각도 들던 터였다. 그로부터 2주 정도를 2~3일에 한 번씩 왕진을 갔다. 혈뇨와 방광염으로 인해 이수자 님은 계속 "소변 마렵다"며 잠을 한숨도 못 자고 불편해하셨고, 주치의들과 간호사는 최대한 불편을 줄여드리기 위해 소변줄을 꽂고 방광세척을 했다. 살림의원의 막내 간호사인 민정 선생님이 출근길 아침마다 그 집으로 가서 방광세척을 하고 의원으로 출근하곤 했다. 혈뇨도 많이 줄고, 어머니의 표정도 편안해지셨던 며칠 후, 열여섯 시간을 편안한 숨소리로 깨지도 않고 주무신 후 심정지가 왔다고 했다. 장례를 치른 후 아드님이 따로 의원을 방문하여 감사 인사와 함께 들려주신 이야기이다.(어머니 이름으로 기부를 해주셔서, 다른 건강약자를 지원하는 의료비로 사용하기로 조합원들과 함께 결정했다. 감사합니다.)

"제가 이수자 님의 마지막 요양보호사였어요."

"아… 마지막…"

"네, 제가 요양보호사 자격증 따고 처음 간 집이었어요. 여기 살림의원에서 왕진 나오면서 표정도 편안해지시고 잠도 잘 주무셨어요. 무엇보다 집에서 그렇게 돌아가실 수 있다는 걸 보니까 저희 어머니도 그렇게 모시고 싶어서 이수자 님 아드님께 여기를 물어봤어요. 동네에 왕진을 하는 데가 있다니 정말 생각도 못 했네요. 코로나 때문에 요양병원이 몇 달째 면회 금지였거든요. 간신히 며칠 전에 찾아뵈었는데, 어머니가 건강도 안 좋고 기분도 안 좋아 보이는 거예요. 치매기가 있으니까, 우리가 면회 갈 수 없는 상황인 걸 잘 이해를 못 하시더라고요. 화가 많이 나셨어요. 안 보러 오고 버려뒀다고. 이 사태가 얼마나 더 갈지도 모르겠고, 이러다간 요양병원에서 쓸쓸히 돌아가시게 하겠다 싶어서, 집으로 모시려 해요."

이 얘기까지 들었으면, 환자를 못 봤어도 방문을 망설일 이유가 없다. 우리에게 기대하고 있는 바가 연명 치료가 아니라는 것이 명확하다. 나는 요양병원 퇴원 날짜에 맞춰 첫 왕진을 가기로 했다.

할머니는 내가 생각했던 것보다 체구가 자그마하셨다. 산소줄을 코에 꽂고, 가슴에는 마약성 진통제 패치를 붙인 채 고르릉거리며 힘없이 누워 계셨다. 산소줄, 소변줄과 사타구니에 꽂혀 있는 중심정맥관. 이것이 앞으로 우리가 관리해야 할 것들이구나. 나는 할머니를 진찰한 후 보호자인 며느님께 앞으로 어떤 주기로 방문할지, 어떤 서류가 더 필요한지, 암성 통증 관리를 어떻게 할지, 영양 관리는 어떻게 할지 등을 의논했다.

주기적으로 방문하기 시작한 지 한 달쯤, 할머니는 점점 살이 붙었고 피부색도 발그레해지기 시작했다. 마른 손가락에 분홍색 장난감 꽃반지를 끼고 계셨다. 웃는 모습과 반지가 너무 잘 어울려서 "어디서 난 반지예요?" 물으니, 유치원생 증손주가 끼워드렸다 한다. 왕할머니 좋다고 침대 옆에 와서 종알종알 하루 일과를 보고하고 아끼던 장난감 반지도 드렸단다. 왕진 나올 때마다 마주쳤던, 학습지 풀기 싫어 몸을 배배 꼬던 꼬마가 이런 기특한 면이 있었네.

할머니는 반지 긴 고운 손가락으로 가슴에 붙어 있던 마약성 진통제 패치를 긁어내서 막 떼어내신 참이었다. 꼬깃꼬깃 해진 패치를 장난스러운 표정으로 창틀에 비벼 붙이시다가 며느리와 나에게 들켰다.

창틀에 씹다 만 껌처럼 진통제 패치가 뭉그러져 붙어 있는 걸 보니 웃음이 나왔다. 우리가 웃는 걸 보시더니 할머니도 흠흠 웃으신다. 안 그래도 요양병원에서 퇴원하신 후로 진통제 용량을 점점 줄여가던 차였는데, 어차피 붙여드려도 떼시는 판이니 그냥 이참에 마약성 진통제를 끊고 지켜보자고 며느님과 얘기를 나누었다.

날씨가 따뜻해지니 휠체어를 타고 산책이라도 나가면 어떨까 보호자와 계획을 세우고, 휠체어에 앉을 수 있도록 고관절과 무릎관절을 부드럽게 풀어주는 수동관절운동을 알려드렸다. 너무 오랫동안 누워만 지내서 관절이 굳어 있었다. 관절을 풀어드리니 붕붕 방귀가 나오면서 배가 부드러워진다. 방광암의 복막 전이. 그러니까 이 뱃가죽 안에 암세포가 가득 들어 있다는 뜻이다. 하지만 왠지 지금 이 순간 그건 그렇게 중요한 사실이 아닌 것 같다. 증손자가 와서 놀고 싶게 볕이 잘 드는 침대. 소변줄과 기저귀, 엉덩이의 욕창에도 불구하고 할머니에게서는 기분 좋은 바디로션 냄새가 났다. TV에서 트로트가 나오면 몸을 들썩이시는 것 같기도 했다.

나도 서너 살 무렵까지 증조할머니와 같이 살았다. 엄마의 얘기에 따르면 나는 종종 증조할머니 방에 가서 놀았다고 한다. 돌아가시기 전 한동안 아프셨던 증조할머니가 금침 위에 누워 계시면, 나와 언니는 증조할머니의 몸을 타고 올라가 할머니 온몸에 성냥을 꽂곤 했다. 어디서 무얼 봤던지, "할머니 아파서 침 맞아야 해"라며 마르고 쪼글쪼글한 피부 사이사이에 성냥개비를 꽂았다.

할머니는 아픈 와중에도 증손주를 위해 성냥개비에 찔리는 것을 마다하지 않으셨다. 그 옛날 햇살이 잘 드는 방 금침 위에서 죽음을 향해 한 발씩 다가가고 있으면서도, 증손주의 병원놀이에 기꺼이 한몫 참여하셨던 내 증조할머니가, 연분홍색 꽃반지 위에 겹쳐 보였다.

2장

페미니스트 의사 되기,
쉽지 않아

나는 남자라서
의사 못 되잖아!

    살림의원에 견학을 온 분이 물었다.

"여기는 남자 직원은 없나 봐요?"

    현재 남자 직원이 없는 것은 아니다. 정신건강의학과 전문의 두 명은 모두 남자다.

    "정신과 선생님들은 남자들이네요. 어쩌다 보니 염증을 째고, 용종을 떼어내고, 치아를 뽑는 등 외과적인 시술을 하는 의사들은 모두 여자들이고, 피를 전혀 보지 않고 마음을 다독여주는 정신과 선생님들만 남자들이군요. 일부러 그런 건 아닌데, 얘기하면서 보니 뭔가 재미있네요."

    사실 의료 현장의 노동자들은 여자들이 많다. 의료만이 아니라 보건, 돌봄까지 확장하면 더욱 여자들이 많다. 병원 노동자들의 거의 대부분이 여자다. 그러나 의료는 '남자', 좀 더 정확하게는 '남자 의사'로 상징되어 있다. 특히나 수술과 수술실은 정말 '남자의 공간'으로 상징화되어 있다. 그러나 수술장에서 일하는 사람도 전체 숫자를 놓고 보면 여자들이 더 많다! 그런데도 그곳은, 피를 보는 수술과 수술장은 마치 '남자의 영역'처럼 여겨지곤 한다. 남자의 공간으로 생각되는 만큼, 실제 일하고 있는 여성들의 노동은 잘 보이지 않게 된다.

의대 학생 시절 한 외과 교수님의 수술에 참관하러 들어갔다. 그분은 여자 교수님으로, 여자 외과 의사가 별로 없던 그 시절에 정년퇴직을 앞둔 분이었다. 그 수술실에 들어가기 전 다른 학생에게서 인계를 받았다. 교수님이 너무 '교수님'처럼 보이지 않으므로, 각별히 주의해야 한다는 이야기였다.

몇 년 전 다른 대학 출신의 한 인턴이 수술실에 들어오려는 그 교수님께 "어이 아줌마, 여기 수술 시작하려고 준비해놓은 방이니까 들어오지 말아요"라고 했다는 소문이 있었다. 청소 노동자와 교수님을 구별하지 못했던 것이다. 수술장은 수술 오퍼레이터인 교수님부터 청소 노동자까지 모두 같은 옷을 입고 같은 모자를 쓴다. 얼굴을 거의 가린 마스크와 수술 모자로 인해 자세히 보지 않으면 누가 누군지 알기 어려운 구조이다.

수술장에서 남자들은 나이가 많을수록 지위가 높아진다고 한다. 인턴-전공의-전임의-교수 순으로 나이가 많아지면서 지위가 올라간다. 반면 여자들은 나이가 많을수록 지위가 낮아진다고 했다. 인턴이나 전공의(즉 의사)-간호사-청소 노동자 순이었다. 그 인턴은 '나이 든 여자 외과 의사'의 존재가 익숙하지 않다 보니, 교수님을 청소 노동자로 오인했던 것이다. 그래서 그 뒤로 무슨 중요한 인계 사항처럼, '청소 여사님처럼 보이는 분이 바로 교수님'이라는 말이 학생들 사이에 전해 내려오고 있었다. 그냥 만나는 모든 사람에게 예의바르게 대하면 되는 것을, 그것을 인계까지 하다니 별스럽다고 생각하며 나는 수술장에 들어갔다.

교수님이 손을 씻고 들어와서는, 역시나 교수님 정도로 나이가 많이 들어 보이는 스크럽 간호사님과 간단히 목례를 하고 수술복을 입었다. 스크럽 간호사님이 교수님의 수술복을 입혀주는 모습과 그 우아한 몸놀림은 마치 경건하고 신성한 의식 같았다. 수술이 시작되었고, 나는 감탄했다. 말 한마디 없었다. 눈빛을 교환하는 조용한 목례로 시작하여, 마치 한 편의 팬터마임 공연처럼 진행되었다. 교수님이 손을 내밀면 스크럽 간호사님이 그 손 위에 정확히 필요한 수술 도구를 꼭 맞는 각도와 위치로 올려놓았다. 단 1초도 허투루 흘러가는 시간이 없었다. 사용한 수술 도구를 건네기 위해 교수님이 손을 뻗으면, 정확히 그 자리에 스크럽 간호사님의 손이 있었다. 착착 건네고 착착 받았다.

그 모습은 내가 그때까지 다른 수술장에서 봐왔던 광경들과 전혀 달랐다. 대개 이런 대화가 오고 가는….

"이걸 주면 어쩌라는 거야!"

왕진 가방 속의 페미니즘

"손에 딱딱 맞게 좀 줘봐요."

"던지지 좀 마세요, 교수님!"

나는 그날 수술하는 여자의 아름다움에 푹 빠져버렸다.(실제로 여자 집도의들의 수술장이 평균적으로 좀 더 조용하다고 한다.)

수술하는 과에도 여자 의사들이 점점 늘고 있다. 인턴 시절 마취과를 돌고 있을 때였다. 조용한 수술방 분위기에 돌연 깨달았다. 내가 들어온 수술방에 여자들만 모여서 수술을 진행하고 있다는 사실을!

집도의인 외과 전임의, 외과 치프(전공의 4년차), 외과 주치의(전공의 1년차), 거기에다 외과 인턴, 마취과 전임의, 마취과 인턴, 스크럽 간호사(수술에 직접 들어오는 간호사), 서큘레이팅 간호사(수술방 여러 개를 돌아다니며 각 수술방에 필요한 것들을 챙겨주는 간호사), 마취과 간호사, 외과 실습 학생까지, 모두 여자였다. 의료계에 여자들이 많아지고 외과 영역에도 여자들이 많아졌다고 해도 이러기는 쉽지 않은데 하는 생각이 들었다.

어떤 여자 선배가 '성형외과에 지원하고 싶다'고 교수님을 찾아가 면담을 했더니, 그 교수님이 "자네는 전공의로 오지 말고 환자로 오지 그러나?" 했다는 모욕적인 일화도 들어본 적 있었다.

수술하는 그 많은 과들이 금녀의 영역이었을 때, 사실 의사라는 직업 자체가 여자가 선택하기 힘든 직업이었을 때부터 그 벽을 넘기 위해 끈질기게 투쟁했다던 여러 나라 언니들의 애기가 떠올랐다. 그 각종 과들이 여자들에게 문호를 개방한 데에는 자기가 들어갈 과를 제소하면서까지 싸워온 언니들이 있었다더라.

이날은 사실 한참 동안이나 여자들만 수술하고 있다는 사실을 알아차리지 못했다. 매일 보던 사람들이요, 너무 자연스러운 광경이었기 때문에. 그 수술방에 남자가 있긴 했다. 딱 한 명, 바로 수술 테이블 위에서 배를 열고 마취된 채 조용히 눈을 감고 자는 남자 환자. 그 순간 나는 갑자기 영화 〈침묵에 대한 의문〉이 떠올랐다.

한 남자를 죽이고 법정에서 깔깔대며 웃던 영화 속 여자들…. 아니다, 아니야. 저 사람은 환자고 아무 죄가 없어. 게다가 나는 의사야. 그래도 계속 생각이 났다. 그녀들의 깔깔대는 웃음소리가 머리를 울렸다.

여자들이 많아진다고 해서 그 자체로 페미니즘으로의 변화를 뜻하지는 않는다. 정치에서 여자 대통령이 나온다고 여성의 정치세력화가 이루어지지 않는 것처럼. 여자들이 더 많이 의사로, 특히나 피를 보는 수술하는 의사로 진출하고 있지만 그 자체로 수술장이 여성주의적으로, 여성친화적으로 변하지는 않는다. 하지만 변하려고 하면 최소한의 임계점이 필요하다. 일대일 대면이라는 방식을 통해서만 전달될 수 있는 보건의료산업의 서비스 특성상, 그 임계점은 일정한 정도의 숫자로 형성된 여성 보건의료인들을 필요로 한다.

왕진 가방 속의 페미니즘

살림의원의 어느 단골 꼬맹이가 집에서 펑펑 울었다고 한다. "나는 남자라서 의사가 못 되잖아. 나는 의사 선생님 되고 싶은데, 엉엉엉⋯."

　　태어나서 본 의사라고는 살림의원 의사들밖에 없어서, 자기는 남자라 의사가 될 수 없을까 봐 너무 걱정되어 집에서 울었다는 얘기를 듣고 귀여워서 한참 웃었다. 이 사건을 귀여움으로 받아들일 수 있는 이유는, 실제로 의사가 되는 데 남자라서 불리한 점은 전혀 없다는 사실을 나도, 그 아이의 부모도, 우리 모두 알고 있기 때문이다.

　　살림의원이 여자들만 일하는 곳이냐고 묻는 질문에 나는 이렇게 답한다. 여자든 남자든, 누구라도 일할 실력이 있고 일하려는 의지가 있는 사람들이 일할 수 있는 곳이라고. 여기는 여자만 일하는 곳이냐는 질문에 크게 신경 쓰지 않는 사람들이 일하는 곳이라고.

우리가 만든
분란

    처음 의료협동조합을 만들러 동네를 알아보고 있다고 했을 때, 다른 지역에서 이미 20년 전에 의료협동조합을 만들어본 선배들은 우리를 걱정했다. 너희 젊은 페미니스트 비혼 여성들이 지역사회로 들어가면 예상치 못한 '긴장'이 생길 수 있으니 조심해야 한다고 경고했다.

    그 '긴장'의 정체인즉 '성性적 긴장'이었다. 주로 당시까지 지역운동을 하시는 분들이 공동육아, 시민사회단체, 먹거리생협 중심이었으므로 아무래도 부부와 자녀로 이루어진 인구 비율이 높았다. 이런 상황에서 결혼하지 않은 젊은 여성들이 대거 지역사회로 들어가면, 기존 기혼 여성들과의 사이에서 약간의 경쟁(?), 알력(?) 같은 것들이 발생하여 서로 협력하기가 어려울 수 있다는 게 선배들의 걱정이었다. 속된 말로, 자신의 남편이 새로 들어온 처녀들과 바람나지 않을까 걱정하는 기혼 여성들이 있다나!

동네 사람으로 인정받지 못해서 의료협동조합 초기 조합원 모집이 힘들 거라는 우려도 있었다. 동네로 이사를 오기는 했지만, 지역 커뮤니티에 어디 하나 연결된 곳이 없었다. 학부모이기를 해, 교회를 다니기를 해, 다들 직장에 다니니 낮 시간의 동네 모임에 나갈 수가 있어, 도통 동네 평범한 사람들을 만날 수가 있어야지! 난감했다.

우리 비혼 페미니스트들은 지금까지 살았던 그 어떤 지역에서도 단 한 번도 '죽을 때까지 여기서 살 거야'라고 생각해본 적이 없었다. 집 살 돈이 없어 월세와 전세로 전전하던 대학로나 신촌, 홍대 근처에서 우리는 부평초였다. 결혼하지 않은 젊은 여성들은 '미혼 여성'으로 불렸고, 독립생활을 하는데도 '자취'하는 것으로 보였다. 결혼하여 온전한 거주를 결정하기 전까지 일시적으로 사는 사람들로 여겨졌다. 동네 사람들에게도 우리는 뜨내기, 친해질 필요가 별로 없는 존재들이었다.

이런 걱정들 때문이었는지, 동네 언니들 중 한 분이 살림의원 초창기에 나에게 '중매'를 서겠다는 제안을 한 적이 있다. 타지에서 들어온 젊은 여자 의사가 동네 주치의가 되어 지역에 안착하려면 결혼과 출산이 가장 좋은 방법이라고 생각했던 걸까. 중매 제안을 받은 내가 뜨악한 표정을 짓고 있을 때, 분위기를 파악한 다른 동네 언니들이 얼른 끼어들었다.

"얘가 왜 이래 정말! 너는, 너는 결혼해서 그렇게 좋디? 결혼생활이 아주 행복해 죽겠어?"

"에이, 결혼해서 좋은 여자가 어딨어?"

"그지? 너도 해서 좋지도 않은 걸 뭐하러 추 원장한테 권해? 추 원장도 한번 당해봐라 이거냐, 응?"

"하하하, 듣고 보니 그러네~"

비혼 페미니즘에 대해 일장 연설을 준비하던 나는 그냥 같이 웃고 말았다. 그래도 이런 얘기 다시 나오는 건 싫으니까, 예전에 딱 한 번 본 적 있는 사주 이야기를 언니들에게 전해야겠다 싶었다.

"언니들, 내 사주에 남자가 없대요."

"응, 그러니까 결혼할 팔자가 아니라는 거야?"

"아니, 그건 아니고. 결혼을 하든 말든 별 상관 없대요. 설사 결혼을 한다 해도 그 남자가 내 인생에서 전혀 중요하지 않대요. 그게 사주에 남자가 없다는 의미래요."

한 언니가 정색을 했다.

"혜인아, 그건 너만 그런 거 아니야. 여자라면 다 그래. 비혼이든 아니든 그런 건 상관없어. 우리 여자들 인생에 그렇게 중요한 남자는 없어."

이번에는 진짜 제대로 왁자하게 웃었다. 동네 언니들은 사실 이미 페미니스트였던 것이고, 의료협동조합 선배들이 걱정한 '성적 긴장'은 너무 옛날 일이었다.

왕진 가방 속의 페미니즘

우리는 동네 언니들의 남편과 조금도 성적 긴장이 없다. 오히려 긴장하는 쪽은 남편들이다. 언니들이 비혼의 즐거움에 푹 빠지는 것 같아서!(버림받을까 봐?) 그래서일까, 살림의료협동조합의 페미니즘에 관심 가지는 남성들이 점점 많아지고 있다.

우리 비혼 페미니스트들은 앞으로 계속 살 곳을 찾아 이 동네로 들어왔다. 나이가 들어서도, 가족이 없어도, 서로 돌보고 돌봄 받으며 페미니스트로서 나이 들고 죽을 수 있기를 원하며 함께 만들고자 했던 것이 여성주의 의료협동조합이다.

준비한 기간부터 보면 10년이 조금 더 넘는 지금, 우리는 스스로를 돌볼 계획을 넓혀, 이제 동네를 돌보는 미래를 준비하고 있다. 이 동네 이 사람들과의 관계망 속에서 죽고 싶으려면, 여기에서 살고 싶기부터 해야 하기 때문이다.

공대생이
의대생이 된 사연

　　나는 원래 공대생이었다. 내가 수업을 듣던 공대 건물 중에는, 4층짜리 건물 전체에 여자 화장실이 단 한 개도 없는 건물이 버젓이 있었다. 여중과 여고를 나온 내가 갑자기 너무 많은 남자들 사이에서 지내다 보니 호르몬 이상이라도 생겼던 걸까, 생리를 무려 6개월이나 하지 않기에 이르렀다. 나는 언니들을 만나고 싶은 목마름에 공대 여성위원회를 찾아갔다. 그 뒤로 편하게 숨 쉬고 싶을 때마다 그 방을 들락거렸다.

　　1997년이 막 시작되던 1학년 겨울방학 때, NGO 단체에서 자원활동을 하는 사회 참여 프로그램이 기획되었다. 나는 원래부터 관심이 있었던 한국성폭력상담소로 신청해서 가게 되었다. 나 말고도 각기 다른 대학교에서 세 명이 더 모여서 네 명이서 자원활동을 하게 되었다. 말이 자원활동이지, 상담사

자격도 없고 교육도 받지 않은 대학교 1~2학년 학생들 네 명이 성폭력(전문)상담소에서 할 일은 많지 않았다. 절반 가까운 시간을 교육받는 데 썼고, 나머지 시간에는 서류 정리나 문서를 타이핑하는 것 같은 간단한 일들을 했다.

성폭력특별법이 제정된 것이 1995년이었다. 법 제정 직후라 일은 쏟아지는데, 활동가는 많지 않고 성폭력 전문 상담소도 턱없이 부족한 상태였다. 열정적으로 과로하고 있는 언니들을 존경하는 눈으로 쳐다보며 지내던 중에, 내 귀에 꽂힌 얘기가 있었다. 그것은 '성폭력 피해자를 위해 증언해줄 의사가 한 명이라도 있으면 좋겠다'는 것이었다.

성폭력 사건 해결에서는 의료 지원이 절실한데 현실은 턱없이 부족한 형편이었다. 성폭력 피해자를 진료하고 증거를 채집해줄 의사, 법정에서 증언을 해줄 의사, 다가올지도 모를 임신이나 성병으로부터 피해자를 보호하고 적절한 조치를 취해줄 의사, 심리적 외상을 치료하는 데 도움을 줄 의사가 꼭 필요했다.

당시 재판부는 피해자가 도저히 거부하지 못할 만큼 현저한 위력의 사용이 있어야만 '강간'으로 인정했다. 따라서 외부 생식기에 상처가 있는지, 질 내에 열상이 있는지, 성병이 옮았는지, 몸의 다른 부위에 폭행의 증거가 있는지 등이 아주 중요한 문제였다. 이런 것들을 피해자의 시선에서 꼼꼼하게 봐줄 의사가 있어야 했다.

자원활동 하는 동안 '의사가 필요해'라는 얘기를 여러 차례 들었다. 그러다 보니 언제부터인가 '내가 가야겠다, 의대'라는 생각이 슬슬 자라났다.

버스로 통학하던 고등학교 3학년 때, 나는 등굣길 버스 안에서 성추행을 당했다. 여자 중학생들이 앉은 좌석 옆에 서 있을 때, 옆 남자고등학교 학생 하나가 내 뒤에 좀 바짝 붙어 있다 싶기는 했다. 버스가 그다지 혼잡하지 않았지만 별다른 이상한 낌새는 느끼지 못했다. 그런데 잠시 후 자리에 앉아 있던 여중생 둘이 웅성거리며 나와 내 뒤에 있던 남학생을 번갈아 보는 게 아닌가. "어머나" "어째" "세상에" 같은 감탄사만 작게 내뱉더니 눈빛으로 내게 뭔가 알려주려 애썼다.

'뭐지?' 하는 순간 교복 치마가 들춰지는 느낌과 함께 허벅지에 뭔가 소름 끼치게 닿는 느낌이 들었다. 홱 뒤를 돌아봤다. 그 남학생은 버스 뒤편 자기 학교 학생들의 무리 속으로 이미 숨어 들어갔다. 나는 남학생 무리를 노려보듯 둘러보았으나, 그 광경을 모두 목격했을 남학생들은 가해자를 자기들 속으로 숨겨주기 바빴다.

"저기 학생들, 저 남학생 명찰 봤어요?"

나는 나를 필사적으로 도와주려 했던 여중생들에게 물었다.

"네, 봤어요. 3학년 ○반 ○○○예요."

"고마워요."

똑똑한 여중생들은 둔한 나에게 끊임없이 신호를 주면서

가해자의 명찰까지도 외워놓고 있었던 것이다. 나는 버스에서 내리자마자 등교 지도를 하고 계시던 학생주임 선생님을 찾아 갔다. 버스에서 내릴 때까지 자세를 꼿꼿이 유지했지만 학생 주임 선생님 얼굴을 보는 순간 그럴 수가 없었다. 나는 무너지 듯 주저앉아 교문 앞에서 대성통곡을 하며, 내가 당한 일과 그 남학생의 학교와 반, 이름을 신고했다.

그날로 학생주임 선생님의 학교의 자존심을 건 보복이 시 작되었고, 나는 내가 당한 일이 그 남학교에도 소문이 났다는 것과 그 남학생 가해자가 학생부실로 불려 갔다는 사실을 전 해 들었다. 학생부로 불려 간 이후의 일은 알고 싶지 않았다. 그리고 우리 학생주임 선생님은 교내 방송을 시작하셨다.

"이런 비슷한 일이 또 생길 경우 바로 학생부로 신고해라. 그 괘씸한 놈들을 학교의 명예를 걸고 선생님이 혼내주겠다!"

나는 성추행을 당했지만 전혀 부끄럽지 않았다. 그 사건은 다른 어떤 곳도 아닌 학교 가는 길에 일어났고, 당시는 아침 등 교 시간이었으며, 나는 학교에서 정한 치마 교복을 학교에서 정한 정확한 그 길이(무릎을 덮을 정도), 그 방식대로 입고 있었 다. 나는 버스 안에서 남학생들과 눈길 한번 마주치지 않았고, 사건 후에도 가해자의 얼굴조차 모르는, 정말로 '순수하고 순 진한' 피해자 역할을 다할 수 있었기에, 이 사건이 온 시내에 다 알려졌어도 당당할 수 있었다. 실제로 다른 학교까지 소문 이 났고, 나를 걱정하는 후배들의 방문을 받기도 했으며, 알고 지내던 그 남자고등학교의 학생들한테서 "내가 대신 사과할게"라는 말을 듣기도 했다.

내가 '순수하고 순진한 피해자'의 위치에 스스로를 놓지 못했던 사건은 그 직후에 일어났다. 우리 고등학교에서는 본고사(대학별고사)를 칠 학생들에게 따로 도서관 자리를 지정해주고 야간자율학습을 시켰는데, 도서관은 밤 10~11시까지 운영되었다. 늦은 시간이라 여러 선생님들이 돌아가며 사감 역할을 맡아 학생들의 안전 귀가를 책임지고 있었다. 평소 존경하던 선생님이 사감으로 들어오던 날, 나는 물어볼 문제를 가지고 사감실을 찾아갔다. 문제를 푼 뒤 선생님이 말했다.

"우리 혜인이, 예쁘고 똑똑하고 착하기도 하지. 선생님이 한 번 안아봐도 될까?"

나는 안 될 이유가 없다고 생각했다. 평소 존경하던 선생님이고, 평소 아끼던 제자였으니까. 내가 고개를 끄덕이자 그는 나를 끌어안고 자기 무릎 위에 앉혔다. 이건 좀 이상한데 싶어 어리둥절해하고 있을 때, 그의 낮은 신음 소리가 들렸고, 밀착해오는 감각이 느껴졌다.

"우리 혜인이, 선생님이 참 좋아한다. 선생님이랑 학교 밖에서도 가끔 만날까? 선생님이 용돈도 주고 예뻐해주고 싶다."

온몸의 감각이 이건 아니라고 소리쳤다. 이건 아니지, 이건 아니야! 재빨리 그의 품에서 빠져나와 도망치듯 사감실을 떠났다.

    한동안 멍했다. 당시의 나는 그 상황이 이해가 되지 않았다. 하지만 적어도 버스 안에서의 성추행을 전교생 앞에서 울면서 드러냈던 것과는 달리, 이번 사건은 조용히 지나가야 한다는 것을 본능적으로 느꼈다. 나는 더 이상 '순수한 피해자'가 아니었다. 내가 먼저 사감실로 갔고, 그때는 밤 10시가 지난 시각이었고, 안아봐도 되느냐는 제안에 그러라고 했다. 심지어 나는 돈을 주겠다는 제안도 받았다! 그 말로만 듣던 원조교제? 조건만남?

    사실상 나는 고등학교 3학년이나 되어서는 '순진해 빠졌던' 것이었는데, 내가 가장 순진했던 그 순간에 '순수한 피해자'에서 탈락하고 말았다. 내가 고작 할 수 있었던 저항은, 그의 수업 시간에 보란 듯이 다른 과목 공부를 하거나, 그에게 인사를 하지 않는 정도였다. 도서관 운영위원이어서 도서를 정리해야 한다는 핑계로 수업에 빠질 수 있었던 것이 그나마 다행이었다.

    성폭력상담소에서 자원활동을 하는 동안 수많은 전화 상담 사례들을 보며, '순수성을 의심받는 피해자'에 치를 떨었다. 내가 그랬던 것처럼 그 피해자들은 자기 비난과 자책으로 범벅되어 있었다.

    '제가 왜 거길 갔을까요?', '내가 술을 왜 마셨을까', '그 사람이랑 애초부터 만나지 말았어야 했어요', '꼬리 친 것으로 보일까 봐 너무 겁이 나요', '가해자와 합의하기 싫어요. 그러면 제가 돈 받은 게 되잖아요. 돈 보고 달려들었다면서 꽃뱀이라고 욕할 거잖아요. 지금도 꽃뱀이라고 얼마나 욕을 하는데요', '처음에는 당했다고 생각했지만, 그 사람이 나를 좋아해서 그랬다고 말해서 그 말을 믿게 되었어요. 아니, 믿을 수밖에 없었어요. 좋아하지도 않는 나에게 그런 일을 했다는 건, 나를 정말로 자기 쾌락을 위한 도구로밖에 안 봤다는 거잖아요. 그렇게 도구로 취급받는 것보다는 차라리 나를 좋아해서 그랬다고 생각하는 게 견디기가 더 나았어요. 그래서 결국 사귀고 말았어요. 왜 그랬을까요. 나는 가해자를 좋아하지도 않았는데, 강간의 두려움이 생생하게 남아 있었는데, 왜 사귀고 말았을까요.'

그 얘기들은 내 가슴도 쳤다. 그날 왜 거기 갔느냐고, 왜 그런 옷을 입었느냐고, 왜 웃었느냐고, 그런 식으로 누구도 피해자를 비난해서는 안 되고 비난할 필요도 없다. 그 누구보다 더 먼저, 더 격렬하게 피해자가 스스로를 비난하고 있으니까. 무엇보다 잘못은 피해자에게 있지 않으므로.

고등학교를 졸업하면서도 결국 아무에게도 털어놓지 못했던 이야기들이 나를 의대로 보냈나 보다. 나는 의대에 합격한 후 입학식을 앞두고 성폭력상담원 교육부터 받기 시작했다. 의학 교육보다 그걸 먼저 받아야겠다고 생각했다.

관계를 여는
버튼

의대 본과 2~3학년 무렵에 모의 환자 실습이 있었다. 모의 환자 실습은 학생들이 본격적인 병원 실습을 앞두고, 진짜 환자를 대할 때 실수가 없도록 하기 위해 기획되었다. 아마추어 연극배우들이 대본에 따라 잘 훈련을 받은 후 학생들과 대면하였다. 조별로 7~8명 정도가 한 실습실에 들어가 있으면, 모의 환자가 한 명씩 방에 들어왔다. 환자에 대한 짤막한 설명이 적힌 종이를 들고 왔다.

우리는 진짜 환자가 아닌 줄을 알면서도 긴장하여 제대로 눈을 맞추고 인사하지도 못했다. 우리 방에 배치된 환자는 '32세, 여자, 두통'이라고 적힌 종이를 보여주었다. 이게 제일 기본적인 정보다. 나이, 성별, 주소(주된 증상이나 호소).

그녀는 힘없고 지친 표정을 짓고 있었고 긴 머리카락을 대

충 뒤에서 묶은 상태였다. 미처 묶이지 않은 머리카락들을 늘
어뜨려 거의 얼굴을 가리고 있었고 우리를 제대로 쳐다보지
않았다. 눈을 마주쳐 인사를 하려고 하면 머리카락으로 눈을
가리며 시선을 피해버리곤 했다. 누구도 쉽게 입을 열지 못하
며 시간은 흘러가고 있었다. 그러다, 머리카락을 매만지는 그
녀의 손목에서 여러 줄 모양으로 생긴 멍이 눈에 띄었다. 누군
가 손목을 그러쥐어서 든 멍으로 잘 분장한 것이었다. 손목의
단서를 발견한 우리는 좀 더 꼼꼼히 그녀를 살피기 시작했다.
목에도 뭔가 퍼런 자국이 있었다. 목이 졸렸던 듯이 분장된 것
이었다. 우리는 눈빛을 조용히 주고받았다. 앞에 놓인 연습장
에 '가정폭력?'이라고 쓰고는 마주 보고 고개를 주억거렸다.
평소 이런 문제에 관심이 많다고 알려진 나를, 조원들은 슬며
시 첫 순서로 지목했다.

"안녕하세요?"

"네….."

"어디가 불편해서 오셨어요?"

"어디 불편해서 온 거 아니에요."

"그럼 오늘 어떻게 오셨어요?"

"….."

"결혼하셨어요?"

"네….."

"손과 목의 이 멍은 어떻게 하시다 생겼어요?"

"넘어졌어요."

"네…. 저, 넘어져서 생기는 거랑은 좀 달라 보여요."

"…."

"누가 때렸나요?"

"아뇨."

"그러면 왜 다치셨어요?"

"…."

"혹시 저희한테 감추는 거 있으세요?"

"…."

"남편한테 맞은 건가요?"

"…."

"이거, 가정폭력상담소 전화번호예요. 나중에 꼭 전화해보세요. 꼭이요."

나 혼자 있지도 않은 상상 속의 가정폭력 남편에게 화가 나 씩씩거렸고, 다른 학생들도 비슷하게 접근하는 바람에, 시나리오는 이렇게 맥없이 끝이 났다.

나중에 교수님들께 들은 원래의 시나리오는 이랬다. 그녀는 자신이 왜 병원에 왔는지 거의 아무런 정보도 주지 않는다. 학생들이 이것저것 묻다가 술을 마시느냐는 질문을 하면 모의 환자는 술을 매일 마신다는, 알코올중독인 것 같은 약간의 단서를 준다. 술에 대해서 학생들이 좀 더 물어 들어가면, 즉 술을 언제부터 그렇게 많이 마셨는지, 술 마시고 어떤 사고가 있었는지, 술 마시는 데 죄책감을 느끼는지, 술을 많이 마시는 문제와 관련해서 가족 간의 갈등은 없는지 등등 파고 들어가면, 그제야 그녀는 털어놓는다. 즉 '결혼 초부터 마셨다. 술 마시는 문제로 남편과 싸웠다. 남편에게 맞았다. 너무 힘들어서 어제 술을 진짜 많이 마셨다. 오늘 머리가 아프다. 죽고 싶다'… 이런 정보를 주게 된다는 시나리오였다.

모의 환자 시나리오 중에는 핵심 정보로 들어가는 어떤 특정한 버튼을 누르지 않으면 한 걸음도 앞으로 나아가지 않도록 설계된 종류가 있다. 이번 시나리오가 바로 그런 것이었다. 핵심 질문이 나와야만 다음 단계로 넘어가는데, 이번 시나리오에서 핵심 질문은 '술'이었다. 우리는 교수님들이 만든 시나리오를 전혀 맞히지 못하고, '술' 버튼을 누르지 못하고 주변만 뱅뱅 돌다가 끝난 셈이었다.

당시에 우리는 "모든 시나리오에서 술, 담배는 빼놓지 말라고 만들어놓은 함정인가 봐. 이런 건 그냥 무조건 물어본다고 생각하자." 그렇게 잠정 결론을 내렸다. 그러고선 "그래도 술에 대해 안 물어봤다고 저렇게까지 아무 얘기도 안 해주냐? 나는 진짜 가정폭력 피해자인 줄 알았잖아. 정말 그 배우 독하다 독해!"라며 그 배우를 원망하기도 했다.

나중에 진료실에서 여성폭력 피해자 혹은 생존자들을 내가 직접 진료했을 때, 그 시나리오의 진짜 의미를 깨닫게 되었다. 그것은 신뢰에 대한 것이었다.

남편에게 맞았다는 사실을, 아무리 맞은 사람은 죄가 없고 때린 사람이 잘못한 것이라고 해도, 생전 처음 보는 의사에게 곧바로 털어놓기는 쉽지 않다. 특히나 한 번 맞은 것이 아니라 상습적인 폭력에 노출되어 있는 경우는 더 그렇다. 누구라도 자신이 하찮게 취급받고 있다고 인정하고 밝히기는 쉽지 않다. 진료실에서는 더욱 그렇다.

진료실에서 환자들은 많은 것을 숨긴다. 고혈압약을 꼬박꼬박 잘 먹지 않았다는 것도, 담배를 아직 끊지 않았다는 것도, 바로 어제도 술을 마셨다는 사실도 숨길 수 있다. 그럴 때 거짓말이라고 몰아붙이거나 사실 관계를 따져 취조를 하려 해선 안 된다. 의사는 탐정이나 경찰이 아니다. 진료실 의사 앞에서 좀 더 좋은 사람으로 보이고자 하는 환자의 욕구를 이해해야 한다.

성폭력, 가정폭력 피해자들도 비슷하다. 자신이 부당하게 대접받고 있다고 처음부터 말하지 않은 이상, 그 속 깊은 얘기로 들어가기 위해서는 의사에 대한 신뢰가 필요하다. 눈앞의 의사가 내 말을 믿어주고 내 고통에 공감해줄 것이라는, 도움을 줄 수 있을 것이라는, 이 얘기를 해도 나의 자존이 지켜지리라는 믿음이 있어야 비로소 속마음을 꺼낼 수 있다.

'술' 얘기는 정말로 버튼이었을 뿐이다. 이 얘기 저 얘기를 나누며 서로 차곡차곡 신뢰를 쌓아야, 비로소 관계를 여는 버튼을 누를 수 있다.

보호자인가
가해자인가

　응급실 파견근무를 마치고 돌아오던 친구가 나에게 문자를 보냈다. 함께 의대에서 여성주의 동아리 활동을 했던 친구였다.

　"여기 응급실에 다쳐서 오는 여자들은 전부 가정폭력 피해자인 것 같아. 다쳤는데 혼자 병원에 오는 여자, 왜 다쳤는지 제대로 얘기하지 않는 여자는 죄다 가정폭력이야. 정말 이놈의 폭력, 지긋지긋해."

　나도 가정폭력 피해자를 가장 많이 만난 곳은 응급실이었다. 그날도 응급실에서 일하던 중이었다. 가정폭력 피해자가 들어왔다. 피해자는 여기저기 몸에 멍이 들어 있었고, 울고 있었다.

　잠시 후 보호자가 왔다. 아니, 스스로를 '보호자'라고 하는 사람이 왔다. 나는 혹시 몰라서 응급실에 들어오지 못하게 했다. 그러고는 피해자에게 가서 슬쩍 물었다. 저 사람이 때린 것이 맞는지. 피해자 여성은 곁눈질로 그를 보고 난 후, 겨우 알아차릴 만큼 고개를 끄덕거렸다.

내가 응급실에 들어오지 못하게 막아놓았던 그 '보호자'는 술에 취한 상태였다. 핸드폰에 대고 소리를 지르더니, 피해자의 이름을 위협적으로 부르면서 응급실로 들어오려 했다.

나는 무슨 용기에서인지 그의 앞을 막아섰고, 무슨 관계냐고 물었다. 그가 '보호자'라고 대답하자, 나도 모르게 비아냥거리며 코웃음을 쳤다.

"보호자는 무슨 보호자, 가해자겠지!"

그는 경멸하는 내 표정과 내 의사 가운을 번갈아 보며 약간 흠칫하는 것 같았다. 그러나 이내, "뭐 이딴 병원이 다 있어!"라고 소리를 버럭 지르면서 응급실로 들어오려고 했다. 그가 소리를 지르는 바람에 응급실의 모든 시선이 우리를 향했다. 당시 응급실에 의사는 나밖에 없었다. 게다가 나는 그 병원 전체에서 가장 연차가 높은 의사였다. 나는 화가 나 보이는 그를 진정시켜야 했지만, 그러기 싫었다. 그럼에도 직원들과 환자들을 보호해야 한다는 마음만은 있었다.

"여기는 가해자가 들어오는 곳이 아닙니다. 나가주세요."

"이년이 왜 이래? 네가 뭔데?"

"욕하지 마세요. 나가주세요. 여기는 환자들을 위한 공간입니다. 그리고 저는 현재 응급실을 책임지고 있는 의사입니다."

"보호자라니까! 환자 만나러 왔다고!"

"피해자를 보호해야 합니다. 당신은 들어올 수 없어요."

"아이, 씨발, 네가 뭔데?"

"욕하지 말라고 했습니다! 간호사님 경찰서에 신고해주세요. CCTV 녹화 다 되고 있죠? 욕한 거 다 기록 남아 있죠? 경찰 불러주세요."

이윽고 경찰이 왔다. 경찰의 태도는 내가 예상했던 것과 사뭇 달랐다. 경찰은 그를 '선생님'이라고 불렀고, 그에게 "점잖으신 분이 왜 이러세요"라고 했다. 이 응급실에서 그가 한순간이라도 점잖은 적이 있었나.

나는 그에게 화가 나 있었지만, 응급실에는 내가 진료하고 돌봐야 할 다른 환자들도 많았기에, 그에게 소리를 지르다가도 돌아서서는 표정을 바꾸어 미소 띤 모습으로 다른 환자들을 진료하곤 했다. 이것이 그를 더 화나게 했을 수도 있다. 사실은 어쩌면 화가 나라고 그랬을 수도 있다. 네가 아무리 소리 지르고 협박해도 나는 눈 하나 깜짝하지 않아. 난 전혀 타격받지 않았어. 봐, 지금도 아무렇지 않게 일하고 있잖아?

어쨌든 두근거리는 심장을 숨기고 침착하게 일하고 있는 나와는 달리, 그는 시종일관 소리를 지르며 팔다리를 휘두르고 있었고 병원 어디엔가 있던 소화기를 가지고 와 던지겠다고 위협까지 하고 있었으므로, 경찰 입장에서는 그를 '진정시키는' 것이 더 나아 보였을 수도 있다.

　나는 경찰이 그를 달래고 있는 동안, 응급실 내원 환자를 보는 와중에도 수시로 경찰 근처를 돌아다니며 '그가 나를 어떻게 모욕했는지' 증언했고, 모욕죄로 고소할 거라고 으름장을 놨다. 그가 흥분해서 소리를 지르는 동안 나는 피해자의 곁에 가지 않았다. 그녀가 나를 말릴 것 같았고 그때의 나는 말려지고 싶지 않았다.

　돌이켜보건대, 내가 그를 흥분시켰고 도발했다. 그것이 피해자 보호를 위해 진짜 필요한 일이었을까? 나중에 화가 난 그가 더 큰 보복을 피해자에게 하게 될 수도 있었을까? 아니면 가정폭력을 용인하지 않는 이가 적어도 한 명은 있다는 메시지를 주게 되었을까? 모를 일이다. 내가 직접 피해의 당사자가 아닐 때, 그럼에도 방관자가 될 수 없는 상황일 때, 어떻게 하는 것이 가장 현명한 일인지 아직도 모르겠다.

　예전에 가족 모두가 살림의원에 다녔던 가족이 있다. 세 아이가 어렸을 때부터 다닌 터라, 사랑스러운 아이들이 자라는 모습을 같이 지켜볼 수 있어 감사한 가족이다. 어느 날 부인이 남편에게 맞았다며 울면서 찾아왔다. 맞아서 멍든 곳들을 보여주어, 나는 만일을 위해 모두 사진 찍고 기록에 남기겠다고 했다. 나중에 혹시라도 이혼소송을 할 일이 있을 때 증거로 쓸 수 있도록 말이다.

　그녀는 한참을 울고 난 후, '나를 맞고 사는 여자로 생각하지 말아달라, 우리 아이들의 아빠를 폭력적인 남자라고 생각하지 말아달라, 지금까지처럼 편견 없이 진료해달라'고 나에게 당부하고서 집으로 돌아갔다. 그 뒤로도 두어 차례 더 폭력 사건이 있었고, 그때마다 나는 비슷하게 진료했다. 그녀에게 신고할 생각이 있는지, 이혼할 생각이 있는지, 상담을 받을 생각이 있는지 물었다. 마음에 결정이 서면 내가 도움이 되어줄 것이라고 약속도 했다.

나는 그녀가 진료실에서 가정폭력 얘기를 하든 하지 않든, 그녀를 진료하는 것이 불편하지 않았다. 당연히 아이들에 대해서도 마찬가지였다. 문제는 남편이었다. 잊을 만할 때면 나에게 간간이 진료를 받으러 오는 그를 볼 때마다 내가 어떤 태도를 취하는 것이 옳은지 고민했다.

나는 동네 자경단이라도 된 것처럼 알고 있다는 태도를 취해야 할까, 아니면 그의 허물에 대해서는 아무것도 모르지만 그렇기에 신뢰할 수 있는 가족 주치의의 태도를 취해야 할까. 나는 좀 더 알아야 할까, 아니면 모르고자 해야 할까. 요즘은 그가 우리 진료실에 오지 않으니 더 이상 고민할 일이 없어 좋다. 솔직하게는 그를 진료하기 싫었으니까.

경찰서에
가다

경찰서에서 참고인 조사를 받으러 오라는 연락을 받았다. 당시 파견 나가 있는 병원에는 성폭력/가정폭력 원스톱 ONE STOP 지원센터가 있었는데, 야간에 센터를 방문한 피해자들에 대해서는 응급실 당직 의사가 진료 및 증거 채취를 하도록 되어 있었다. 마침 내가 맡았던 피해자의 사건이 검찰 조사까지 가게 되었고, 담당 검사는 고맙게도 "초진한 응급실 의사의 진술이 결정적일 것 같으니 참고인 조사를 하도록 하라"는 수사 지휘를 내려주었던 것이다.

이 담당 검사의 수사 지휘가 고마웠던 이유는, 피해자의 여러 상황 때문이었다. 피해자는 술집을 경영하는 여성이었고, 가해 남성과 원래 알고 지내던 사이였으며, 그날 룸에서 함께 술을 마시던 중 강간을 당했던 것이다. 역시나 화간이니 강간이니, 꽃뱀이니 아니니 하는 싸움에 휘말려 있었다.

근무가 끝난 뒤 한밤중이 되어서야 나는 경찰서에 도착했다. 조심스럽게 담당 형사에게 '형사님 생각은 어떠시냐'고 물었다. 그는 '반반인 것 같다'고 대답했다. 강간일 것 같기도 하고, 시작은 화간인데 폭행이 발생하다 보니 피해자가 말을 바꿨을 수도 있다는 거였다. 음, 폭행은 인정받았구나.

순간 나는 '객관적인 전문가' 행세를 하기로 마음먹었다. 시간을 좀 더 줬으면 응급실 기록이라도 찾아보고 갔을 텐데 싶어 아쉬웠지만 그래도 다행히 나는 사건 당일과 그 피해자를 잘 기억하고 있었다. 게다가 담당 형사 앞에 놓인 사진 여러 장이 나의 기억을 일깨워주었다. 그 사진들은 그날 응급실에서 내가 원스톱 지원센터의 성폭력 전문 상담원과 함께 피해자의 몸 구석구석 조금이라도 상처가 있는 곳이면 다 찍어놓았던 것들이었다.

나는 TV에서 몇 번 보았던 CSI 드라마 출연자들의 말투를 흉내 내며 설명해나갔다. 사진에서 보이는 상흔들이 어떻게 하다가 생긴 것인지, 상흔의 위치로 보아 당시 가해자와 피해자의 자세는 어떠했을지, 피해자의 의식 상태와 술에 취한 정도, 술에서 깨어날 때의 모습 등등을 말했다. 그런 뒤 종합해서 의견을 내놓았다. "법의학적 소견으로 보았을 때 강간일 가능성이 훨씬 높으며, 분명 피해자가 술에 취한 상태이기는 했으나 폭행 혹은 약물에 의해 의식을 잃었을 가능성이 충분히 있어 보입니다." 이 말은 한 치의 거짓도 없는, 내가 그날 응급실에서 목격한 피해자의 상태이기도 했다.

나는 같은 문장을 여러 차례 반복해서 말했다. 그가 내 말을 단어 하나 다르지 않게 잘 타이핑하도록 하기 위해 느긋한 문어체로 또박또박 말했다. 그리고 그 담당 형사는, 내가 상흔의 위치와 강도를 들먹이며 이 상흔은 이러저러해서 생길 수밖에 없는 것이므로 이번 사건은 폭행에 뒤이은 강간 사건이라고 말했을 때, 즉시 내 판단을 받아들이는 표정이었다. 적어도 가능성이 반반이라고 얘기하던 때와는 달라져 있었다(고 나는 확신했다). 이 정도면 택시비 2만 원이 아깝지 않다(고 나는 생각했다).

피고인 조사도 아니고 다만 참고인 조사일 뿐인데도 경찰서의 공기가 무거워 기운이 빠지는 느낌이 들었다. 나는 조사를 받고 나오면서 몇 가지가 짐작되어 씁쓸했다.

페미니스트 의사를 자처하는 태도보다 객관적인 전문가인 척하는 태도가 사건의 재판 과정에서 더 도움이 될 거라는 점과, 저 담당 형사는 나한테 친절하게 대했던 것만큼은 피해자에게 친절하지 않았을 수도 있겠다는 점, 그런 것들이 충분히 짐작되었다.

성폭력 피해자를 위해 일하는 의사를 꿈꾸며 처음 의대를 가야겠다고 생각했을 때 나는 이런 걸 그려보았지 않은가? 그 상황이 막상 닥치니 뭔가 어색하고 씁쓸했다.

그래도 몇 가지 고마운 점은 있다. 내가 의대에 진학할 때의 그 마음을 여전히 가지고 있다는 것, 응급실에 왔던 모든 환자나 피해자를 기억하지 못하는데 그 피해자만은 유독 잘 기억하고 있었던 것, 담당 검사가 어찌 알고 경찰에게 초진 의사를 불러 조사를 하라고 지휘를 한 것, 연이은 당직으로 조사받으러 나가기 힘든 상황이었는데도 기꺼이 당직을 대신해준 믿음직한 동료가 있었다는 것, 그리고 그녀, 그 피해자가 여러 가지 불리한 상황에서도 꿋꿋이 재판을 지속해가고 있다는 것…. 그런 것들이 고마웠다.

무엇보다 성폭력 사건들이 경찰 수사 과정으로 쉽게 넘어갈 수 있도록 원스톱 지원센터가 여러 도시에서 운영되고 있다는 것이 고맙고 다행이었다. 원스톱 지원센터에는 경찰과 성폭력 전문 상담원과 의사가 24시간 365일 상주하고 있고, 전국 권역별로 운영되고 있다. 그래, 이런 것이 언니들이 줄기차게 해왔던 한국 여성운동의 성과인 것이지. 새삼 고마웠다.

법원에
출두하다

참고인 조사를 받고 얼마 후 재판에 출두하라는 소환장을 받았다. 얼마 전 경찰서에서 증언했던 그 강간 사건의 재판에서 검사가 나를 증인으로 신청했다는 내용이었다. 사실 경찰서에서 조사받으면서 나중에 재판에서 부를 수도 있겠다는 생각을 했다. 그러나 대학병원에서 전공의로 일하던 내가 절대로 참석할 수 없는 시간에 열리는 재판에 나오라면서, 심지어 재판 3일 전에야 나에게 도착한 증인소환장에는, 재판에 나오지 않을 경우 500만 원 이하의 과태료를 물릴 수 있으며 나의 불출석으로 인해 생긴 비용을 배상하도록 명할 수 있고 심지어 나를 구인할 수도 있다고 쓰여 있었다.

뭐, 으레 그렇게 쓰는 것일 수도 있다. 형사재판의 증인은 정말 순수하게 증인인 경우보다는 그 사건에 연루된 사람인 경우가 많으니, 재판을 피해 요리조리 다니지 못하도록 미리 엄포를 놓는 것일 수도 있지. 그렇지만 내 입장에서는 정말 황당한 일이었다. 나는 아무 죄도 없잖아! 그런데 왜 이런 무서운 경고장을 받아야 하느냔 말이다. 재판부에 전화를 걸어 그 시간에는 근무 때문에 갈 수 없으며, 나더러 결정적 증인이라며 재판에 꼭 와야 한다고 말하는 사람들이 왜 내 시간을 배려해서 재판을 잡지 않느냐고 항의도 했다. 서면으로 질의를 보내면 완전 성실하게 답해드리겠다고도 해봤으나 통하지 않았다.

보자, 내가 재판에 갈 수 있는 시간이… 야간? 아니면 휴일? 상식적으로 그 시간에 재판을 잡아달라고 우길 수는 없지. 그래도 시민으로서 정당한 권리를 행사해야 한다고 말하고 싶으면(재판에 증인으로 참석하는 것도 시민적 권리라고 생각한다!) 그 시민권을 누릴 수 있는 상황이 만들어져 있어야 하지 않나. 그러기 위해 별다른 노력을 하지 않고 소환장 하나 보내고서 구인이니 과태료니 얘기를 하니, 고압적인 태도에 분하기도 했다.

그러나 고압적인 소환장의 효과는 있었다. 담당 과장님께 '무시무시한 소환장'을 보여드리며, 나를 이 재판에 출석시키지 않으면 병원에 무슨 압수수색이라도 올 것처럼 분위기를 조성했더니, 근무 시간이지만 다녀오라는 허락을 받을 수 있었던 것이다.

그사이 나는 파견 근무지가 바뀌어 있어서 완전히 다른 권역의 도시에서 일을 하고 있었기에, 법원까지는 먼 길이었다.

증인 선서를 하고 들어선 재판정. 젊은 여자 검사였다. 검사 조직을 잘 모르던 나는 '오, 여자 검사가 수사를 맡으니 역시 다르군' 했는데, 그건 나의 착각이었다. 한국은 공판 검사가 따로 있는 시스템이라 웬만한 경우에는 수사한 검사와 재판에 나오는 검사가 다르다고 했다. 수사 검사의 성별은 모르지만 여튼 상관없었다. 나는 그 재판정에 여자 검사가 있다는 사실만으로도 왠지 좋았으니까. 그리고 나를 그 재판정에 오게 한 것은 공판 검사인 그녀였으니까.

나는 응급실에서 보았던 피해자의 모습에 대해 최대한 자세히 증언했다. 의식 상태를 확인하기 위해 부르고, 흔들고, 얼굴을 찰싹 때리고, 몸을 꼬집었을 때에도 그녀가 조금도 반응하지 않았던 것이 드라마처럼 머릿속을 지나갔다. 그런데 그에 비하여 술 냄새는 거의 나지 않았다. 몸 여기저기에 멍 자국이 있었는데, 특히 가슴과 무릎에 멍이 심하게 들어 있었다.

검사가 나에게 질문했다.

"피해자가 의식을 잃게 피고인이 약물을 쓴 것 같은가요?"

나는 대답했다.

"잘 모르겠습니다. 사건 당일 응급실에서 피해자의 혈액을 채취해놓았으니, 필요하다면 국과수에 의뢰해서 약물 분석을 해보는 것이 좋겠습니다. 제가 얘기할 수 있는 것은 그저 술에 취했다고 보기에는 과도하게 의식이 떨어져 있었다는 거예요.

응급실에서 의료진들이 의식 상태를 확인하기 위해 할 수 있는 모든 자극을 가했을 때 그 환자는 미동조차 없었어요."

변호사가 반대 심문을 하겠다고 나섰다. 변호사가 있는 오른쪽을 봤다. 그 순간 나는 피고인, 그 가해 남성이 변호사 옆에 베이지색 수의를 입고 앉아 있다는 사실을 알아차렸다. 가해자를 대면할 거라고는 예상하지 못했는데, 살짝 오한을 느꼈다. 증인 심문을 하기 전에 내가 어디에서 일하는 누구인지 말을 했던가, 안 했던가?

변호사는 나에게 이미 수개월 전의 일인데 어떻게 다 기억하고 있는지, 그 여성이 진짜로 의식이 없었던 것이 확실한지 물었다. 응급실에서 근무하고 있었고 매일 수십 명의 환자들을 볼 텐데 어떻게 이 여성에 대해서는 유독 그렇게 잘 기억하고 있느냐고, 모든 환자를 다 그렇게 잘 기억하느냐고 물었다. 나는 대답했다.

"하루에 수십 명씩 진료를 한다고 해도, 성폭력이나 강간으로 오는 환자는 많지 않습니다. 저에게도 특별한 사건이므로 당연히 다른 환자들보다 잘 기억하고 있습니다. 그날 피해자의 몸에 있던 상처들 증거 사진은 제가 직접 촬영한 것들이고, 이 재판에 출석하기 직전에도 저는 그날의 진료기록을 다시 확인하고 왔습니다. 피해자가 진짜로 의식이 없었는지 물어보셨는데, 응급실에서는 환자의 의식 상태를 확인하는 일이 가장 중요하기 때문에 이 부분은 응급실 진료기록에 자세히 남아 있습니다."

내가 답하는 동안 변호사와 가해자는 계속 소곤거리며 대화하고 있었다. 신경에 거슬렸다. 증인은 이제 나가도 좋다고 판사가 얘기했을 때, 나는 몸을 오른쪽으로 천천히 돌리며 가해자의 얼굴을 똑똑히 마주보았다. 그가 나의 얼굴을 기억할지, 나의 이름을 기억할지, 이제 그런 건 별로 중요하지 않았다.

'나는 너를 무서워하지 않아.' 이것이 내가 그에게 남기고 싶은 메시지였다.

자기는 왜
결혼 안 해?

"자기는 왜 결혼 안 해? 언제부터 결혼하기 싫었어?"

"결혼하기 싫다기보다는 결혼하고 싶다는 생각을 해본 적이 없어요. 결혼을 하고 싶어야 하지요."

"그래도 결혼하지 않은 여자들이 유방암도 많이 걸리고…"

"하하하, 유방암은 결혼을 하지 않아서 걸리는 게 아니잖아요. 물론 임신을 하지 않으면 걸릴 가능성이 늘어나기는 하지만, 결혼과 임신은 엄밀히 말하면 의학적인 연관성은 없지요. 유방암은 그렇다 쳐도, 자궁경부암은 결혼한 여성, 정확하게는 남성과 성관계를 가지는 여성이 걸릴 가능성이 더 높은데요? 여자들이 자궁경부암 걸리기 싫어서 남자도 안 만나고 남자랑 섹스 안 한다고 하면 어떻게 설득하시려구요?"

그 선배는 뜻을 굽힐 생각을 하지 않았다. 나는 왜 내 결혼에 대해서 상대방이 더 열을 내며 나를 설득하는 이런 상황이 벌어졌는지 이해할 수 없었지만, 왕왕 겪은 상황이라 묘한 기시감도 느끼고 있었다. 그리고 이럴 때를 대비하여 여러 가지 근거도 갖추고 있었다.

"여자 혼자 사는 것보단, 그래도 남자가 있어야 하지 않을까? 위험하지 않겠어?"

"위험하긴요. 사실 저 안전하려고 혼자 사는 거예요. 여자는 남자랑 같이 사는 것보다 혼자 사는 게 생존율이 통계적으로 더 높대요. 전 세계적으로 살해당하는 여자들의 절반이 남편이나 전남편, 남자친구나 전남자친구에게 살해당하는걸요. 그러니까 저 오래 살려고 남자랑 같이 안 살려는 거예요."

한 선배가 결혼할 마음이 없다는 내 말에 '안전'을 거론하며 반론을 하기에, 나는 '안전'을 근거로 결혼하지 않겠다고 대답했다. 선배는 나를 잠시 어이없다는 듯 쳐다보았다.

"모든 남자가 그런 건 아니잖아? 나는 결혼했고, 잘 살고 있어."

"당연하죠! 모든 남자가 그런 건 아니죠! 하지만 통계적으로 남자와 같이 사는 여자보다 남자와 함께 살지 않는 여자의 생존율이 더 높다고 알려져 있어요. 이건 담배를 피운다고 모두가 폐암에 걸리는 건 아닌 것과 비슷해요. 흡연자 전부가 폐암에 걸리는 건 아니지만, 담배를 피우면 폐암에 걸릴 가능성이 높아지는 것은 통계적으로 사실이죠. 남자를 사귄다고 모두가 살해되는 건 아니에요. 다만 살해당하거나 폭행당할 통계적 가능성이 높아진다는 거죠. 그건 누구라도 부인할 수 없을 거예요.”

나는 이런 대화를 할 때마다 의대생 때 국립과학수사연구소에 실습 갔던 날이 떠오른다. 의대 본과 2학년 때까지 나는 임상의학에 큰 관심이 없었다. 환자를 직접 진료하는 것보다 다른 것이 하고 싶었다. 그때 내 마음에 들어왔던 것이 '법의학'이었다.

나는 법의학 교과서를 사지 않았다. 나만이 아니라 많은 학생들이 법의학만큼은 교과서를 잘 사지 않았다. 교수님들이 수업 자료를 충실히 만들어주신 덕분이기도 했지만, 어느 페이지를 열어도 나오는 끔찍한 사진에 살 엄두를 못 내기도 했던 것 같다. 법의학 책을 열 때는 무심코 열면 안 된다. 항상 마음의 준비를 단단히 하고 열어야 한다.

자연히 법의학은 수업 시간에 나눠주신 자료로 공부하게 되었는데, 의대 선배들은 여기에 더해 만화를 추천하곤 했다. 『법의관 사요코』『여검시관 히카루』『심리수사관 아오이』 등과 같이 여성 법의학자나 프로파일러를 다룬 당시의 일본 만화들이었다. 선배들은 원래 법의학은 만화와 드라마로 공부하는 거라고 했다. 법의학은 사건을 통해서 공부하는 것이니, 스토리가 있어야 한다는 얘기였다.

그 만화들에는 성폭행당하거나 살해당한 여자들이 정말 무수히 나왔다. 법의학 전문의 사요코와 히카루는 그런 여자들의 시신을 통해 범죄 현장을 재구성해내고 범인을 추적한다. 아무 증거도 없어 미제 사건으로 묻힐 뻔했던 죽음과 고통을 위로하고, 무의미한 죽음이 되지 않도록 노력한다. 나는 이렇게 끝까지 강간살해범을 잡는 것이야말로 올바른 애도라고 느꼈다. 앞으로 이런 일이 더 일어나지 않도록 하기 위해서라도 제대로 애도해야 한다. 범인을 반드시 추적해서 잡아야 한다.

나는 만화책들을 보다가 법의학에 꽂혀버렸다. 이것이 내가 의대에 진학하면서 하고 싶었던 바로 그것이 아닌가. 강간범, 강간살해범 들을 잡아야 한다! 게다가 나의 언니는 당시 초임 검사였다. 언니는 검사로 범죄자를 쫓고 동생은 법의학자로 결정적 증거를 찾아내는 아름다운 자매의 맹활약을 머릿속에 그렸다. 여기까지 떠올리곤 곧바로 법의학 교수님을 찾아가 부탁을 드렸다. 장래 진로를 고민 중이라 국립과학수사연구소에 실습을 가보고 싶다고 말씀드렸다. 그때는 학생 인턴 프로그램 같은 것이 없던 시절이었지만, 의학은 워낙 도제식으로 배워야 하는 학문이라 학생이 실습에 열정을 보이면 어디서고 잘 받아주시는 편이다. 교수님은 기꺼이 국과수에 데려가주시기로 하였다.

법의학에 관심이 있다는 친구 두 명을 섭외하여, 교수님을 따라 국립과학수사연구소에 갔다. 우리는 국과수의 배려로 부검 장면을 참관할 수 있었다. 돌연사 한 건의 부검을 처음부터 끝까지 참관했다. 바람을 쐬기 위해 잠시 밖으로 나왔을 때 연구소 직원 같지 않은 남자들이 여럿 분주하게 들어오고 있었다. 사복형사들이라고 했다. 마침 오늘 발견된 토막 시신이 있어 형사들이 옮겨왔단다. 교수님은 이번에도 참관하겠느냐고 물어보셨고, 우리는 그러겠다고 했다.

시신은 살해 후 토막이 난 상태였고, 서울 경찰들이 동대문 근처에서 발견된 둔부를 가져오고 경기도 경찰들이 팔당댐 근처에서 발견된 다리를 가져와 모였다. 둔부의 시신은 여성의 것이었다. 듣자하니 동거하던 남자에게 살해당했을 것이라 했고, 용의자는 특정되었지만 아직 잡히지 않았다고 했다. 나머지 신체 부분도 찾지 못했다고 했다.

형사들이 비닐로 싼 조각난 시신을 꺼냈고, 법의학자들은 마치 퍼즐을 맞추는 것처럼 이리저리 돌려가며 두 조각을 맞춰보고 있었다. 절단된 단면이 일치하는지, 한 사람의 신체가 맞는지를 보는 과정이라고 했다. 한 사람이라는 생각이 들면 DNA 검사를 통해 다시 정확하게 확인한다고. 나는 속으로 기도했다. 부디 한 사람이 맞기를…. 살해된 사람이 두 사람이 아니기를….

사귀다가 이별을 고하는 순간 살해되는 여자들이 있다. 어떤 이는 '그러게 왜 그런 남자를 만나고 그래?'라며 살해된 여자들에게 책임을 돌린다. 그런 남자인 줄 알고 만나는 여자가 어디 있나? 나를 죽일 남자인지 아닌지, 그런 무시무시한 판단은 쉽게 내릴 수 있는 게 아니다. 사귀다 보니 이상한 낌새가 있어 위험을 감지하게 될 수도 있지만, 더 이상 만나지 말고 헤어지자고 얘기하는 순간이 가장 살해당하기 쉬운 시점이 된다. 그런 사람인지 알기 전까지는 헤어질 이유가 없다가 그런 무서운 느낌이 들어 헤어지자고 얘기하면 폭행/살해당한다니, 이건 뭐, 절대 빠져나갈 구멍이 없다.

토막 난 시신은 한 사람이 맞다고 했다. 나는 형사들, 약간은 무덤덤하게도 약간은 화가 난 듯도 보였던 형사들이 범인을 잘 잡아주기를, 얼굴도 알 수 없는 그녀의 죽음에 안식이 있기를 다시 기원했다. 그리고 만화와 드라마를 통해 아무리 보고 상상해왔어도 이런 일은 내가 익숙해질 수 없는 일임을 깨달았다. 분노에 떨며 악몽에 잠을 설친 그날 밤 이후로 나는 법의학자가 되는 꿈을 접었다. 분을 삭이기도 힘들었지만, 이런 일을 평생 하면서 살 수 없겠다는 판단은 한 번이면 족하다.

죽은 그녀를 애도할 수 없다면 살아 있는 여자들의 고통에 공명해야지. 나는 그날 이후 살아 있는 사람들을 진료하는 임상의학으로 진로를 결정했다.

밤길이
두렵지 않을 때

의대생 시절 검도대회에 나간 적이 있다. 내가 다니던 검도장에서 구청장배 생활체육인 검도대회 성인 여자 단체전에 출전하게 되었기 때문이다. 단체전은 3인이 출전하여 일대일 경기를 세 번 치러 3판 2승제로 승부를 결정하게 된다. 나는 검도를 시작한 지 몇 개월밖에 되지 않은 5급이었다.(5급은 성인 검도에서 처음으로 따는 급수다. 그러니까 나는 아주 '쪼렙'이었다는 것이다.)

5급인 나는 시합에 출전할 거라고 전혀 예상하지 못했으나, 체력과 체격이 좋으니 연습해서 나가보자는 관장님과 사범님의 말씀에, 그러겠다고 했다. 사실은 나 말고 성인 여자부 경기에 나갈 선수가 둘밖에 없었던 것이 문제였다. 내가 안 나간다고 하면 둘은 그냥 경기 출전을 포기해야 하는 상황이라, 나는 에라 모르겠다 하고 출전을 신청했다. 그날부터 전 도장이 경기 준비에 돌입했다.

매일 빠른머리치기 1000개를 시작으로 두 시간씩의 특훈이 시작됐고, 매일 대련이 있었다. 정말 미칠 것 같은 빠른머리치기 1000개와 실전 같은 대련. 내가 5급이라고, 여자라고, 초보라고 봐주지 않았다. 머리에 쓴 호구 속에 누가 있는지 뻔히 알 터였지만, 죽도를 휘두르는 손길엔 자비가 없었다. 다들 그랬다. 나는 치기 좋은 연습 상대일 뿐이었다.

발구름과 기부림도 연습했다. 검도 시합 전에는 발을 마룻바닥에 쾅쾅 구르면서 기합을 넣어, 경기에 임하는 자신의 투기를 만방에 떨쳐 보여야 한다. 시합 경험이 없으면 발구름과 기부림은 어설프기 짝이 없으므로 이것도 미리미리 연습해야 했다. 또 검도에선 죽도를 휘두를 때 '머리, 허리, 손목'을 외쳐야 하는데, 힘없이 "머리"라고 외쳐봤자 점수로 인정받지 못하기 때문에 "머리~~ 머리, 머리!!"라고 주장하듯이 외쳐야 한다. 이것이 기/검/체 일치다. 어떤 때는 머리를 맞히러 가면서 이미 "머리"라고 외치는 바람에 상대에게 내가 어디를 노리고 있는지 고스란히 알려주기도 하고, 어떤 때는 손목을 맞히지도 못했지만 이미 꺼낸 "손목"을 주워 담지 못해 "손목, 손목, 손목~" 하고 메아리처럼 되뇌기도 했다.

이렇게 한 달여 훈련한 끝에 드디어 시합에 출전했다. 우리는 어찌어찌 결승까지 갔고, 나는 5급인 주제에 그 경기장

전체에서 남녀를 통틀어 제일 큰 발구름 소리를 가지고 있다는 것을 알게 되었다. 신이 나서 발을 쾅쾅 더 세게 굴렀다. 같은 도장의 검도 선배들이 조용히 내 곁에 와서 "잘한다, 더 굴러, 아무도 네가 5급인 줄 모르게"라며 격려를 해주었다. "하이야!!! 으우어후하핫!!!" 기상천외한 기부림도 넣어봤다.

나는 또 5급인 주제에 상대편의 3단을 맞이하게 되었다. 3단은 그 대회에 출전한 모든 여자 선수 중에 가장 고단자였는데, 우리 팀은 손자병법대로 하등마로 상등마와 겨루고, 중등마로 하등마를, 상등마로 중등마를 잡는 2:1의 전략으로 결승에서 이겼다. 물론 내가 우리 팀의 하등마였다.

그날의 사진을 보았다. 투구를 벗은 채 죽도를 옆에 끼고 빛나는 우승기 옆에 무릎을 꿇고 앉아 있는 사진 속의 나. 그날 나는 모든 시합에서 지거나 비기거나밖에 못 했는데, 사진 속의 나는 더할 나위 없이 당당하고 비장했다. 아마 빠른머리 1000개와 실전 같은 훈련이 만든 눈빛이 아니었을까.

그 뒤로도 계속 검도를 하던 어느 날, 밤길을 걷는 게 문득 무섭지 않았다. 사실 검도를 처음 시작했던 이유 자체가 신문에서 홍대 앞 퍽치기 사건을 접해서였다. 밤에 의대 바로 앞에 있는 유흥가를 지나 집으로 돌아오는 길이 두려워졌고, 결국 나의 선택은 밤에 다니지 않는 것이었다. 그때 집 안으로 자꾸 들어가려는 나를 검도 도장에 다니게 한 친구가 있었다. 자기도 도장에 다닐 건데 같이 가보자며.(사실 그 친구는 이미 검도

초단이었다.)

　검도 도장에 다니면서 점점 밤길이 안 무서워졌던 건 아니다. 그런 건 점차 느끼는 게 아니다. 어느 날 문득, '어랏, 내가 밤 대학로 거리를 자유롭게 활보하고 있네'라고 자각하게 되는 것이다.

　놀라운 것은 밤길이 편해지자 내가 더 잘 웃고 더 잘 놀게 되었다는 사실이다. 말과 행동에 여유가 생겼다. 마주 오는 낯선 남자를 보고 겁을 먹던 때와는 달리, 낯선 남자가 와도 긴장하지 않고 옆을 스쳐 지나가거나, 혹은 더 이상 낯선 남자가 아닌 이웃 주민으로 보고 있었다. 내가 사는 동네를 더 이상 두려워하지 않고 좋아할 수 있게 되었다는 거다.

　신체의 힘을 키우는 것은 마음의 힘을 키우는 것과도 같다. 검도를 배우고 나서, 나는 더 공격적이거나 더 방어적으로 된 게 아니라 덜 날이 서게 되었다. 상대방의 신체 신호를 조금 더 이해하게 되었고, 어떤 순간이 진짜로 나에게 위협적인 때여서 방어해야 하는 순간인지를 알게 되었다. 싸워서 질 수는 있겠지만, 소리 한번 못 질러보고 무기력하게 지지는 않겠다는 생각이 들었다.

　안전한 검도 호구 안에서 싸움을 배운 것이었지만, 그래도 싸움을 배워본 것은 나에게 힘이 되었다. 기를 부려 나를 커 보이게 하는 방법과 기를 줄이고 공격의 의도를 숨기는 방법도 알게 되었고, 상대에게 내 영역을 침범하려는 의도가 있는지 없는지 좀 더 빨리 판단하게 되었다.

지금은 검도 같은 대련하는 운동을 하지 않으니까 그 느낌이 정확하지 않다. 하지만 단 한 번이라도 '어, 나 쫄지 않아도 돼!'라고 느껴본 사람은, 다시는 그 이전의 삶으로 되돌아가기 힘들다. 그리고 그날 이후로 나는 무슨 운동이 되었든 반드시 운동하는, 정확하게 표현하면 신체를 단련하는 삶을 살게 되었다.

싸움의 기술

병원 내에서의 차별과 성폭력에는 다양한 방식으로 싸울 수 있다. 나는 한창 반성폭력 학생운동이 깃발을 휘날릴 시점에 대학에 입학하여 의대 진학 전까지 다녔다.

그때 대학생 페미니스트들은 성폭력 가해자의 실명을 공개하는 대자보를 써서 붙이는 방식으로 반성폭력 운동을 했는데, 곧 거대한 역풍을 맞았다. 성폭력 가해자들이 자신들의 실명이 공개된 대자보가 '명예훼손'이라며 역으로 고소했던 것이다. 수많은 대학생 페미니스트들이 명예훼손 고소의 역풍을 피하지 못했다.

이 무렵 나는 반성폭력 운동을 하면서 한편으로 다른 학교의 페미니스트들을 위해 강의할 일이 종종 있었다. 강의 내용은 대학 내 성폭력 사건 해결을 위한 실무적인 절차와 관련 법령에 대한 것이었다. 강의 자리에서 나는 다른 페미니스트 학생들이 고소당했던 사례를 얘기하며, 명예훼손으로 고소당하지 말라고 매번 강조를 했다.

실명 공개하는 대자보 붙일 생각을 하지 말고, 강간이나 강제추행으로 가해자를 제대로 고소를 해라. 고소하면 합의하자고 할 수도 있다. 그러면 합의해줄 수도 있다고 생각해라. 단, 합의금을 꼭 받아야 한다! 무엇으로도 용서가 안 되겠지만, 그놈이 미운 만큼 합의금을 많이 받아내라. 합의금을 받으면 꽃뱀이라고 그놈들이 쳐놓은 덫에 걸리는 것 같고 자존심 팔아서 몸 팔아서 받은 돈 같아서 그 돈이 꼴도 보기 싫겠지만, 그놈이 나쁜 거지 돈이 나쁜 게 아니다. 돈으로라도 실제로 그놈에게 타격을 줘야 한다. 돈이 아니면 무엇으로 타격을 주겠나.

군대 보낸다고? 군대 다녀오면 너네는 졸업하고 그놈은 복학생으로 유유히 대학 다니면서 더 어린 후배들에게 똑같은 짓을 할 건데, 그냥 순순히 군대를 보내준다고?

이도 저도 안 되겠으면 그냥 소문을 흘려라. 꼭 총여학생회 명의를 걸고 대자보 붙여야만 그게 옳은 거냐. 그놈이 학교 안에서 또 그런 짓을 못 하게 하는 게 더 중요하지 않으냐. 과방에, 동아리방에 발붙이지 못하게 하는 게 더 중요하지 않으냐. 누가 썼는지도 모르게 대자보를 붙일 수도 있고, 조용히 뒤로만 성폭력범이라고 소문을 낼 수도 있다. 아니, 훼손될 명예도 없는 것들이 어디서 명예훼손이라고 고소하고 지랄이야!

왕진 가방 속의 페미니즘

물론 여기에 성폭력특별법과 노동법까지도 강의하기는 했지만, 이런 것이 주된 강조점이었다. 싸우는 방법에 얽매이지 말고, 싸울 수 있는 모든 방법을 동원해 싸우라는 것! 그리고 그 와중에 스스로를 잘 지키라는 것!

이렇게 여성운동을 하며 여성 단체에서도 일을 하다가 다시 의대로 돌아갔으니 얼마나 답답했을까. 본과에 들어간 직후의 일이다. 비뇨기과 교수가 수술장에서 간호사들에게 환자의 성기를 버섯에 비유하여 먹으라는 식으로 성희롱을 했다는 얘기를 듣고, 본과 4학년 학생들 몇이 그 교수의 수업을 거부하자는 제안을 해서 수업 거부에 대한 찬반 투표가 이루어졌다. 투표에서는 결국 수업 거부가 부결되어 수업이 진행될 판이었는데, 도저히 그 교수의 수업을 들을 수 없었던 4학년들 일부와 나를 비롯한 다른 학년의 페미니스트들은 병원에서 학교로 이어지는 긴 복도를 따라 '성폭력 교수의 수업을 들을 수 없습니다'라는 피켓을 들고 그 교수의 수업 시간에 맞춰 침묵 시위에 나섰다.

조용한 의대 내에서 흔치 않았던 침묵시위였던 탓에, 시위를 주도했던 4학년 학생들은 마치 학생주임에게 불려 가는 고등학생들처럼 학년 담임교수님에게 불려 갔다. 나는 본과 1학년이라 그랬는지 별다른 제재는 받지 않았다. 그럼에도 그 덕에 의대 생활은 예상했던 깃보다 쉬워졌다. 나중에 친해진 의대 동기들의 얘기에 따르면 이러한 몇 가지 일이 있은 후 나는

'쌈닭'으로 이미 찍혀, 친해지고 싶지도 않지만 건드리고 싶지도 않은 사람이 되어 있었던 것이다. 이런 포지션은 아주 유리하다. 암, 유리하지. 어차피 할 수밖에 없는 싸움이라면 애초에 '미친년'으로 찍히는 게 낫거든. 건드리면 재미없을 것처럼 보이는 사람이 최고다.

의대를 마치고 병원 생활을 하면서도 많이 싸웠다. 병원 내 최하위 계급인 인턴 주제에 담당과 전공의와 병동 스테이션에서 소리를 지르며 싸운 일도 있었다. 그 전공의가 인턴 정규 업무가 아닌 일, 즉 자기 지갑을 가져오라, 휴대폰을 가져오라는 등의 심부름을 계속 시켰는데 내가 거부했기 때문이다. 전공의는 "이런 식으로 하면서 우리 과 올 생각은 꿈에도 하지 마라"라고 했다. 내가 그 과를 지원하고 싶어서 일부러 인턴을 돌고 있다고 생각했나 보다. 자기 과를 지원하는 인턴이니까, 전공의에게 잘 보이기 위해 개인적인 심부름이라도 절대 거절하지 못할 거라고 생각했나 보다. 나는 그 과를 지원할 생각이 조금도 없었지만, 설사 있었다 하더라도 네놈과 같은 과는 안 하겠다고 생각했다. 인턴 업무가 아닌 일을 인턴에게 시키면 안 된다고, 나는 당신의 비서가 아니라고 소리를 질렀다. 말싸움 끝에 화가 난 전공의는 "나는 인턴 때 이러지 않았다"라며 홀로 비운에 젖은 채 병동을 뛰쳐나갔고, 나의 싸움을 관전하던 병동 간호사들은 박수갈채를 보냈다. 평소에 인턴과 간호사들에게 '멍청하다'며 함부로 대해왔던 전공의였기 때문이다. 비록 그달 내 인턴 성적은 바닥을 기어야 했지만, 그런 극강의 쪽팔림을 당하고 싶지 않았던 전공의는 나와 병동 간호사들을 다시는 함부로 대하지 못했다.

꼭 공개적으로 싸우는 것만이 능사는 아니다. 한번은 동료 여자 의사가 같이 일하는 다른 과 전공의한테서 성희롱을 당했다며 어떻게 하면 좋을지 물어왔다. 무슨 일인고 하니, 둘은 같은 병동에서 일하고 있었는데, 그놈이 일하다 말고 만날 이 선생님에게 피곤해서 부부관계가 힘들다는 둥, 아침에 텐트도 안 선다는 둥 하는 얘기들을 자주 했던 것이다. 처음엔 동료 의사가 자신의 질환에 대해 상담한다고 생각하여 점잖게 응대해 주던 선생님이었다.

"성기능 걱정되면 담배를 끊어!"

"차라리 비아그라를 먹으면 어때?"

점점 상담의 강도가 높아지자 이 선생님의 응대도 격해졌다.

"비뇨기과에 가봐."

"왜 나한테 이런 얘기 하는 거야?"

결국 도저히 참을 수 없는 지경이 되어, 병원 내 성폭력 문제를 상담해주시는 교수님께 신고를 하게 되었다. 그 교수님과 의논해서 사과문과 각서 등의 절차를 진행할 예정이라고 했다.

하지만 그 선생님의 분노는 이 정도로 수그러들지 않았다. 그놈은 일이 공식적으로 처리될 낌새가 있자, 계속 이 선생님을 찾아와 '내가 여덟 살이나 많은 아줌마한테 무슨 관심이 있겠냐'는 둥, '여자로 보여서 그런 거 절대 아니다'라는 둥, '같은 기혼자끼리라서 마음이 편해서 그랬다'는 둥, '직장 동료로서 의학적인 문제에 대해 상담을 했다'는 둥, 사과 같지도 않은 말들을 했고, 그게 이 선생님을 더욱 화나게 만들었다.

나는 이놈을 다른 방식으로 응징하기로 마음먹었다. 일단 병원에서 처리하는 건 그대로 진행되도록 놔두고, 사과문과 각서는 점잖게 받으시라고 했다.

그러고는 병원 여기저기 여자 의사들과 아는 간호사들에게 연락을 돌렸다.

"그 과의 △△△ 선생, 자기 알지. 그래, ○○병동 주치의. 지난달에 ○○병동에 있었지. 그 선생이 글쎄 발기부전으로 그렇게 힘들어한대."

"그쵸, 지금 서른 살이나 되었으려나요?"

"그것 때문에 얼마나 힘들었는지 동료를 붙잡고 매일매일 그 얘기를 했다는 거예요."

"발기부전이라니, 얼마나 힘들까."

나는 그 선생이 발/기/부/전이라고 소문을 내기로 했다. 뭐, 자기 입으로 그렇게 말을 했잖은가. 그것이 너무 힘들어서 아침마다 고민이라고. 뭐 틀린 말도 아니고, 딱히 명예를 훼손하는 것도 아니지 싶고, 무엇보다 (환자가 아니므로) 환자의 프라이버시를 보호하는 문제와는 아무런 관련이 없으니, 마음 편하게 여기저기 소문을 퍼뜨렸다. 그 성희롱 가해자 선생이 그

소문을 들었는지 어땠는지는 모를 일이다. 하지만 그 뒤로 누구도 그 선생에게 비슷한 일을 당하지 않았다는 사실만은 알고 있다.

의대생이나 젊은 여자 의사들이 성폭력과 차별이 만연한 병원 조직 안에서 살아남기 위해 고군분투하면서 내게 물었다. 어떻게 하면 잘 싸울 수 있느냐고.

나는 이렇게 답했다. 이 싸움으로 무엇을 얻고 무엇을 잃을지 계산하면서 싸우는 것, 누구와는 싸우고 누구와는 동지가 될 것인지 고려하는 것, 어떤 방법으로 싸울지 신중하게 전략을 세우는 것, 무엇보다 싸울지 말지부터 결정하는 것이 필요하다고.

꼭 싸워야만 하는 건 아니다. 어떤 때는 스스로를 잘 지키고 숨죽여 지내는 것이 필요할 때도 있다. 나의 생존을 도모해야 할 때가 있다. 병원 안에서 싸우는 데는 정말 여러 가지 방법이 있다.

통증
차별 대우

누가 나를 만나고 싶어 한다고 살림의원 데스크에서 알려왔다. 진료실 문을 열고 들어온 이는 1년 전 내가 대학병원에 의뢰했던 환자이자, 그전부터 알고 지냈던 사람이다. 시민단체에서 20년 이상 일해온 공익활동가이다. 이분은 내가 대학병원에 의뢰를 잘 해주어 진단을 적절히 받았다고, 그 뒤로 잘 지내고 있노라고 얘기하러 들렀다고 하였다.

그녀는 1년 전 살림의원을 찾아왔었다. 평소 아픈 곳이 없어 병원에 잘 다니지 않는데 한 달 전부터 몸 여기저기가 아프다고 하였다. 잘하던 요가 동작이 갑자기 힘들어졌고, 근육통이 잘 생기고, 팔을 올리기 힘들 정도로 근력이 약해졌다는 얘기에 나는 이상한 느낌이 들었다. 그냥 단순한 피로가 아닌 것 같았다. 근육효소수치 검사를 진행했다. 정상이 150까지인데, 4000 이상으로 높아져 있었다. 젊은 여성들이 잘 걸리는 류머티스 질환의 일종인 피부근육염 혹은 전신성 경화증이 의심되어 대학병원의 류머티스 내과로 의뢰했다. 그녀는 그길로 3주간 입원하여 온갖 검사를 받은 후 '피부근육염'을 진단받고 지금까지 치료받는 중이라고 했다.

그녀가 초기 진단을 위해 입원했던 3주간의 이야기를 들려주었다. 희귀 질환이지만, 그 대학병원에는 한 병실 가득 그런 여성들이 있었고 자연스럽게 그녀들은 자기가 어떻게 이 질환을 진단받게 되었는지를 서로 얘기했다. 6개월씩 1년씩 원인도 찾지 못하고 이 병원 저 병원을 전전하며 시름시름 앓다가 결국 큰 병원에 와서야 제대로 진단을 받았다고 하면서, 나의 지인을 부러워했다고 한다. 다들 살림의원이 어디 있는 병원이냐며, 어떻게 첫 진료에서 류머티스 질환을 바로 의심할 수 있느냐고, 신기하다고 했다고 한다.

그녀들이 질환을 진단받지 못한 채 1년씩 여러 병원을 전전했다는 가슴 아픈 이야기에, 나는 우리 의료계의 성차별을 떠올렸다. 건강했던 이 젊은 여자들이 어느 날부터 몸 여기저기가 아프다고 호소했지만, 여러 병원에서 그 통증을 제대로 인정받지 못했던 게 아닐까.

남자가 가슴이 아프다고 하면 심장내과로 보내지고 여자가 가슴이 아프다고 하면 징신괴로 보내진다는 얘기는 자조적인 농담이 아니다. 남자 의사들이 여자 환자들의 말을 잘 이해하지 못한다는 연구 결과가 있다. 의사들이 남자 환자의 통증에 비하여 여자 환자의 통증을 더 낮게 평가하는 경향이 있고, 이런 경향은 남자 의사일수록 두드러진다는 연구 결과도 있다.

이러한 무의식적인 의료계의 성차별은 실제 환자들의 건강에 큰 영향을 미친다. 2020년 건강보험심사평가원의 소식지에, 2019년 한국에서 심혈관 질환으로 내원한 환자에 대한 통계가 실렸다. 총 환자 수는 1,134,890명이었고, 이 중에 남자는 668,649명, 여자는 466,241명이었다. 심혈관 질환에 걸린 남자가 여자보다 많기는 하지만, 이 정도 숫자 차이라면 심혈관 질환이 이미 '남자의 병'이라고 하기는 힘든 정도이다. 그러나 소식지에 실린 이 코너의 제목은 '아버지의 건강을 위협하는 심혈관 질환'이었다.(2020년 한국의 이야기이다!)

미국에서도 급성 심근경색으로 응급실에 내원한 환자들 58만 명의 사망률을 의사-환자 간 성별 차이로 분석한 결과, 환자와 의사의 성별이 불일치한 경우 사망률이 유의미하게 높았다. 특히 남자 의사가 치료한 여자 환자의 사망률이 가장 높았다. 남자 의사는 여자 환자의 심근경색 증상에 좀 덜 민감하고, 여자 환자가 가슴이 아프다고 하는 경우 심근경색이 아닌 다른 질환을 더 의심했다는 것이다. 결국 골든타임을 놓친 심근경색증 여자 환자들이 더 많이 사망했다.

의사의 성별에 따라 환자의 생존율을 분석한 다른 연구도 있다. 역시 미국에서 노인 입원 환자 158만 명을 대상으로 사망률과 재입원율을 분석한 결과, 여자 의사에게 치료받은 환자들이 남자 의사에게 치료받은 환자들에 비해 사망률과 30일 이내 재입원율이 낮았다. 여자 의사의 진료 실적이 더 좋았다는 뜻이다.

왜 여자 의사가 남자 의사보다 실력이 좋을까? 의대 내의 성차별, 전공의·교수 선발 과정에서의 성차별은 여자 의사·의대생으로 하여금 더 열심히 공부하게 만든다. 내가 의대에 다닐 때만 떠올려도, 여학생들은 공부를 열심히 할 수밖에 없었다. 원하는 과의 전공의가 되자면, 그 과에서 정한 여자 티오то 숫자 안에 들어야 했는데, 소수의 인기 과들은 여자 티오가 한 명에 불과했다. 그 한 명도 다른 남자 지원자들보다 성적이 훌륭해야 뽑히곤 하였다. 큰 과도 다르지 않았다. 여자 전공의 숫자가 많아지면 과의 세력이 약해진다며, 여자들이 아무리 성적이 좋아도 여자:남자 전공의 비율을 1:1로 한다는 등의 내부 기준을 정한 과들이 많았다. 그 좁은 문을 두고 여학생들은 여학생끼리 경쟁하면서도, 또 남학생보다 좋은 성적을 받기 위해 노력할 수밖에 없었던 것이다.(여자 의사들의 실력을 키워주고 있는 성차별에 경례!)

여자 환자의 생존율은 여자 의사가 진료했을 때 가장 높아진다는데, 정작 여자 의사는 성차별 때문에 중요한 역할을 못 맡는 형편이라니!

그러면 이런 성차별적인 척박한 의료 환경에서, 환자들, 특히 여자 환자들의 생존율을 높이기 위해서는 어떤 것이 필요할까. 의사 조직 내에 여자 비율이 더 늘어나고, 의사들이 서로 협력하는 문화를 갖는 것이 도움이 된다고 한다. 무엇보다 남자 의사들도 여자 환자를 진료한 경험이 쌓일수록 오진율이 줄어든다고 한다. 여자 환자들의 말에 귀를 기울이는 남자 의사일수록 진료 실력이 는다는 것이다. 결국 의사라는 존재는 자기 환자들을 통해 성장하는 존재다. 여자라고 차별하지 않고 여자의 말을 대수롭지 않게 여기지 않는 평등한 문화가 만들어질수록 오진율이 낮아지고 사람들이 건강해진다.

많은 20~30대 여성들은 심한 통증을 호소할 때에도 의사가 예사롭게 보아 상처받은 경험을 가지고 있다. 젊은 여성들이 통증에 민감하고 불안이 높다고 의사들이 으레 믿고 있기 때문이다. 젊은 여성의 통증 호소에 쉽게 '적응 장애'라거나 '불안 장애', '우울증'이라는 병명을 달지 말고, 통증을 진지하게 받아들였으면 좋겠다.

젊은 여자들은 통증을 설명하기 위해 너무 많은 애를 쓴다. 눈물로 호소하면 감정적이라고 믿어주질 않는다. 최대한 이성적으로 보이려고 침착하게 통증을 참고 설명하면, 그렇게까지 절절히 아프지 않다고 여긴다. 여기서도 도대체 빠져나갈 구멍이 없다.

원인 모를 전신의 관절통과 근육통으로 고생하던 20대 여자 환자는, '섬유근육통'이라는 진단명을 받고서도 자신의 통증을 제대로 인정받았다고 느끼지 못했다. 왜냐하면 섬유근육통이라는 이름 자체가 원인을 알지 못하는 여기저기의 통증을 호소할 때 내려지는 진단명이기 때문이다. 어떤 의사들은 섬유근육통은 실재하는 질환이 아니라고 공개적으로 주장하기도 한다.

그녀가 진짜로 자신의 통증에 대해서 사회적으로 인정받았다고 느낀 순간은, 통증이 너무 심해 '횡문근융해증'이 생겼을 때였다. 전신 근육의 떨림으로 인해 근육이 녹아내렸고, 드디어 혈액검사에서까지 녹아내린 근섬유의 흔적들이 대량으로 발견되었다. 그 검사 결과를 의사들이 보고 놀랐을 때, 그녀는 '그것 봐, 내가 아프다고 했잖아. 나는 진짜로 죽을 만큼 아팠다고!'라고 생각했다. 횡문근융해증을 겪었으니 근육통은 어느 때보다도 컸을 터였지만, 역설적으로 가장 극심하게 아팠기에 가장 인정받고 위로받았다고 한다. 이제야 아프다고 주장할 수 있는 '환자'의 범주에 공식적으로 들어갔다는 것을 인정받은 기분이었고, 그것이 큰 안도감을 주었다고 말했다.

앞서 말한, 피부근육염으로 고생하는 그분은 잘 지내고 있다고 했다. 1년을 앓았는데도 이 병이 어떤 때 악화되고 어떤 때 호전되는지 아직 갈피를 잡지 못하겠다며, 그것만 알아도 어떻게 관리하면 될지 알겠는데 그걸 몰라서 아쉽다며 웃었다.

어떻게 하면 좋아지고 어떻게 하면 안 좋아지는지를 잘 모르니까, 내 몸에 대한 주도권을 질병에게 빼앗긴 듯한 느낌이

든다고 그녀는 말했다. 내가 내 몸의 주인이 아니라, 질병을 앓고 있는 내 몸이 나의 주인 혹은 조건이라고.

우리는 힘들지만 잘 버텨온 지난 1년을 되새기며 눈시울을 붉힌 채 잘 지내라는 인사를 건넸다. 누가 먼저랄 것도 없이 서로를 꼭 껴안고 등을 토닥여준 후 헤어졌다.

그녀가 농담처럼 '명의'라는 단어를 썼지만, 내가 아는 나는 명의가 아니다. 다만 환자가 아프다고 하면 그 말을 믿어야 한다고 생각하는 의사일 뿐이다. 그리고 어떤 연구들은 '여자 환자의 아프다는 호소를 믿기 힘들어하는 의사들이 있다는 것'과 그럼에도 '환자의 말을 믿는 것이 환자를 살리는 길'임을 보여주고 있을 뿐이다.

나도 딸이
있었으면 좋겠다?

　　왕진을 다녀왔다. 겨울이라도 날씨가 따뜻해서 공유 자전거 따릉이를 타고 갈 수 있었다. 마을 보건지소의 작업치료사 선생님도 마침 자전거를 타고 오셨다. 오늘은 보건지소에서 방문재활 나가는 분들을 작업치료사 선생님에게서 소개받는 날이다. 이렇게 보건지소 같은 공공기관을 통해서 왕진이 필요한 분들을 소개받는 경우가 종종 있다. 왕진이 생소한 진료이다 보니, 공공기관에서 그동안 쌓아온 신뢰에 기대는 것이다.

　작업치료사 선생님은 본인도 자전거를 타고 왔으면서 내가 따릉이를 끌고 온 걸 보더니 놀랐다는 말투다.

　"어, 원장님, 자전거 타고 다니시네요!"

　"주차 힘들까 봐서요. 사실 면허만 있고 운전은 잘 못하기도 하고요."

"저도 자전거가 좋아요. 좀 더 구석구석 다닐 수도 있고요."

"맞아요. 자전거 타고 가면 오르막이 힘든지 어떤지, 동네 분위기를 더 잘 알 수 있는 것 같아요."

"이 동네에 살고 있다는 게 확 다가오기도 하죠. 어쩜 저랑 생각이 그렇게 비슷하세요?"

"왕진 나가는 사람들은 다들 비슷한 거 아닐까요?"

서로 알게 된 지 며칠 안 되었지만, 둘 사이에 묘한 동지 의식이 싹트는 걸 느꼈다.

처음 방문한 곳은 뇌출혈로 15년째 누워 계시는 박명자 님의 댁이었다. 와상 환자가 엘리베이터 없는 빌라의 4층에 거주한다. 이 간단한 정보가 정작 집에 올라가보기 전까지는 무슨 의미인지 몰랐다. 그 얘기는 환자도 보호자도 집 밖으로 잘 나오지 못한다는 뜻이었다. 병원에 가는 일도 힘들다. 병원에 한 번 가려면 갈 때는 119를 부를 수 있어서 어찌어찌 가지만, 돌아오는 길은 응급환자가 아니므로 119를 부를 수 없다. 사설 구급대를 불러야 하고, 한 번에 20~25만 원이 이송료로 든다는 뜻이다.

보호자이자 주 간병인은 따님이었다. 15년 간병에 지칠 만도 한데, 지친 기색을 최대한 드러내지 않으려 맑고 명랑한 목소리로 우리를 맞아주었다. 박명자 님의 방은 인공호흡기와 모니터링 기계들이 가득 찬 중환자실처럼 꾸며져 있었고, 몸 여기저기에 연결된 호스를 통해 산소와 먹을 물과 음식이 공급되고 있었다. 뇌출혈로 인한 편마비로 좌측 팔과 다리를 움직이실 수 없었고, 1년 전 흡인성 폐렴이 생겨 중환자실에 입원했던 이후로 의식이 떨어져 눈을 맞추기조차 쉽지 않았다.

가족 관계를 파악하기 위해 누구와 같이 사시나 여쭸더니 따님은 '어머니, 아버지 모시고 혼자 살고 있다. 15년째 어머니가 아프시니, 결혼은 생각도 못 했다'는 대답이다. 아픈 어머니와 나이 든 아버지를 모시고 사는 결혼하지 않은 딸…. 정말 많은 왕진 가구에서 반복 재생되는 모습에 나는 잠시 한숨이 나오려 했으나, 꾹 참았다.

나는 혈액검사를 위한 준비를 모두 해갔었다. 누워 계시고 병원에 가기 힘든 상태라면, 혈액검사를 받으신 지도 오래되었겠지 싶었다. 혈액검사 결과는 전화로 알려드리기로 하고, 앞으로 매달 한 번씩 정기적으로 방문하여 환자분의 건강 상태를 살필 계획을 세운 후 다음 방문 약속을 잡고 집을 나섰다. 급할 때 연락하실 수 있도록 비상연락망도 건넸다.

집을 나와 자전거를 타고 내리막길을 내려오면서, 같이 간 작업치료사 선생님과 두런두런 이야기를 나눴다.

"따님이 정말 외롭고 힘드실 것 같은데, 밝은 표정이어서 더 마음이 아파요."

"꼭 특별한 의료 서비스가 아니어도, 어디엔가 연결되어 있다는 느낌만으로도 조금 낫지 않을까 싶어요. 그게 우리가 이

147

일을 계속해야 하는 이유인 것 같고요."

"그나저나 참, 딸이 있는 분들이 돌봄을 더 잘 받으시는 것 같아요."

"그러게요. 저도 나중에 딸이 있었으면 좋겠어요. 아, 선생님은 결혼하셨어요?"

"아니요."

원래도 딸은 살림 밑천이라 했는데, 요즘에 딸은 돌봄 밑천이다. 특히나 결혼하지 않은 딸은 거의 간병보험이다. 나의 비혼 친구들이 떠올랐다. 인생의 어느 시기에 결혼하지 않는다고 부모님에게 엄청 구박을 받았던, 가족 공동체와의 연결이 자의로든 타의로든 느슨해져 있었던 비혼 여성들. 그러나 그녀들을 공동체에서 적극적으로 다시 호출하기 시작하는 순간은, 항상 '돌봄'이 필요한 순간들이었다. 가족 내에 돌봄이 필요한 상황이 되자마자, '언니/동생은 아이들을 키우잖니. 자기가 돌봐야 할 다른 가족들이 있잖니'라는 말과 함께 돌봄 당사자로 호명되었다. 무슨 일을 하건, 실제로 얼마나 시간을 낼 수 있건, 그건 별로 중요하지 않았다. 혼자 살고 있다는 것은 곧바로 '그녀에게 돌봐야 할 다른 사람들이 없다'는 뜻으로 읽히고, 그것만으로도 돌봄 노동에 소환될 명분으로 충분했으니까.

나도 딸이 있었으면 좋겠다는 말. 나도 아내가 있었으면 좋겠다는 말. 누구에게라도 어머니가 필요하다는 말. 친근하고 헌신적인 돌봄은 항상 '딸, 며느리, 아내, 어머니'처럼 여성의 형태를 취해야 익숙하고 자연스럽다.

이 표현들의 자연스러움에 취하는 순간, 돌보는 당사자인 그 여성들의 고립감은 더 보이지 않게 될 것이다. 돌봄이 실제로는 노동이며, 이 노동이 어느 계층, 어느 성별의 사람들에게 집중적으로 몰리고 있는지가 보이지 않게 될 것이다. 독박 노동이 얼마나 견디기 힘든 것인지에 무심하게 될 것이다.

우리가 동네에서 만들고자 하는 돌봄의 생태계는 이런 자연스러움의 함정을 의심하는, 평등하고 호혜적인 돌봄이어야 한다.

3장

그녀들이
나에게

과호흡증후군과
첫 숨의 기억

"죽고 싶었어요?"

우리 진료실을 찾아온 30대 여자분이 다른 의사에게서 저 말을 들었다고 했다. 사연은 이러했다. 스스로 허약 체질이라고 인정하는 그녀는, 체력을 키우고 싶어 걷기 운동을 하기로 마음먹었다. 체력이 약하니 걷기부터 해봐야지, 하고 그녀는 한강의 지천변에 난 산책로를 따라 걷기로 했다. 걷기 운동 첫날, 조금 빠르게 걷는다 싶은 순간 숨이 차기 시작했다. 갑자기 알 수 없는 두려움이 몰려와 숨을 점점 깊이 들이마셨다. 심호흡으로 상황을 해결해보려 했지만, 곧 손발이 꼬이고 아찔한 느낌이 들었다. 놀라고 두려워 숨을 더 깊이 쉬었지만, 숨이 막힐 것 같은 느낌이 심해져 쓰러지고 말았다.

결국 주변에서 산책하던 사람의 신고로 응급실에 실려 갔다. 응급실에서는 큰 문제가 아니라고 했다. 별다른 치료도 검사도 없이, 별일 아니라는 말을 듣고 응급실에서 퇴원하고 나니, 그녀는 자신에게 일어난 일이 도대체 무슨 상황이었던 것인지 전혀 알 수가 없었다.

그녀는 이후로 비슷한 증상이 또 올까 봐 두려워 전혀 운동을 못 하고 있었다. 왜 그랬는지를 모르니 앞으로도 또 그럴지 모르는 일이고, 어떻게 예방해야 하는지도 알 수 없으니까. 가뜩이나 허약 체질인데 그나마 마음먹었던 걷기조차 못 하게 되자, 그녀는 동네의 의원을 찾아가 왜 그런 일이 일어났는지 물었다.

"죽고 싶었어요?" 그녀의 이야기를 다 들은 후 그 의사는 이렇게 질문했다고 한다. 그녀는 그 질문이 너무 충격적이고 모욕적이라고 느꼈다. 자신이 왜 그런 일을 겪었는지 진지한 설명이 듣고 싶었던 그녀는 내가 일하는 살림의원을 찾아왔다.

과호흡Hyperventilation. 폐포에서의 공기 교환이 빠르게 일어나면서 체내 이산화탄소 분압이 낮아져 신체가 알칼리성으로 변하며 생기는 증상이다. 손발이 마치 꼬이는 것처럼 저릿저릿하고, 어지럽고 울렁거린다. 호흡을 빠르게 하여 나타난 증상이니 호흡을 천천히 하기만 하면 웬만하면 좋아지련만, 안타깝게도 저런 증상이 나타나면 사람은 당황해서 숨을 빨리 몰아쉬게 된다. 그러니 증상이 점점 악화되어 결국 응급실에 실려 오는 이들이 많다.

과호흡으로 응급실에 실려 오는 이들에게 예전엔 머리에 검은 비닐봉지를 씌우기도 하고 입에 종이봉투를 씌우기도 했다. 막힌 공간 안에 배출되는 이산화탄소를 재호흡하게 해서 체내 이산화탄소 분압을 높여보자는 취지이다. 이론적으로야 맞을 수 있겠지만, 손발이 꼬이고 어지러워 죽을 것 같은데 머리에 시커먼 걸 뒤집어씌운다고 상상해보자. 이게 뭐지? 나한테 왜 이러지? 당신들 뭐야? 이거 치워! 죽을 것 같아! 이거 치우라고! 이런 생각밖에 안 들 것이다. 그러면 흥분해서 더 숨을 빠르게 쉴 테니, 회복과 안정에는 전혀 도움이 되지 않는다.

"환자분, 환자분, 숨을 천천히 쉬세요!" 이렇게 새된 목소리로 소리 지르는 것도 상황을 악화시킨다. 곁에서 누군가 소리를 지르면, 그 목소리 톤 때문에 더 흥분해서 숨을 빨리 쉬게 마련이다.

증상을 겪는 당사자는 죽을 것 같은 느낌이 들지만, 응급실 의료진들이 보기엔 흥분만 가라앉히면 해결되는 절대 죽지 않을 상황으로 보이기에, 바쁜 응급실에서는 일명 '경환' 혹은 '껌환'으로 취급된다. 여성들이 과호흡으로 실려 오는 경우가 많으므로, 응급실에서는 '건강에는 문제 없는 예민하기만 한 여자'로 치부되기 일쑤다. 그러니 응급실에서 자세한 설명을 못 들었다는 건 너무 이해되는 상황이었다.

그녀는 알고 싶어 했다. 자신이 왜 그런 증상을 겪었는지, 응급실에서 왜 아무 설명도 못 들었는지, 그리고 설명을 듣고

왕진 가방 속의 페미니즘

싶어서 찾아갔던 동네 의원에서는 왜 갑자기 죽고 싶었냐는 질문을 들어야 했는지.

어떤 정신과적 증상을 호소하는 환자를 마주하면, 자살 위험이 있는지를 꼭 파악해야 한다고 우리 의사들은 배운다. 진료실에서 한숨을 쉬거나 눈물을 보이거나 우울해 보이거나 기운이 없어 보여도, 자살 위험이 있는지 파악해야 한다고 배운다. 자살에 대한 생각은 넌지시 물어서는 안 되고, 아주 명료하고 구체적으로 질문해야 한다.

"죽고 싶은 생각이 있나요?"

"자살을 시도하신 적이 있습니까?"

"어떤 방법으로 죽으려고 생각하셨나요?"

이렇게 물어야 한다고 말이다. 아마도 그녀를 대한 그 의사도 비슷한 생각이었으리라. 과호흡으로 인해 공황 상태에 빠졌던 환자이니, 그것도 정신과적 증상이라면 자살 위험을 고려해야 한다고 떠올렸겠지. 그리고 물었겠지. 죽고 싶었냐고.

그 의사에게는 하지 못했던 대답을, 그녀는 내게 했다.

"아니요, 난 살고 싶었어요. 숨을 못 쉬어서 죽을 것 같았으니까! 난 정말정말 미치도록 살고 싶었다고요."

아… 머리가 울렸다. 맞다, 그렇지. 과호흡은 살고 싶어서 하는 거지. 의사가 되고 나서 정말 처음으로 거기에 생각이 미쳤다.

기억 저 한편에서 응급실에서 근무하는 동안 만났던 수많은 과호흡증후군의 환자들, 소란스럽기는 하지만 응급이 아니라는 이유로 무시되기 일쑤였던 그들이 떠올랐다. 나도 은근히 그들을 무시했을 터이다.

나는 과호흡을 해결하는 좋은 방법을 프리다이빙 자격증을 따면서 배웠다. 프리다이빙은 숨을 참고 물에 들어가야 하는데, 조금이라도 과호흡을 하고 들어가면 뇌가 저산소증에 빠지는 상황을 인지할 수 없어 결국 블랙아웃이라고 하는 저산소증 상태에 빠지게 된다. 그래서 프리다이빙 전에는 반드시 들숨과 날숨을 1:2 비율로 하도록 준비시킨다. 날숨을 천천히 하여 체내에 이산화탄소를 쌓이게 하고, 그럼으로써 호흡 충동을 느끼게 하려는 것이다. 사람은 산소를 마시고 싶어서가 아니라 이산화탄소를 뱉고 싶어서 숨을 쉬려고 하기 때문이다.

그녀에게 나를 따라 숨 쉬게 했다. 천천히 깊게 들이쉬고 그보다 훨씬 더 천천히 내쉰다. 하나 둘 셋 넷에 맞춰 숨을 들이쉬고, 하나 둘 셋 넷 다섯 여섯 일곱 여덟에 맞춰 내쉰다. 내쉬는 숨을 길게 하면 체내에 이산화탄소가 쌓이기 시작하면서 과도하게 높은 산소 분압으로 인한 호흡성 알칼리증 증상들이 서서히 사라져간다.

내 눈동자를 보고, 나와 같은 속도로 숨을 들이쉬고 내쉬도록…. 아무 말도 필요가 없다. 눈동자로 전달하는 것이 더 강력하다.

죽고 싶었냐는, 걱정인지 비난인지 모를 그 의사의 말 한마디에 그녀가 보여준 강렬한 삶의 의지. 그건 절대 무시될 수 없는 것이었다.

그녀가 진료실을 나가고 나서도 한동안 가슴이 지끈거렸다. 둥둥 울리는 가슴과 함께 생각은 바다 속으로 들어갔다. 무호흡으로 바다 밑을 유영한 뒤 곧장 죽기라도 할 듯한 느낌으로 수면에 도달해 터뜨렸던 첫 숨의 기억.

나는 첫 프리다이빙을 끝내고서, 친구에게 부탁했다. 혹시라도 내가 자살하고 싶어 하는 것 같을 땐 프리다이빙에 데려와달라고. 그러면 내가 숨 쉴 수 있다는 게 얼마나 고맙고 대단한 일인지 다시 깨달을 것 같다고.

독거노인 할머니와
보살님

지방의 의료원으로 파견을 나가 있을 때였다. 할머니 한 분이 입원하셨다. 몇 달 전부터 숨이 차더니 일주일 전 얼굴이 붓기 시작했다고 한다. 숨이 너무 차서 응급실을 거쳐 오후 늦게 병동으로 입원을 하셨다. 내가 당직 근무에 들어서기 조금 전에 병동으로 올라오셨다고 했다.

신환이 입원하셨다는 병동 간호사의 콜을 받고 나는 응급실 진료기록과 검사 결과부터 찾아보았다. 응급실에서 촬영한 흉부방사선 검사 결과를 보니 폐암이 의심되었다. 입원 수속이 끝나자마자 흉부 CT를 찍었다. 다음 날 낮이 되어야 나오는 영상의학과의 판독을 기다릴 필요도 없었다. 이건 폐암, 상당히 진행된 폐암이다. 그것도 폐암이 상대정맥을 짓누르고 있어서 얼굴이나 팔에서 심장으로 내려가는 피가 정체되어

왕진 가방 속의 페미니즘

있는 '상대정맥증후군'이었다. 이것은 종양내과의 응급 상황이다.

내가 파견 나가 있던 그 작은 규모의 의료원에서는 폐암을 치료할 수 없었다. 혈액종양내과도 호흡기내과도 없고, 흉부외과는 더더욱 없었다. 하물며 종양내과의 응급인 상대정맥증후군을 무슨 수로 치료한담. 빨리 큰 병원으로 가서 방사선/항암 치료를 받으시는 것이 제일 좋다고 생각했다. 나는 전공의 1년차였지만, 그 병원에는 그 시각 나보다 높은 연차의 의사나 전문의가 단 한 명도 없는 상황이었고, 진단부터 고지, 환자 이송까지 모두 내 선에서 해결해야 하는 미션이었다. 나는 병실로 갔다.

할머니는 산소를 공급하는 콧줄을 코에 끼고 가쁜 숨을 쉬며 병실 침대에 기대어 계셨다. CT를 확인한 내가 환자를 만나기도 전에 미리 내린 오더였다. 산소를 공급할 것, 기대어 앉으시도록 할 것, 팔에 잡힌 수액 라인을 뺄 것. 나는 얼굴과 상체 쪽으로 가는 피를 최대한 줄여서 할머니를 편하게 해드리려고 했다.

나는 CT 검사 결과를 설명하려고 한다며, 가족들이 언제 병원에 도착하는지 여쭤보았다. 할머니는 잠시 머뭇거리시더니 가족이 아무도 없다고 대답하셨다.

아, 독거노인…! 순간, 독거노인에 따라붙는 여러 가지 이미지들이 떠올랐다. 돌봐주는 사람 없음. 책임지는 사람 없음. 관심 있는 사람 없음. 아무것도 결정할 수 없음. 그렇지만 뭔가 할머니 신상에 문제라도 생기면, 지금까지 아무 관심도 없던 가족들이 나타나 세상에 없는 효자인 양 행세를 하지. 그래서 의료인들은 환자분이 '독거노인'이라고 들으면 난감 일색이다.

할머니는 결혼하지 않았고, 자식도 없고, 친척이라곤 멀고 먼 몇 촌 조카들 정도라고 했다.

평소 환자 본인에게 정확한 본인의 질병명을 알려드리는 것이 가장 좋고 올바르다는 믿음을 고수하고 있는 나였지만, 대개 암을 고지하는 과정은(특히 이렇게 진행된 상태의 암을 갑자기 고지해야 하는 과정은) 가족 보호자들과 충분히 상의하여 환자분이 받으실 충격을 최소화하는 과정을 거친 후에야 행하는 게 보통이었다. 이렇게 아무런 가족 보호자가 없는 독거 어르신에게 진행된 말기 암을 고지해야 하는 일은 그때껏 없었던 거다.

어떻게 할까 고민이 되었다. 없는 가족을 기다릴 수도 없고, 할머니에겐 시간도 별로 없었다. 저렇게 숨이 많이 찬 상태에서는 단 며칠을 버티기도 힘드실지 모른다. 그날 밤이라도 당장 더 큰 병원에 가셔야만 했다. 그렇다고 이제 막 응급실을 통해 입원하신 할머니를 아무런 설명도 없이 쫓아내듯 큰 병원으로 보낼 수도 없었다.

고민하던 나는 여든이 다 되도록 혼자서 꼿꼿이 살아온 그녀의 생명력을 믿고, 그냥 단도직입적으로 말씀드리기로 했다. 할머니의 손을 꼭 잡고 설명하기 시작했다.

증상이 지난 몇 달 동안 지속되었으니 환자분께서도 짐작하시는 것이 있었겠지만, 지금 우리 병원에서 시행한 검사상 '폐암'이 가장 의심되고, 암이 아닐 가능성은 거의 없다고 말씀드렸다. 폐암 덩어리가 상대정맥이라는 큰 정맥 혈관을 누르고 있어서, 머리로 올라온 피가 심장으로 되돌아가는 길이 좁아져 얼굴이 붓고 숨이 찬 거라고. 이 상황은 폐암으로 인한 응급 상황이라고. 그래서 오늘 밤에라도 당장 큰 대학병원으로 가셔야 하고, 그건 제가 지금 바로 알아봐드리겠다고 했다. 할머니는 차분하게 들으시다가 얼핏 눈시울을 적셨고, 나는 엉엉 울면서 설명을 하고 있었다. 마치 나이 든 내 미래를 보는 것 같아서 말하는 동안 울음이 멈추질 않았다.

그런데 이 모든 설명을 들으신 할머니가 도리어 나를 위로하시는 게 아닌가. 거의 할머니에게 안기다시피 하여 울고 있던 내 등을 툭툭 가볍게 두드리면서 위로해주셨다. 그러면서 나를 '보살님'이라고 부르셨다.

"모든 것이 부처님의 뜻이겠지요, 이렇게 보살님을 만난 것도."

차분하게 의사의 암 선고를 들으신 할머니는, 알고 보니 근처 조그만 절의 '큰스님'이셨고(그러니 결혼도 안 하고 자식도 없었던 거다), 내가 상상했던 것과는 달리 수많은 제자들(상좌)과 신도들의 존경을 받고 있는 분이었다.

나는 혼자 사시는 할머니라 생각하고 엉엉 울면서 할머니를 껴안았던 것이 조금 죄송하고 조금 부끄러웠다. 눈물을 훔치며 창밖을 보았을 때, 병원 주차장에서 스님 여러 분이 바쁘게 통화하며 움직이는 것이 보였다.

폐암이라고 정확히 말씀드리기를 잘했다. 그분의 생명력을 믿기를 잘했다.

나도 저렇게 나이 들어갈 수 있을까? 폐암의 응급 상황이라는 설명을 듣고 오히려 의사를 위로하는 할머니, 의연하고 차분하게 죽음을 준비하던 모습…. 혈연으로 맺어지지 않았어도 절에서 서로를 돌보고 돌봄 받으면서 공동체로 생활해온 분이었다. 그 관계가 있기에 할머니는 암 진단을 받는 상황에서도 의연하실 수 있는 게 아닐까.

나는 단 하루 환자와 의사 관계로 만난 그 큰스님 할머니께 크게 반하고 또 배운다.

기저귀를
갈다

의사 생활 10년이 넘은 지금까지 기저귀 찬 환자분들을 수없이 만났지만, 정작 내 손으로 기저귀를 갈아본 것은 그날이 처음이었다. 엉덩이에 생긴 욕창을 관리하기 위해 환자분의 집을 찾아갔는데, 욕창 처치(드레싱)를 도와주시는 보호자 혹은 요양보호사가 안 계신 것이었다.

생리혈과 소변으로 흥건히 젖어 있는 기저귀를 갈지 않고서는 엉덩이 뒤쪽 꼬리뼈에 생긴 욕창을 소독하기가 불가능했다. 그렇다고 생업으로 늦어질 보호자를 기다리는 것도 힘들고…. 이 집은 자주 드나들었던 터라, 기저귀와 다른 용품들이 어디 있는지쯤은 여쭤보지 않아도 알고 있었다. 나는 그냥 내가 서투른 솜씨로나마 기저귀를 갈기로 했다.

기저귀를 갈자고 말씀드리자 환자분은 내 손을 잡으면서

고개를 흔드셨다. 다발성 신경위축으로 말도 잘 못 하시고 손발 움직임이 굳어 있어 관절도 구축되신 분인데, 정말 온 힘을 다해서 고개를 가로로 젓고 있는 것이 느껴졌다.

"아니요… 갈아야 할 것 같아요."

다시 끄응 하면서 고개를 내저으신다.

"혹시 제가 가는 게 너무 부끄러워서 그러세요? 아니면 제가 가는 게 싫으실까요?"

대답이 없다.

"소독을 하려면 먼저 엉덩이를 닦고 기저귀를 갈아야 할 것 같아요. 기저귀를 갈아야지 소독을 하지요."

조심스럽게 설득을 하자 그제야 미세하게 끄덕이신다.

나는 무거워진 기저귀를 빼고 물티슈를 가지고 꼼꼼히 닦기 시작했다. 욕창 언저리까지 깨끗하게 닦은 후 준비해 간 소독 물품을 꺼내 욕창을 소독하고 죽은 조직을 긁어내기 시작했다.

소독을 끝내고 이제 새 기저귀를 반듯하게 깔아서 환자분의 가벼워진 다리를 들고 기저귀를 잘 채워드리려 했는데, 다 채운 듯하여 만지작거리다 보니 앞뒤를 잘못 채운 것 같다. 아이가 없는 나는 아이들의 기저귀도 별로 갈아본 적이 없어, 초보 티가 확 났던 것이다.

긴장이 풀린 그분이 약간 웃으신 듯하였다. 둘이서 눈을 마주 보고 헤헷 웃은 다음에, "제가 기저귀를 잘 몰라서요. 사실

갈아본 적이 없거든요. 기저귀는 아주 초보지요"라고 변명을 하고는 다시 기저귀를 돌려서 채웠다. 어리숙한 나의 기저귀 갈이가 끝나자, 내 손을 꼬옥 잡으신다. 그 순간 눈에서 눈물 한 방울이 또륵 흐르는 것이 보였다.

왜 우신 걸까. 아니, 그보다 왜 내가 기저귀 가는 걸 거부하셨을까. 집에 와서도 우시는 모습이 생각났다.

나는 기저귀 가는 일이 하찮다고 절대 생각하지 않는다. 천추부의 욕창은 눌리지 않도록 자세 변화를 시켜주는 것과 위생 관리가 핵심이다. 물론 의료인들이 죽은 조직을 적절히 제거해주어야 하지만, 기본은(그리고 앞으로의 예방을 위해서도) 일상생활에서 이루어져야 하는 것이다. 그리고 그 핵심에는 깨끗한 기저귀가 있다.

그러면서도 정작 10년 만에 처음으로 기저귀를 갈아본 이유는 중요하지 않아서가 아니라, 기저귀는 나 말고도 갈 수 있는 사람들이 많았기 때문이고, 외려 그분들이 나보다 더 잘할 수 있기 때문이다. 더 잘할 수 있는 분들이 있으니, 나로서는 다른 일을 할 시간을 쪼개면서까지 굳이 스스로 할 필요가 없는 조건에서 일해왔기 때문이다. 나는 법적으로든 의학적으로든 의사인 나밖에 할 수 없는 일을 하는 것이 환자분을 위해서도, 또 다른 사람들의 일자리를 위해서도 더 좋다고 본 것일 뿐이다.

하지만 이날같이 나 이외에 아무도 할 사람이 없는 상황에선, 일이 손에 익지 않아 거꾸로 채우는 실수를 하면서라도 어쨌든 해야 하는 일이었다. 누구라도 그 장소에 그 시간에 있었다면 해야 하는 일. 앞으로도 왕진을 지속한다면, 지금까지 내가 한 번도 해오지 않았던, 하지만 환자분의 건강을 위해 정말 중요한 기본적인 것들을 하나하나 하게 되는 이런 날들이 더해지겠지.

이렇게 생각했는데, 만화 『헬프맨』을 읽으면서 내 생각이 깨졌다. 일본 만화가 쿠사카 리키의 작품인 『헬프맨』은 일본 개호보험(우리나라의 장기요양보험과 비슷한 것)에 대한 내용을 다루는데, 어떤 것이 존엄한 돌봄이고 무엇이 웰 에이징well-aging 인가에 대해서 많은 생각을 하게 한다. 이 만화의 주인공, 어리숙하지만 다정한 요양보호사 온다 모모타로는 '기저귀를 가는 것이야말로 간호·간병의 꽃'이라고 얘기한다. 한 신입 직원이 돌봄 시설에서 일하고는 싶지만 기저귀는 갈고 싶지 않다고 하자, 모모타로는 "누구도 자신의 은밀한 부위를 초보자에게, 그것도 신뢰할 수 없는 사람에게 맡기고 싶어 하지는 않아"라고 말한다. 그러니까 기저귀를 가는 것은 그만한 신뢰, 그만한 익숙함, 그만한 관계를 필요로 하는 일이라는 것이다.

나는 그만한 관계, 그만한 친숙함이 아닌데도 그분의 공간으로 너무 훅 들어갔던 게 아닐까. 누구에게나 다른 사람과 맺고 싶은 관계라는 것이 있는데, 그분도 '자신의 담당 주치의'와 맺고 싶었던 관계라는 것이 있는데, 그분이 설정한 그 관계의 선을 내가 너무 순식간에 아무렇지 않게 넘어버렸던 것이 아닐까.

그때 내가 어떻게 했으면 선을 넘는 불편함을 드리지 않으면서 부드럽게 선을 타고 넘을 수 있었을까, 다시 생각해보게 된다. 그렇게 넘은 선 밖으로 또 새로운 관계가 열릴 수도 있으니까.

엄마의
암 진단 대소동

의대 본과 3학년 때였다. 엄마가 집 근처 병원에서 검진 차 대장내시경을 받던 중 덩치가 좀 큰 용종이 발견되어, 조직 검사까지 같이 받으셨다. 1주일여 후 조직검사한 부위에서 암세포가 발견되었다는 결과를 들었다. 그러니까 엄마가 '대장암' 진단을 받은 것이다. 엄마는 내가 다니던 학교 병원의 대장항문외과 진료를 얼른 예약했고, 1인실이든 어디든 수술을 빨리 받을 수만 있다면 어디라도 입원하겠다는 얘기를 미리 해놓은 끝에 생각보다 일찍 수술 날짜를 받을 수 있었다.

사실 수술 일정이 펑크가 나는 경우들은 종종 있고, 이럴 때 병원에서는 수술을 대기하고 있던 환자들에게 일일이 연락해서 수술 일정을 당길 수 있는 환자들을 찾게 된다. 이렇게 연락을 돌려야 할 때는 일정을 빨리 조정할 수 있는 사람, 다인실이 없으면 1인실이나 2인실 같은 상급 병실이라도 입원할 수 있는 사람들을 찾게 된다. 수술실보다 병실을 구하는 것이 더 힘들기 때문이다. 결과적으로 경제력이 있는 사람들의 수술이 주로 앞당겨지는 것이다. 의료가 모두에게 평등해야 한다고 주장하던 와중에 엄마의 수술이 당겨지는 것을 본 나는 다행스러운 마음 한편으로 그런 기회를 갖지 못한 다른 사람들에게 미안한 마음이 들어 묘한 기분이었다.

엄마의 수술을 담당한 교수님은 마침 우리 학년의 담당 교수님이었다. 중고등학교로 따지면 학년주임쯤 되는 역할이었기에, 장학금 상담이나 학생 생활 상담 같은 것들을 맡고 계셨다. 엄마의 병원 전자 차트에는 이미 '의대 본과 3학년 학생의 어머니'라는 정보가 적혀 있었다. 나는 3학년 연말고사를 앞두고 있었다. 수술 당일 아침에 수술장 앞에서 교수님께 인사를 드리니, 말없이 내 어깨와 등을 툭툭 두드려주셨다. 나는 울먹일 뻔했고, 내 눈동자를 보시던 교수님은 수술복으로 갈아입고 수술장에 들어오라고 하셨다.

교수님과 마취과 선생님들의 배려로 나는 엄마의 수술방 안에 들어가 전신마취 전까지 엄마의 손을 꼭 잡아드릴 수 있었다. 대장암 수술을 앞두고 불안한 와중에도 미래에 의사가 될 딸의 손을 잡고 의식의 저편으로 넘어갈 수 있었던 엄마. 마취된 엄마의 손에서 힘이 빠져나가자, 교수님은 눈짓으로 나가서 기다리라고 하셨다.

수술장 밖에서는 아빠와 우리 남매들과 이모, 그리고 엄마의 친구분들이 함께 기도하는 간절한 마음으로 기다리고 있었다. 수술장의 상황을 알려주는 전광판을 수시로 보고 있는데, 갑자기 수술장에서 방송이 나왔다.

"○○○ 환자분 보호자분은 수술복으로 갈아입고 수술방으로 들어오세요. 다시 한 번 알려드립니다. ○○○ 환자분의 보호자분은 수술복으로 얼른 갈아입고 수술방으로 들어오세요."

엄마 이름이었다. 나는 거의 주저앉았다.

의대 본과 3학년 외과 실습 때 봤던 장면들이 떠올랐다. 가장 간단한 수술. O&C라고 한다. Open & Close, 열고 닫는다. 수술장에서 암 수술을 위해 복부를 열었는데 더 이상 손쓸 수 없이 암세포가 복강 여기저기, 복부 장기 여기저기로 퍼져 있을 때, O&C를 한다. 이때 이 상황을 보호자에게 공유하기 위해, 수술복으로 갈아입은 보호자를 수술장 안으로 불러들이는 관례가 있다. 잔인하지만 사람은 눈으로 보지 않고는 믿을 수 없는 일이라는 것이 있기에, 퍼져 있는 암세포를 보호자에게 직접 두 눈으로 보게 한 후에 "안타깝지만 닫겠습니다"라고 말하고 그대로 봉합하는 수술을 진행한다.

혹은 수술장에서 불의의 사고가 생겼을 때, 돌이킬 수 없는 의학적 문제가 생겼을 때 보호자에게 수술복으로 갈아입고 수술장으로 들어오도록 한다. 그 상황을 공유하고, 중환자실에 갈지 말지, 심폐소생술을 지속할지 말지를 의논해야 하기 때

왕진 가방 속의 페미니즘

문이다.

내가 아는 건 그것이 다였다. 식구들은 나를 수술장 안으로 밀었다. 의대생인 내가 그래도 상황을 더 잘 이해할 거라는 뜻에서였다. 나는 방송을 들으며 울먹거리기 시작했다. 수술장 안으로 떠밀리고는 더 이상 울먹거리지 못하고 억억댔다. 숨이 차올라 억억대고 울면서 수술복으로 갈아입고 정신없이 외과 수술장으로 뛰어갔다. 뛰어가는 짧은 시간 안에서도 머릿속이 복잡했다. 왜지? 왜 보호자를 부르는 거지? 바로 직전에 찍은 복부 CT에서는 암의 전이가 없다고 했는데, 이게 무슨 일이지?

울면서 뛰어 들어간 수술방의 분위기는 생각보다 어둡지 않았다. O&C를 할 때 수술방을 휘감는 무서운 종류의 침묵이 없었다. 무슨 일이지? 교수님은 아직도 수술 중이셨고, 아무리 내 엄마라지만 소독하지 않은 자는 수술 필드 근처로 가면 안되기에, 나는 멀찍이 서서 교수님의 시선에 들려고 필사적으로 뒤꿈치를 달싹거렸다. 마침내 누군가 나를 발견했다.

"교수님, 학생 왔습니다."

"어, 왔어? 치프, 학생한테 그거 보여줘."

나는 호명된 치프 선생님을 쳐다봤다. 치프 선생님은 뭔가를 들고 있었다. 초록색 천에 싸인 붉은 그것은 엄마의 대장 일부였다. 교수님은 수술 필드에서 시선을 떼지 않으면서 나에게 말씀하셨다.

"떼어내면서 봤는데, 경계도 깨끗하고 말랑말랑해. 암이 아닌 것 같은 촉감이야. 암이 맞다고 해도 아주 순한 암일 거니까, 너무 걱정하지 말라고. 학생이니까 공부하는 차원에서 스페시멘specimen(수술로 절제한 검체) 한번 보라고 불렀어. 걱정하지 말고, 응? 확인했으면 이제 나가서 연말고사 공부해."

툭툭 내뱉듯, 하지만 학생에 대한 걱정과 애정이 묻어났다. 나는 다시 주저앉을 뻔했다. 이번에는 허탈해서. 아무리 학생은 공부가 중요하고 의대 본과 3학년은 연말고사가 제일 중요하다지만, 교수님, 그러시면 안 되는 거였어요. 제가 저 스페시멘을 보고 대체 뭘 알겠어요? 저는 지옥과 천당을 오갔다고요! 내가 허탈한 표정으로 터덜터덜 수술장 밖으로 걸어 나왔을 때, 십수 명에 달하는 우리 가족들이 모두 울부짖으며 기다리고 있었다. 이 많은 사람들을 그렇게 놀라게 하셨다고요!

엄마는 퇴원할 때까지 계속 1인실에 입원해 계셨다. 가족들이 하지 말라는데도 스스로를 '달걀 껍데기 암 환자'라고 부르셨다. "나는 이제 달걀 껍데기처럼 깨지기 쉬운 사람이야. 너희 다섯 남매 낳아서 키우느라 너무 힘들었고 속이 다 상한 것 같아. 이제 장까지 잘려나가서 속이 더 비었어. 속 빈 달걀 껍데기 같아. 다들 그걸 알아줬으면 해." 자칫 우리가 '계란 껍데기'라고 잘못 말하면, 항상 '달걀 껍데기'라고 정정해주시곤 했다. 그 두 단어가 무슨 차이가 있느냐 물으면 '달걀 껍데기'가 발음이 더 예쁘고 더 나약하게 들린다고 하셨다.

암보험에 가입돼 있어, 보험회사에서 암 진단 위로금인가 하는 것이 천만 원 나올 참이었다. 그걸로 입원료를 계산하면 된다며, 1인실 병실료는 그걸로 하겠다며 안심했었는데, 수술에서 떼어낸 엄마의 대장 조직에서는 암세포가 전혀 발견되지 않았다. 조직검사보다 교수님이 손으로 만져본 것이 더 정확했던 것인가! 혹시나 해서 내시경을 했던 병원에서 조직검사 슬라이드도 가지고 와서 다시 확인했지만, 역시 암세포는 없었다. 암으로 진행하는 단계이기는 했지만 아직 암은 아닌 상태, 전암 단계의 세포라고 최종 판독이 나왔다. 보험회사는 당연히 암 위로금을 주지 않았고, 엄마의 '달걀 껍데기' 타령은 너무 빨리 막을 내려야만 했다.

　　결국 퇴원하면서 우리 가족이 정산했던 병원비의 거의 대부분은 엄마의 1인실 입원료였다. 1인실 입원료로만 천만 원 정도가 나왔다. 딱 예상했던 보험료만큼. 그 일로 인해 나에게 대학병원 1인실은 정말 비싼 곳, 아주 특별한 곳이라는 이미지가 남았다. 그리고 1인실에 입원할 수 있는 경제력이 있으면 수술 일정이 앞당겨질 수 있다는, 우리 가족에게는 다행이었지만 씁쓸한 자본주의 사회의 단면인 듯도 한 공공연한 병원의 비밀 한 가지도 알게 되었다.

약이
싸구려라 그래

보험회사에서 암 위로금을 받는 줄 알았다가 암세포가 나오지 않아 받지 못했던 일을 한탄하던 엄마가, 결국 암 위로금 천만 원을 받게 된 것은 1년 후의 일이다. 눈이 뻑뻑하다고 몇 달째 불편해하시던 끝에 눈 점막에서 말토마MALToma라고 하는 좀 희귀한 면역 계통의 암을 진단받았다. 보통은 위 점막에 많이 생기고, 헬리코박터균과 같은 세균 감염에서 기원한다고 알려져 있는 암이다.

암을 진단한 안과에서는 해줄 것이 없다고 했다. 암인 것은 맞지만, 양쪽 눈 점막에 고루 퍼져 있었고, 눈을 제거할 수는 없으니 해줄 것이 없다는 말이었다. 이번엔 혈액종양내과로 갔다. 내과 차트에는 '의대 본과 4학년 학생의 어머니'라는 문구가 남았고, 엄마는 이번에는 정당하게(?) '암 환자' 지위를 획득했다. 하지만 '달걀 껍데기' 타령은 없었다. 엄마도 우리도 모두 암에 대해서는 한 번 백신을 맞은 셈이었으니까.

교수님은 눈 점막에 생긴 말토마는 한 번도 실제로 본 적이 없고, 세계적으로 희귀한 편이라 논문을 찾아봐야 한다고 말씀하셨다. 다음 진료를 보러 갔을 때, 그사이 논문을 찾아본 교수님이 말씀하셨다.

"이 암은 별다른 치료법이 없습니다. 자라는 속도가 빠르다면 항암제 치료를 해볼 수 있지만, 자라는 속도가 느리면 굳이 항암 치료를 할 필요는 없습니다. 하지만 항생제는 한번 시도해볼 수 있을 것 같아요."

항암제가 아닌 항생제? 항생제는 세균을 잡는 약이다. 위 점막에 생기는 말토마가 헬리코박터균이라는 세균 때문에 생긴다고 알려져 있으니 눈 점막에 생기는 말토마도 세균 때문에 생겼을 수 있고, 그러면 항암제보다 항생제 치료를 해보는 것이 설득력이 있었다.

교수님은 항생제를 시도해보자며 4주 치를 우선 처방했다. 독시사이클린이라는 항생제였다. 독시사이클린은 항생제 중에서도 매우 저렴한 편이다. 엄마는 암 환자로 건강보험에 등록되어 '중증질환자' 표시가 차트에 붙어 있었고, 이것은 매우 강력한 보호막으로 작용해, 건강보험 본인부담금을 5%만 내면 되었다.

병원비 몇천 원을 내고 약국으로 가니, 4주 치 약값이 780원이었다. 당장 엄마에게서 전화가 왔다. 약값이 너무 싸다는 거였다. 희귀한 암이라고 들었는데 어째서 이렇게 약이 싼 거냐, 아무리 암 환자라도 너무 싼 거 아니냐, 이렇게 싸서 효과는 과연 있겠느냐고 하셨다. 나는 교수님이 어련히 잘 해주셨을까, 하고 믿고 약을 먹으며 기다려보자고 답했다.

엄마는 독시사이클린을 복용하느라 너무 고생하셨다. 이 항생제는 울렁거리고 소화가 안 되는 부작용을 일으키는데, 나도 인도 배낭여행을 갔을 때 말라리아 예방 목적으로 하루에 한 알씩 먹어본 적이 있다. 처음 며칠은 먹고 나면 울렁거리는 정도였는데, 1주일쯤 지나고 나자 먹기 전부터 슬슬 기분이 나빠졌다. 아직 약을 먹지 않았는데도 울렁거리는 듯한 느낌이 들었고, 다가올 울렁거림이 예상되어 머리가 지끈거릴 지경이었다. 하루에 한 알로도 여행의 설레는 기분을 충분히 망칠 수 있는 약이었는데 엄마는 그 약을 고용량으로 하루에 두 번씩 꼬박꼬박 몇 달을 드셔야 했으니, 고충이 심했을 것이다.

사실 엄마의 암은 잘 보이지 않는 종류의 것이었다. 눈꺼풀에 이물감이 있고 뻑뻑한 주관적인 감각을 제외하면, 확대경으로 눈을 촬영해야 간신히 보이는 것이어서, '암'이기는 하지만 엄마의 신체에서 차지하고 있는 비율이 너무 적었다. 눈을 감았다 떴다 하는 데 기능상의 문제도 없었고 시력에도 영향이 없었다. 암으로 인한 큰 불편함이 없는데 외려 치료가 불편하다고 느낄 만한 종류의 것이었다.

몇 달을 꼬박 독시사이클린을 드셨지만 엄마의 암은 전혀 줄어들지 않았다. 그렇다고 커지지도 않았다. 엄마는 '싸구려 약'을 탓하기 시작하셨다.

"내가 약값이 780원 나왔을 때부터 알아차렸어야 했어. 희귀한 암이라니 희귀하고 비싼 약, 좋은 약을 먹었어야 했는데, 약이 너무 쌌어. 아무 효과도 없잖아. 다른 집은 항암 치료 한다고 집안 기둥뿌리 뽑힌다는데, 나는 암 환자 대우를 제대로 못 받네. 못 받아도 너무 못 받는 것 같아 서럽기도 해."

"뭐야~ 약이 싸구려라서 못 믿겠다는 거예요? 그게 엄마한테 필요한 약이잖아요. 싸고 비싸고가 문제가 아니라. 또 달걀 껍데기 타령하게? 그리고 엄마는 작년에 대장 수술한다고 1인실 병실료로 천만 원 쓰셨잖아요. 그때는 암도 아니었는데?"

나는 엄마의 싸구려 약 타령을 타박하고 놀렸다. 나는 엄마가 매우 강인한 사람인 것을 알고 있었으므로, 암이 호전되지 않았어도 놀릴 수 있었다. 결국 엄마는 석 달의 항생제 치료를 끝으로 그 이후로 어떤 치료도 받지 않고 계시고, 다행히 아직도 양쪽 눈 점막에 붙은 암은 자라지 않고 있다.

비싼 약이 좋은 약이라는 믿음은 환자들에게서 자주 보인다. 플라시보 효과라고 실제 아무런 약리적인 효과가 없어도 환자의 믿음만으로도 약효가 나타나는 경우가 있는데, 진통제나 영양제 같은 종류에서 플라시보 효과가 특히 많이 나타난다. 이럴 때는 약이 비쌀수록 효과가 좋다. 한때의 나는 이 효과를 경시했었다. 믿지도 않았다.

전공의 때 파견 나갔던 지방 의료원에서 수액을 맞던 환자가 '이거 말고 좋은 거'를 계속 요구했다. 장염으로 인한 탈수를 교정하기 위해 수액을 맞으시던 참이었다. 대체 어떤 걸 드려야 할지 몰라 담당 과장님께 말씀드렸더니, '색깔 있는 비타민을 섞어주라'는 오더를 주셨다. 노란색 비타민이 수액에 섞여 들어가자, 아직 약효가 나타날 시간이 아닌데도 환자의 표정이 평화로워지고 얼굴에 생기가 돌기 시작했다.

젊은 나는 '사이비'라고 생각했다. 저건 실제로 별 효과가 없는 거잖아. 나는 그날의 진료가 끝나고 과장님께 따지듯이 물었다. "탈수가 심할 때 영양제를 맞는 건, 오히려 환자에게 해가 될 수도 있지 않을까요?"

과장님은 젊은 의사의 치기를 이해해주셨다. 그러면서 말씀하셨다. 내 주치의가 나의 요구에 귀를 기울여주는 것, 나의 불편과 통증을 해결하기 위해 뭔가 알 수 있는(환자에게 직접 보이는) 시도를 해주는 것, 그 관계성의 확인이 환자에게는 필요한 것이라는 얘기였다. 꼭 의학적으로 필요한 치료만이 환자가 필요로 하는 전부는 아니라고. 플라시보 효과라고 우습게 보고 무시할 게 아니라, 그걸 어떻게 환자에게 더 도움이 되게 활용할지를 고민해야 한다고 말이다.

뒤통수를 세게 맞은 것처럼 얼얼했다. 싸구려 약이라 효과가 없는 게 아니냐며 서운해하셨던 내 엄마에게 필요했던 건 실제로 비싼 약, 희귀한 약이 아니라 천만 원 어치의 위로, 천만 원 어치의 사랑이었을지도 모르겠다. 사랑해요, 달걀 껍데기 엄마.

화장실
이용 순서

엄마는 그렇게 진짜 암 환자가 되었지만, 암 환자로 불리는 건 어울리지 않았다. 암세포의 숫자는 너무 적었고 자라지 않고 있었기 때문에, 엄마 스스로가 '암 환자'라는 사실을 신경 쓰지 않는 순간 마치 없는 것처럼 변하곤 했다. 사실 엄마의 일상에 더 영향을 끼친 것은 암이 아닌 걸로 판명 났던 대장 용종이었다. 암이라고 생각하고 수술했기에 수술로 절제한 장은 20cm가 넘는 꽤 긴 편이었고, 이것은 엄마의 생활에 계속 영향을 주었다. 그 영향이라는 것이 방귀, 설사, 변실금 같은 것들이었으므로 공개적으로 얘기하기 어려웠을 터, 엄마는 혼자 불편을 감내하고 계셨던 모양이다.

어느 휴일, 엄마와 딸들이 집에 있는데, 아파트 관리사무소에서 방송을 했다.

"에, 에, 관리사무소에서 알려드립니다. ○○○동 주민 여러 분께 알려드립니다. 오늘 ○○○동 물 수조를 급히 청소해야 하는 상황이 생겨 지금부터 오후 4시까지 단수가 있을 예정 입니다. ○○○동 주민 여러분께서는 물이 나오지 않는다고 당 황하지 마시기 바랍니다. 수조 청소가 끝나는 대로 알려드리 겠습니다. 예정에 없던 단수를 진행하게 되어 대단히 죄송합 니다."

우리 동이다. 오늘 갑자기 물이 안 나온다고? 보통 물탱크 청소나 수도관 청소는 관리사무소에서 일정을 잡아서 진행하 곤 하니까, 단수 며칠 전부터 안내문도 붙고 아침부터 방송이 나온다. 단수가 예정되어 있으면 우리 집은 욕조 가득 물을 받 아놓곤 했다. 다섯 남매가 살고 있는 집이라, 단수는 보통 일이 아니었다.

여섯 시간의 단수라는 말에 당황스러워하던 순간, 동생이 말했다.

"뭐, 단수된다고? 그럼 오줌부터 눠야겠네."

동생이 거실에 있는 화장실로 뛰어갔다. 볼일을 보고 물을 내리는 소리가 났지만, 다시 물이 양변기 탱크 안에 차오르는 소리는 들리지 않았다. 이미 단수가 시작되어버린 것이다.

"아, 그러면 우리한테 앞으로 안방 화장실 물을 한 번 내릴 수 있는 기회만 남은 거네."

"오늘 집에 몇 명 있어?"

"네 명."

"방금 눴으니까, 넌 빠져."

"그럼 세 명."

"오줌 마려운 사람?"

"나!"

"나는 아직은 마렵지 않은데, 여섯 시간 단수니까 그사이엔 반드시 마렵겠지."

그때 엄마가 일어서서 안방으로 들어가면서 얘기하셨다.

"나는 똥 마려워."

다들 경악하여 서로를 쳐다보곤, 엄마의 옷자락을 잡아끌어서 다시 앉혔다.

"엄마! 똥은 안 돼!"

"그럼 어떻게 해? 나는 장이 잘려서 항상 대변이 무르게 나온단 말이야. 항상 가스랑 같이 나와. 그리고 매일 나오고. 하루에도 몇 번씩 나와!"

"그래도 똥은 안 돼!"

"그리고 참을 수 없어. 한번 마려우면 참기 힘들다니까! 새어 나올 수도 있어!"

"맞아, 이건 대장암 환자의 어쩔 수 없는 생리적인 현상이야."

"엄마 대장암 환자 아니잖아."

"어쨌든 대장암 환자나 진배없어. 수술은 똑같이 했잖아. 그러니까 대장암으로 수술한 환자랑 생리적으로는 비슷하지. 장절제증후군이라고."

"그럼, 엄마가 제일 마지막에 눠요. 우리 둘이 오줌 차례로 누고, 그다음에 엄마 똥 누기."

"아니지, 내가 똥이니까, 내가 제일 먼저 눠야지. 그다음에 너희가 차례로 오줌 눠. 너희가 오줌 누고 나서 내가 똥 누면 엉덩이에 튀잖아."

"엄마 똥 눈 변기에 우리가 오줌을 어떻게 눠?"

"엄마, 똥이고 오줌이고 물은 무조건 튀어. 그럼 엄마 똥이 우리 엉덩이에 다 튈 거잖아. 그렇게 감염되는 경우도 있단 말이야."

"그럼 내가 먼저 똥 누고 물 내리고, 그다음에 너희가 오줌 눠. 오줌은 누고 나서 물 안 내려도 견딜 만하잖아. 똥은 아니야."

"그럼 화장실에서 계속 암모니아 냄새 날 텐데?"

"안 돼. 안방 화장실은 내 거니까, 내가 쓰겠어. 딸들은 거실 화장실을 쓰도록 해."

"엄마!!"

우린 이 대화에 빠져들어 정신없이 티키타카 하다가, 문득 정신을 차리고 웃기 시작했다. 호흡이 가빠질 정도로 웃으면서 마룻바닥을 뒹굴었다. 엄마의 대장(암) 수술, 내 의학 수업, 아파트의 단수. 그것이 이렇게도 웃긴 조합이 될 줄 몰랐다. 결국 우리는 씻지도 못하고 외식을 하러 갔다. 가능한 한 생리적 현상을 집에서 해결하지 않기 위해 들떠서 나갔다.

이 별것 없는 날이 오랫동안 기억에 남은 것은, 2년에 걸친 엄마의 암 투병기로 약간은 스산해져 있었던 가족 분위기가 완전히 예전으로 돌아왔다고 느꼈기 때문인 것 같다. 그리고 엄마가 대장 수술에 이은 생리적인 부작용을 가족들에게 거리 낌 없이 털어놓을 수 있을 정도로 회복되었다고 느꼈기 때문 인 것 같다.

예전에 영화나 소설의 아름다운 여주인공이 자주 걸리는 암은 따로 있었다. 백혈병이나 뇌종양 같은 것. 수술 후 설사와 방귀가 뒤따를 수밖에 없는 대장암이나 '여성성'이 심하게 훼 손된 것처럼 간주되는 유방암, 담배와 묘하게 연결되는 폐암 그런 거 말고, 순수하고 우아하고 애틋해 보이는 백혈병 같은 암이나 깡마르고 창백해지는 결핵 같은 질환들이 주로 여주인 공의 인생에 끼어들곤 했다.

여자들은 병을 앓는 순간에도 '여성성'을 잃지 않도록 영화 나 소설 속에서 그려졌다. 암 투병이 얼마나 치열한 투쟁의 현 장인데, 어떤 암을 앓을지 지정되는 바로 그 순간부터 생명력 을 박탈당하고 초상화처럼 박제되었다. 그리고 이러한 여주인 공의 이미지들이 실제 투병 중인 여성들에게 자기 신체 이미 지에 대한 훼손으로 작용하고, 생리적인 현상들을 잘 호소하 지 못하게 하는 굴레로도 작용했다는 것을 부인할 수 없다. 여성은 심지어 아플 때조차 여성스럽게 아파야 한다니!

나는 엄마가 겪고 계셨던 대장 절제의 합병증을, 특히나 배설과 관련한 생리적인 이야기들을 이토록 솔직하고 가감 없이 들을 수 있어서 오히려 좋았다. 그런 얘기를 스스럼없이 나눌 수 있는 딸과 엄마 사이라서 행운이었다.

○　# 잘
키워오셨습니다

　　나는 드라마를 썩 좋아하는 편은 아니라, 대개는 방영이 모두 끝난 후 사람들의 평을 듣고 나서야 시청하곤 한다. 최근 드라마 〈슬기로운 의사생활〉을 본 어떤 분이 웹진에 칼럼을 썼는데, '이 드라마를 보니 의료협동조합의 주치의들이 생각난다'는 내용이었다. 그래서 대체 무슨 드라마기에 의료협동조합이 생각날까 하는 궁금한 마음에 이틀에 걸쳐 그 드라마를 보게 되었다. 원래 의학 드라마는 극적인 에피소드를 찾아다니기에, 드라마틱한 수술을 보여줄 수 있는 외과 계열이나 대형 병원의 응급실이 주로 출연하게 마련이다. 응급 상황이야 내과 계열에도 많고 많지만, 뭔가 시각적으로 보여줄 게 부족하다 보니(혈액검사 수치가 드라마틱하게 변하는 것을 보여줄 수는 없지 않은가) 나 같은 동네 주치의를 소재로 한 드라마는

　　　　　　　　　　왕진 가방 속의 페미니즘

별로 없을 수밖에 없다. 그런데 그 드라마를 보고 의료협동조합 의사들이 생각났다고?

드라마를 보는 동안 사무치게 그리웠다. 마스크를 쓰지 않고 맨 얼굴로 이야기를 나누는 의사와 환자들. 저렇게 가까이에서 서로의 눈을 들여다보고 신뢰를 나누는 그들. 온 얼굴로 안타까움과 기쁨을 드러낼 수 있었던 시절. 이제 다시는 우리에게 돌아올 수 없겠지?

그 드라마를 보며 진짜 많은 사람들이 생각났다. 내가 만났던 환자, 보호자들, 직원들, 교수님들까지, 그 시절이 그리워지면서 그들도 그리워졌다.

〈슬기로운 의사생활〉의 산부인과 전공의 추 선생처럼 교수님 진료실에서 산모들을 함께 지켜보던, 전공의 3년차 때의 산부인과 파견이 생각났다.(나도 추 선생이었다.)

여러 다양한 과의 업무를 배워야 하는 가정의학과의 특성상 3년차인 치프 연차가 되어서도 매달 다른 과를 돌아다니게 되었다. 달마다 새로운 환경, 새로운 동료들과 적응하는 것이 힘들다는 이들도 있었지만 다행히도 나는 떠돌아다니는 것을 좋아했다. 그달은 산부인과로 파견 가는 달이었다.

산부인과에서는 그 과의 전공의들과 마찬가지로 교수님들의 진료를 옆에서 보좌하며 배우는 일을 한다. 한 달 내내 여러 산부인과 환자분들을, 10대에서 80대까지, 무월경에서 완경(폐경)까지, 질염에서 암까지 다양하게 만나게 된다는 점에서 많이 배울 수 있다.

어느 날 산과 진료실로 출근했다. 찾아오시는 거의 모든 분들이 산모(병원에서는 임신부를 포함해 산모로 통칭한다)였다. 가정의학과 의사인 내가 앞으로 출산을 돕게 될 일은 거의 없을 테지만, 만약의 경우를 대비해야 한다는 점과 기본적인 모성 생리와 산전 관리를 알아야 지역사회에서 일할 수 있다는 점 때문에 열심히 배워나갔다.

산과의 친절한 그 교수님은, 태아의 초음파를 본 후 얼굴을 3D 프린터로 찍어주시면서 매번 이렇게 말씀하셨다.

"잘 키워오셨어요. 아주 잘 키워오셨습니다."

그냥 입에 발린 말이 아님을 알 수 있게, 힘주어 얘기하셨다.

나는 5남매 중 둘째로 자라나, 엄마한테서 거의 매일같이 "너희 다섯을 낳고 키우느라 정말 힘들었다"는 푸념 비슷한 얘기를 듣다 보니, 오히려 출산과 육아의 어려움에 공명할 여유가 없었던 게 사실이다. 힘들었다는 얘기를 너무 자주 듣다 보면, 익숙하다 못해 식상해지는 구석이 있는 법이니까.

그랬던 내게 직장 동료 산모들이 겪는 소화불량, 두통, 우울과 불안, 피로, 입덧 등은 아주 충격적이었다. 엄마가 입덧이 심했다고 하실 때는 으레 그런가 보다 싶었지, 얼굴이 허옇게 질릴 정도일 줄은 몰랐던 것이다. 이렇게까지 힘든 거였어? 그리고 기형아나 유산에 대한 불안이 이렇게 큰 거였어? 임신이란, 도저히 어이쿠야, 싶었다.

한 달에 한 번 와서 아기가 잘 자라고 있는지 확인하는 산모들에게 그 교수님께서 해주시는 한마디, "잘 키워오셨어요"는 뭔가 나를 자극했다. 아이는 누구나 엄마 배 안에서 알아서 자라는 줄 아는 사람들은 산모들의 그 수많은 노동, 불안에 몸서리치는 그 시간을 인정하지 않을 터이다. 하지만 이 교수님은 "잘 키워오셨어요"라고 말씀하셨다. 같이 온 아빠도 할머니도 아닌 엄마에게! 정확히 그녀의 글썽거리는 눈을 쳐다보면서.

그로 인해 교수님의 진료실은 항상 만원이고, 예약을 해도 엄청나게 기다려야 진료받을 수 있었다. 산모들과 함께 나도 같이 울컥하다가 불현듯 스친 생각, '그렇다면 아이가 잘못되어 있으면 이 교수님은 무슨 말씀을 하실까?' 하지만 그런 걱정은 의미가 없었다. 안타깝게도 태아가 잘못된 부부에게 이 교수님은 엄마(와 아빠)의 잘못이 아님을 분명하고도 확신에 찬 말투로, 충분한 위로를 담아 설명하셨다. 그때 나는 더 그 교수님을 존경하게 되었다. "잘 키우셨습니다"라는 말이 역설적이게도 입에 발린 말이 아니라는 것이다.

산부인과 파견이 끝난 후 가끔 가정의학과 직장 동료들의 태아 얼굴 3D 사진을 찍어줄 일이 있었다. 아가의 얼굴을 들여다보다가 또 피곤에 지친 친구의 얼굴을 보다가 나도 문득, "잘 키웠네, 진짜 고생했다" 하는 말이 목까지 차올랐다. 괜히 얘기를 꺼냈다가 울컥하여 수습하지 못할까 봐 참곤 했지만.

너나 많이
느끼세요

　　의사 선배가 둘째 아이를 무통분만으로 낳았다. 문병 간 우리를 본 언니는 다짜고짜 동료 의사들에게 심한 배신감을 느꼈다고 말했다.

　　"어, 언니 무슨 일 있었어요?"

　　"나 무통분만 때문에 진짜 빡쳤어. 어떻게 이 좋은 걸 첫째 낳을 때는 안 알려줄 수가 있니? 완전 배신이야. 나 둘째 출산하면서 생각했잖아. 이렇게 안 아플 수도 있는데 왜 첫째 때는 나한테 미리 안 알려줬느냐고, 소리 지를 뻔했어. 첫째 낳은 거 무르고 싶은 심정이었다고."

　　언니의 표정이 너무나 진지하게 화나 있어서, 우리는 모두 웃을 수밖에 없었다.

　　무통분만이 모든 산모에게 좋은 건 아니다. 통증이 사라지니 적절히 복부에 힘을 주지 못해서 출산이 지연되는 경우도 많다. 특히 초산이고 근력이 약해 힘을 잘 주지 못할 것 같은 경우에는 무통분만을 권하길 꺼린다. 그런데 간혹 이런 의학적인 이유에서가 아니라, 그저 분만에 대한 환상만으로 무통분만을 하지 않는 경우도 있다.

어떤 남자가 부인에게 무통분만을 하지 못하게 했다는 얘기를 듣고 우리는 분개했다. 그 남자는 자신의 부인이 신께서 내려주신 성스러운 산고도 없이 아이 낳는 걸 받아들일 수 없다고 했다. 자신의 아이가 태어나는 그 절정의, 환희의 순간이 현대 의료 기술로 오염되는 것 같다나 뭐라나. 무통주사가 아이의 탄생이라는 기적의 의미를 퇴색시키는 것 같다나 뭐라나. 뭐 이런 자식이 다 있어?

산모가 거부할 수는 있다. 똑같은 이유로 거부하는 산모들도 있다. 그래도 그건 본인이 감내하겠다니까 그러려니 하는 것이지, 감히 남편이 반대할 수는 없는 문제다. 차라리 돈이 없어서 무통분만을 하기 힘들다고 하면 안타깝지만 이해는 간다.

우리는 언니의 입원실에 모여 앉아 그 남편 욕을 했다. 그런 자식은 마취도 안 하고 사랑니를 뽑아버려야 한다고 했다가, 마취 없이 개복 수술을 해야 한다고도 했다. 여성들이 겪어내야 하는 힘든 순간에 대해서만 어찌나 '자연화'하려는 시도들이 넘쳐나는지. 임신·출산의 고통은 자연스러운 것이라는 둥, 생리통은 자연스러운 것이라는 둥, 심지어 여자는 자연 미인이 최고라는 둥…!

신이 주신 생생한 고통, 그 삶의 충만한 의미는 너나 온전히
느끼시라고!

만성 소화불량,
'안심'을 처방하다

"저는 배가 아파서 너무 오랫동안 먹고 싶은 것도 못 먹고 그랬어요. 몇 년 동안 그렇게 살다가 정신과 진료 받으면서, 이제 조금씩 먹고 마시고 일상을 누리고 있었죠. 그런데 며칠 전부터 갑자기 배가 아프니까, 무서웠어요. 예전처럼은 아닌데, 비슷한 느낌으로 아프기 시작하니까 점점 더 그럴까 봐 불안한 거죠. 점점 소화도 안 되고요."

환자들의 얘기는 가만히 들으면 대부분 진단명이나 해결책을 그 안에 가지고 있다.

"예전의 아픈 기억들이 올라오고 있군요. 그래서 긴장하고 있고, 긴장하면 소화효소가 적게 분비돼서 점점 소화가 힘들어지죠. 소화가 힘들어지기 시작하니까, 예전의 아팠던 기억이 다시 소환되고, 점점 더 불안해지고. 불안하니까 소화효소

분비가 적어지고, 그러니까 소화가 더 안 되고… 악순환이 시작되려는 거예요."

나는 환자의 손을 꼭 잡으며 말한다.

"걱정하지 마세요. 예전처럼 다시 아프게 되지 않아요. 괜찮아요."

만성 소화불량을 겪은 사람들은 지레 겁을 먹는다. 맛있어 보이는 음식을 앞에 놓고 불안해한다.

'저걸 먹고 소화가 안 되면 어쩌지? 아, 너무 먹고 싶은데…. 저걸 먹으면 또 소화가 안 되고 힘들겠지? 그런데 진짜 먹고 싶다. 아, 맛있는 것 좀 맘껏 먹어보고 싶다. 사는 게 왜 이래, 먹을 복도 없어. 진짜 소화가 안 되려나?'

당연하다. 그걸 먹으면 소화가 안 된다. 먹기 전부터 불안했으니 소화가 될 리 없다. 결국 소화가 안 되는 날이 하루 더 쌓이고, 이렇게 쌓인 소화불량 경험은 우리를 더 위축시키고 불안하게 만든다.

소화는 부교감신경의 담당 영역이다. 부교감신경은 그야말로 '부'교감신경이다. 교감신경과 경쟁하기 힘들다. 부교감신경은 오직 교감신경의 흥분이 잦아들었을 때에만 자기 역할을 슬며시 해낸다.

에너지를 써서 무언가 해야 할 때 필요한 집중, 긴장, 초조, 분노, 흥분, 불안의 신경중추가 교감신경이라면, 부교감신경은 이완, 소화, 배설의 중추이다. 교감신경이 흥분하면 근육이 긴장하고, 침이 바짝바짝 마르고, 동공이 커진다. 장 운동이 멈추고 소화효소의 분비가 줄어든다. 그야말로 소화 불가! 어렵거나 낯선 사람 앞에서 꾸중을 들어가며 밥을 먹었을 때 체하고 마는 것, 우리 모두 알고 있지 않은가. 교감신경이 흥분되니 소화 기능이 떨어지는 거다.

만성 소화불량을 겪은 사람들은 맛있는 음식을 보며, 침이 고이고 소화효소가 분비되는 것이 아니라 불안이 시작된다. 교감신경이 흥분하게 되는 것이다. 맛있게 먹고 탈이 난 적이 하도 많아서 조건반사적으로 긴장하여 교감신경이 자극된다.

나는 이런 분들께 소화제라도 쓰는 편이다. 교감신경이 흥분되어 소화가 안 되는 사람한테 소화제가 무슨 소용이 닿겠나 싶겠지만, 나는 식사를 하기 전에 소화제를 먼저 복용하도록 권한다.

"맛있는 음식을 먹기 전에, 이거 먹고 또 체하면 어쩌지 걱정이 되면 소화제를 먼저 드세요. 그리고 괜찮다고, 나는 소화제를 먹었으니까 이제 잘 소화를 시킬 거라고 편안하게 생각하세요. 괜찮은 날을 하루라도 더 경험하는 게 좋아요. 오늘이 괜찮고 내일이 괜찮아야 앞으로도 괜찮을 거라고 믿을 수 있고, 그래야 불안해하지 않을 수 있어요. 불안이 줄어들면 자연스럽게 소화가 되기 시작할 겁니다."

공황장애를 겪는 분들께도 나는 마찬가지로 신경안정제를 조금 처방하곤 한다. 물론 호흡법을 알려드리고, 스스로 이완

할 수 있도록 교육하기는 하지만, 그래도 불안이 소거되지 않을 때는 약이 필요하다. 그 원인이 무엇이었든 이미 공황발작을 겪은 이들은, 즉 심장이 멈출 것 같고 숨을 못 쉬어 죽을 것 같은 순간을 겪은 이들은, 비슷한 상황에 놓였을 때 그 순간을 다시 또 경험할까 봐 긴장하고 불안해한다. 이것이 예기불안이다. 불안해질까 봐 미리 불안한 것. 그리고 이런 걱정과 불안이 결국 공황을 부른다.

그러니까 괜찮을 거라고 안심하라고 얘기해주는 보증수표가 필요하다. 불안이 불안을 부르는 악순환을 중간에 한번 끊어주는 것이 필요하다. 사실은 약이 중요한 게 아니라 '약을 가지고 있다'는 안심이 필요한 것이다.

"같은 상황에 놓여 있어도 이번엔 다를 수 있어요. 그러려고 약을 쓰는 것이니까요. 괜찮은 날들이 하루하루 쌓여갈수록, 상황을 해결할 수 있는 내 안의 힘도 생겨날 겁니다."

나는 교감신경과 부교감신경의 기능에 대해 천천히 설명했다. 그리고 안심하시도록 안내했다. 일차 의료 의사, 주치의의 가장 큰 역할이 안심시켜드리는 것이니까.

이유만 알아도
견딜 수 있다

○

40대 여자 환자가 진료실을 찾아왔다. 머리가 자주 아프다고 했다. 양쪽 관자놀이가 지끈지끈, 오전보다 오후에 더 아프고, 누가 머리를 꽉 옥죄기라도 하는 것처럼 불편하다고 했다. 나는 얘기를 들으면서 '전형적이군' 하고 생각했다. 그녀가 얘기한 증상들은 전형적인 '긴장성 두통'의 증상들이다.

긴장성 두통은 사무직 노동자들이나 학생들에게 잘 나타나는 두통으로, 컴퓨터나 텔레비전, 책을 볼 때 목이 앞으로 쭉 빠지는 사람들에게 자주 생긴다. 목이 앞으로 거북이처럼 빠지면, 머리의 무게를 척추 주변의 근육들이 감당하기 힘들어진다. 고등학교 이과 물리나 수학 시간에 벡터를 배운 사람이라면 잘 이해할 것이다. 머리의 무게는 중력 방향으로 작용하므로 아래로 눌리게 되는데, 목이 이미 앞으로 빠져 있다 보니

이 무게(중력)를 감당할 척추의 위치와 한참이나 어긋나 있는 것이다. 목과 어깨의 근육을 이용하여 머리의 무게를 감당해야 하기에 목·어깨 근육이 과도하게 쓰이게 되고, 결국 근육 뭉침을 만든다. 근육은 뭉치면 길이가 짧아지므로 목과 어깨의 근육이 점점 짧아지는데, 이렇게 짧아진 근육이 두피의 근막을 잡아당겨, 안구 근처, 양쪽 관자놀이까지 마치 작은 헬멧이라도 쓴 듯 꽉 조이고 욱신거리는 두통이 나타난다.

이런 증상을 호소하는 사람들은 진료실에서 대단히 자주 보이기에 나는 '전형적이군, 대수롭지 않아'라고 생각했다. 그리고 긴장성 두통을 줄여줄 수 있는 주사 치료를 권해볼까, 근본적으로 해결할 수 있는 운동 치료를 권해볼까 생각하던 찰나였다. 그녀는 내가 무슨 말을 할지 다 안다는 표정으로 한숨을 쉬며 입을 열었다.

"이 병원 저 병원 다니면서 통증 치료도 받아보고 도수 치료, 운동 치료도 다 받아보았어요. 해보라는 건 전부 다 해봤어요. 그런데도 전혀 좋아지지가 않아요."

엉? 이러면 나도 할 게 없는데, 어쩐다? 할 게 없으면 좀 더 자세히 물어보고 환자의 이야기를 들어야 한다. 그것이 그간 경험에서 터득한 진리다. 특히 다른 의사들이 이미 루틴한 방식대로 진료를 했는데도 나아지지 않는다면, 뭔가 모르는 게 숨어 있다는 뜻이다. 다른 의사 선생님들도 다들 실력이 좋기 때문이다. 이럴 때는 환자의 얘기를 더 섬세하게 들어야 한다.

무엇 때문이라고 환자가 생각하는지도 들어야 한다.

"뭣 때문에 이런 두통이 생긴 것 같아요?"

"한 10년 전엔가 두통이 생겼어요. 왜 생겼는지는 잘 모르겠어요. 아, 그런데 혹시 제가 그즈음에 당한 교통사고와 이 두통이 관계가 있을까요? 다른 병원에서는 다들 관련이 없다고만 하는데, 저는 꼭 관련이 있을 것만 같거든요."

"교통사고 이야기를 좀 자세히 들려주세요."

그렇게 시작된 이야기는 이랬다. 그녀는 10여 년 전에 교통사고를 당했다. 횡단보도 앞에서 신호가 바뀌기를 기다리며 서 있던 그녀는, 신호가 바뀌자마자 횡단보도로 내려갔다. 그 순간 속도를 줄이지 못한 차에 부딪혀 넘어졌는데, 뒷머리 부분을 세게 보도블록 모서리에 부딪혔다. 분명 어디가 깨지겠구나 싶게 세게 부딪혔는데, 다행히 피도 나지 않았고 정신도 잃지 않았다. 머리가 띵하고 부딪힌 부위가 많이 아프기는 했지만, 이후에 촬영한 CT에서 골절도, 뇌출혈도 없이 멀쩡하다는 결과가 나왔다. 피하출혈이 있었다지만 심하지 않다고 들었다.

그렇게 2~3개월쯤 지났을까, 머리가 지끈거리고 아프기 시작했다. 아무리 생각해도 교통사고의 후유증인 것 같아 이번에는 MRI까지 찍어보았지만, 아무 이상이 없었다. 다른 병원에서도 말하기를, 교통사고와 관련될 것 같으면 그 직후에 두통이 생겨야 하고 부딪힌 부위가 아파야 하는데 부딪힌 부위는 오히려 다 좋아졌고 두통은 초기에는 없다가 나중에 새로 생긴 것이라며, 교통사고 관련성이 없다고 했다.

이야기를 마치고 그녀는 한숨을 쉬었다.

"생전 두통 한번 없었거든요. 그런데 교통사고 이후로 머리가 정말 지끈거리고, 무슨 치료를 받아도 좋아지지 않아요. 진짜 관계가 없을까요?"

나는 그녀를 더 자세히 보았다. 전형적인 긴장성 두통을 겪을 만큼 자세가 나쁘지 않았다. 등도 곧고, 얼굴과 목이 앞으로 빠져 있지 않았다. 이번에는 교통사고 당시 부딪혔다던 뒷머리 부분(후두부)을 만져보았다. 그때의 흉터가 지금까지 남아 있을 턱이 없다고 생각했지만, 그래도 만져보았다. 머리카락들 사이로 뒷머리 부분의 피부가 조금 두꺼워져 있었다. 그 부분을 집중적으로 만져보니, 피부와 피하조직이 서로 엉겨 붙어 잘 분리되지 않았다.

간혹 이런 경우가 있다. 딱딱한 보도블록과 두개골 사이에 인체 조직이 끼여서 눌리는 이런 사고에서, 가끔 피부가 찢어지지 않는 경우가 있다. 어디엔가 부딪히면 바깥에서부터 차례로 찢어질 거라고 생각하기 쉽지만, 이런 경우는 두개골과 보도블록이라는 두 가지 딱딱한 물체 사이에 부드러운 조직이 끼여 있는 셈이라, 어디가 바깥이고 어디가 안이냐 하는 구별이 의미가 없다. 두개골 근처에서부터 찢어지고 오히려 피부는 멀쩡할(그래서 겉으로는 전혀 피가 나지 않고 피하조직만 찢어지는) 수가 있는 것이다. 이런 경우에 피부가 찢어지지 않았으니 전혀 조치는 없이 그 아래 조직들은 자연적으로 회복되기만을 기다리게 되는데, 딱딱한 물체 사이에 끼여 으스러지듯이 찢어진 것이라 회복될 때 서로 다른 피부층들이 덕지덕지 붙으면서 회복되어버린다. 어느 층까지 찢어졌는지는 알수 없지만, 아마도 피부를 제외한 피하조직, 근육조직, 골막까지 찢어졌을 것이다. 목은 자주 돌리고 움직이므로, 근육을 싸고 있는 근막만 잘 늘어나지 않아도 얼마든지 두통이 생길 수있다. 그러니 짐작하건대 이렇게 조직층이 흐트러지면서 한데엉겨 붙어 회복된 경우는 목의 운동성을 많이 제한할 것 같다.

사고 2~3개월 후 두통이 나타났다고 하니, 조직이 엉겨 붙으면서 회복된 게 그쯤이라고 보면 원인이 될 수도 있을 것 같았다.

나는 여기까지 생각한 후 해부학 교과서를 꺼냈다. 목 뒤의 근육과 뼈를 보여주면서, 부딪힌 부위가 여기고, 그 아래에는 어떤 조직이 있고, 어떤 과정을 거쳐서 회복되었을 것이라고 설명했다. 겉으로는 멀쩡해 보이지만 사실 피부 밑에는 꽤 조직이 으스러진 상처가 있었을 테고, 이 조직들이 서로 엉겨 붙으면서 회복되는 바람에 지금 목 근육과 두피의 골막까지 잡아당기고 있을 수 있다고, 이것이 두통의 원인일 수 있다고 설명했다.

복강경 수술을 받은 환자들도 때때로 이런 종류의 복통을 호소한다. 배를 크게 가른 것도 아닌데 움직일 때마다 불편하다고 한다. 복강경 수술은 구멍을 뚫어서 카메라나 기구를 집어넣기 때문에 크게 열지 않는다. 그러다 보니 배를 가르는 외과 수술에서와는 달리 층층이 이어 붙일 수가 없다. 그래서 피부, 피하, 근육, 복막이 모두 한꺼번에 한 땀으로 꿰어진다. 서로 다른 복부의 여러 층들이 한데 엉겨 붙어서 흉터로 남는 것이다. 흉터는 작지만, 마치 배에 수직으로 꽂아놓은 못처럼 작용한다. 복부 각 층들의 움직임을 방해하니 날카롭게 당겨지는, 움직일 때마다 찢어지는 듯한 통증이 생기는 것이다. 이럴 때는 스테로이드 주사 치료가 도움이 되는 경우가 간혹 있다.

그녀는 그럴 수도 있겠다며 쿨하게 진료실을 나갔다. 며칠 후 다시 그녀가 왔을 때 나는 두통이 호전되었는지 물었는데, 두통은 별로 호전되지 않았다고 했다.

"두통은 비슷한데, 견디는 건 좋아졌어요. 아마 이유를 짐작하고 나니 그런 것 같아요. 그리고 기분도 좋아졌고요."

이번에는 한숨 대신 쿨하게 웃었다. 아픔에 공감을 해주는 것은 무엇보다 중요하다.

공감은 누구나 할 수 있고, 또 해야 한다고 생각한다. 하지만 통증의 이유를 찾아내 이름 붙이는 건, 그래서 환자 스스로 납득할 수 있는 형태로 만들어주는 건 오직 의료인만이 할 수 있다. 통증에 단순한 공감을 넘어서는 '적절한 진단적 공감'이 필요한 때가 있다.

왕진 가방 속의 페미니즘

엄마가 되는
그녀들에게

살림의원 같은 동네 의원에도 산전 관리를 위해 찾아오시는 분이 있다. 산전 관리라면 당연히 분만 전문 산부인과에서 해야 할 것 같지만, 꾸준히 주치의 진료를 받아오신 분들은 '나를 잘 알고 있는 의원'에서 상담을 받고자 하기 때문이다. 이분들은 진짜로 임신 전부터 상담을 신청하시는데, 임신을 하기 위해 어떤 몸을 만들어야 하느냐는 것이 제일의 궁금증이다. 뭘 먹어야 하는지, 무슨 준비를 해야 하는지 묻는다. 당연히 맞아야 할 예방접종도 있고 검사해야 할 항목들도 있지만, 내가 가장 강조하는 것은 근력운동이다.

"네? 근력운동이요?"

"네! 근력운동이요, 웨이트요! 자, 생각해보세요. 아기는 태어날 때 3.3kg, 1년만 지나도 10kg이에요. 걔를 들었다 내렸다

안았다 업었다, 하루에 몇 번일 것 같아요? 아기를 엮이다 생각하고 최대한 올바른 자세로 들어 올리지 않으면, 허리 손목 어깨 무릎 다 나갑니다. 그야말로 뼛골 빠지는 거죠. 그러니 임신 전에 해야 할 건 근육을 쓰는 자세를 배우는 거예요."

신생아를 돌보는 산모들이 잘 걸리는, '드퀘르벵씨병'이라는 손목건초염이 있다. 아기를 들어 올리면서 손목을 자주 꺾다 보니 손목의 근육과 건초 사이에서 마찰이 생겨 염증으로 이어지는 질환이다. 드퀘르벵씨병에 걸린 아기 엄마들은 손목이 조금만 꺾여도 찌릿한 통증을 심하게 느껴, 손을 잘 쓰지 못하게 된다. 이 병은 여자들에게 잘 생긴다. 정확하게 얘기하자면 팔 근육이 약한데 아이를 주로 돌보게 되는 여자들에게 특히 잘 생긴다. 그러니까 독박 육아도 이 병의 한 원인이라고 할 수 있다.

예전 응급실에서 인턴으로 일할 때, 응급실에 산모가 오면 여러모로 힘들었던 기억이 난다. 일단 산모들은, 증상에 관계없이 자신의 상태를 '심각하다'고 인식하는 경향이 있어, 중환으로 여겨지기를 바란다. 사실 본인과 태아, 두 몫이니 산모들의 불안은 충분히 이해할 수 있는 부분이기도 하다.

응급실에는 금방 장전할 수 있는 총알만큼이나 효과적이고 다양한 진통제들이 있다. 응급실을 찾는 환자들에게 적절한 검사를 해서 문제의 원인을 밝혀내는 것도 중요하지만, 우선 통증이나 불편한 증상을 조절하는 것이 진짜 중요하다. 사실 그걸 참기 힘들어서 응급실에 달려온 게 아닌가! 하지만 산모들에게 쓸 수 있는 진통제는 정말 제한적인 데다, 그것도 먹지 않겠다고 하는 산모들이 많아서, '응급실'에서 해줄 수 있는 '응급' 처치는 하나도 없을 때가 많았다. 계속 아파하고 힘들어하는 산모들을 보면서 아무것도 해줄 수 없는 무력감을 느끼고 같이 힘들어지기도 했다.

산모들에겐 할 수 있는 검사도 제한적이다. 응급실의 슈퍼울트라 검사인 CT는 당연히 찍을 수 없고, 기본적인 엑스레이도 찍을 수 없다. 특히 배가 아프다고 오는 경우는 정말 난감했다. 산부인과적 문제인지, 외과적 문제인지, 비뇨기과적 문제인지, 배를 만져보고 청진해봐도 도대체 알 수가 없고, 결국 의뢰해서 초음파로 배를 살살이 보는 방법만이 최선이었다. 응급실은 어느 과 진료를 보아야 할지 교통정리를 하는 과라, 어느 장기의 문제인지 결정되지 않으면 입원도 치료도 아무것도 할 수가 없기 때문이다.

산모들은 배가 아프지 않아도 산부인과 진료를 보고 싶어하는 경우가 많았다. 두통으로 와도, 어지러움으로 와도 산부인과 선생님을 만나고 싶어 한다. 하지만 산부인과 의사는 사실 응급실에 잘 내려오지 않는다. 밤낮없이 분만장을 지키고 있어야 하기 때문이다. 분만장을 지키느라 정신없는데, 배가 아프지도 않은 산모를 진찰해달라고 산부인과에 부탁하는 게 쉬운 일이 아니었다.

생식과 관련된 사망이 줄어들면서 너무 많은 것들이 '책임의 문제'가 되어버렸다. 사실 누구도 잘못하지 않아도 장애아는 태어날 수 있고, 누구도 잘못하지 않아도 아이들은 아플 수 있다. 잘못하지 않았는데도 여전히 사망하는 태아와 산모가 생긴다. 하지만, 이젠 그 모든 것들이 엄마들 혹은 의사들의 책임이 되어버렸다는 느낌이 든다.

모성이 본능이라고 여겨지던 시대를 겨우 벗어나나 했더니, 이제는 책임과 의무의 문제가 되어버렸다. 많은 엄마들은 비난받거나 비난하거나, 기로에 서 있다. 응급실을 찾는 불안하고 예민한 산모들을 보면서, 소아 응급실을 찾는 앙칼진 목소리의 엄마들을 보면서, 근거 중심의 의학을 믿지 않고 안아키를 찾아 헤매는 엄마들을 보면서, 나는 그녀들이 위태롭다는 느낌을 받는다.

외로워서 위태로운 그녀들과 공명하기 위해 나는 그녀들의 몸에 집중한다. 아기가 아닌 그녀들에게 집중. 아기를 위해서가 아니라, 당신을 위해서 몸을 만드세요!

왕진 가방 속의 페미니즘

재개발,
기억을 허물다

얼마 전 우리 동네의 도시재생 예정지에서 '돌봄'을 주제로 주민 강의를 해달라는 요청을 받았다. 도시재생이란, 유산슬의 노래 가사처럼 그 지역을 '싹 다 갈아엎'고 모든 것을 다시 짓는 재개발을 대신하여, 낡은 동네를 살기 좋게 바꾸는 일이다. 재개발과 도시재생이 가장 다른 점은 원래 그 동네에 살던 사람들이 계속 살 수 있도록 한다는 점일 것 같다.

'돌봄'이 가능하도록 도시를 바꾼다라…. 나는 정신과에 파견되어 일하던 때가 떠올랐다. 정신과 병동에 한 치매 할머니가 입원하셨고, 내가 주치의를 맡게 되었다.

할머니의 기억력이 조금씩 나빠지고 있다는 걸 가족들이 알아차린 건 2년 전이라는데, 몇 달 전부터 일상적인 기능과 인지력이 확 떨어져서 결국 입원까지 하시게 된 것이다. 나는 할머니와 가족들을 보면서 뭔가 잘 들어맞지 않는다고 생각했다. 가족들이 할머니를 대하는 고운 태도에 비하여, 할머니의 치매가 너무 많이 진행되어 있어서였다. 저 정도로 살가운 가족이라면 할머니의 치매도 일찍 발견되었으련만…. 심지어 같이 살고 있었다는데 말이다.

담당 교수님과 함께 알츠하이머 치매가 아닌 혈관성 치매가 아닐까 고민도 해봤다. 차츰차츰 진행하는 알츠하이머 치매와는 달리 혈관성 치매는 갑작스럽게 진행할 수도 있으니까. 그런데 뇌 MRI 결과는 알츠하이머 치매를 가리키고 있었다. 딱 들어맞지 않는 할머니의 병력과 가족 관계….

나는 가족들과 면담을 하던 끝에 할머니의 치매가 갑자기 진행된 이유를 알게 되었다. 바로 재개발 때문이었다. 원래 할머니는 인지 기능이 좀 떨어지기는 했지만 혼자서 잘 생활을 하셨다. 한동네 사시는 할머니 네 분과 친교도 맺어 매일 만나 오순도순 놀고 교회도 같이 가고 그러셨다. 그러다 재개발 광풍이 불어닥치면서 이 할머니들의 집이 몽땅 허물어졌고, 할머니들은 울며불며 정든 동네를 떠나 각자의 딸/아들네 집으로 들어가 사시게 되었다. 그러면서 할머니들의 아기자기한 공동체가 없어졌다.

내 환자분인 이 할머니는 아들네 아파트로 이사를 들어오셨다. 아들과 며느리는 기꺼이 할머니를 모시고자 하는 사람들이었고 손자들도 할머니를 사랑하는 좋은 집이었다. 하지만 부부는 맞벌이로 일을 하고 아이들은 학교를 다니니, 할머니는 낯선 아파트에서 낮 시간을 혼자 보내게 되었다.

노인정에 가려 해도 어디인지 잘 모르겠고 모두 똑같이 생긴 아파트 단지 사이에서 길을 잃기도 십상이어서, 결국 집 안에만 계셨다고 한다. 요리도, 장 보는 일도, 청소나 빨래도 굳이 할머니가 직접 할 필요가 없는 아들과 며느리의 집에서, 할머니는 잘 유지해오던 일상적인 기능을 일시에 잃어버렸다. 기억력과 판단력 등 인지 기능도 순간에 놓쳐버렸다.

남들은 아들과 며느리가 돈 잘 벌고, 효도하고, 이제 일도 안 하고 편안히 사시면 되니 행복하실 거라고 했지만 할머니는 말이 없어지고 생각도 없어졌다. 살던 집이 없어지고, 친구가 없어지고, 동네가 없어지면서.

환경의 변화에 적응하는 데는 상당한 노력이 필요하고, 그 과정은 굉장한 스트레스를 동반한다. 아무래도 나이가 들거나 인지 기능이 떨어진 분들일수록 그런 적응이 힘들 수밖에 없다. 반평생을 살던 정든 동네에서 갑자기 쫓겨났으니, 그 상실감과 당혹감이 얼마나 컸을까. 할머니는 자신이 오래 살아오던 그 집에서 내쫓겨야 하는 이유를 이해할 수도 없었다.

재개발 지역에는 어르신들이 유난히 많다. 재개발 광풍이 몰아닥치고 나면, 정신과로 수많은 노인 환자분들이 오신다고 한다. 환경이 변해서 인지 기능이 저하된 분들도 있고, 인지 기능이 멀쩡한 분들은 화병이 나서 오시기도 한다. 재개발에서 받은 돈을 놓고 자식들이 서로 싸워대서 울화통이 터지고 가슴이 답답해서 정신과로 오시거나, 어머니가 자기에게 돈을 물려주지 않는 이유는 판단력이 흐려졌기 때문이라고 주장하는 아들내미가 '우리 어머니가 치매'라는 진단서를 끊어달라고 우기면서 할머니를 끌고 오는 경우도 정신과 교수님은 보았다고 했다.

나는 치매 어르신과 함께 살기를 준비하는 일본 나고야의 한 마을에 간 적이 있다. 그 마을 사람들은 인지 기능 장애가 있어도 충분히 지역사회에서 같이 살아갈 수 있다고 믿고 있었고, 그런 마을을 위해 노력하고 있었다. 치매 노인이 많이 사는 지역을 알려 그 지역에서는 차들이 지나갈 때 속도를 줄이고 조심해서 운전을 하도록 캠페인을 진행하고, 길 잃은 치매 노인들을 잘 안내하고 치매의 응급 상황에 대처할 수 있도록 주민 교육이 이뤄지고 있었다. 치매에 대응할 교육을 받은 주민들은 오렌지색 링을 팔찌나 목걸이로 달고 있었다. 이 링을 달고 걷는 사람들이 마을에 많아질수록 점점 더 안전해지는 느낌이 든다고 했다.

이런 준비가 되어 있지 않은 사회에서는 '치매=요양 시설에 들어가야 하는 질환'이 된다. 더군다나 재개발이라도 되는 날에는 그야말로 '치매=아무것도 할 수 없는 무력한 상태'가 되기 십상이다. 치매는 분명 뇌의 퇴행성 질환이지만, 그에 못지 않게 사회적으로 정의되는 질환이기도 하다.

나의 할머니도 알츠하이머 치매로 돌아가셨다. 의대생 때 할머니께 만들어드렸던 책이 생각난다. 성인들이 읽는 책은 글씨가 너무 작고 내용이 어려워 읽기 힘들어하시고 어린이들이 읽는 동화책은 유치하다고 읽지 않으셨던 할머니는, 신문에 끼여 오는 광고지를 열심히 읽고 계셨다. 광고지에는 큼직한 글씨, 여러 가지 그림이 있고 매일 다른 광고지가 배달되어 오니 지루하지 않으셨던 것 같다. 광고지를 읽는 할머니의 모습을 본 나는, 큼직한 글씨로 할머니가 평소 좋아하시던 노래 가사나 김삿갓 동화 등을 인터넷에서 다운받아 클리어 파일에 꽂아 책으로 만들어드렸다. 제일 첫 페이지에는 나와 가족들을 잊지 않으시길 바라는 마음으로, 할머니 자녀와 손주들의 이름을 빼곡히 썼다. 할머니께 이 책이 얼마나 도움이 되었는지는 모르겠지만, 나에게는 큰 위안이 되었다.

나는 비혼이고 자녀가 없다. 치매 할머니가 되었을 때 나 같은 손녀는 내게 없을 것이다. 그러니 미리 준비해야 한다. 사랑하는 우리 동네가 재개발되어 싹 다 갈아엎어지지 않도록, 골목과 가게들을 지켜야지.

4장

약이 아닌 관계로
치료하다

담배 연기의
무게

담배 냄새를 맹렬히 풍기며 진료실에 들어온 남자분과 얘기를 나누던 중이었다. 내 표정이 담배 냄새를 모른 척할 수 없었나 보다. 그분은 "에이 그냥 놔두소, 내 칵 죽지 뭐"라며 내 잔소리를 미리 가로막았다. 말이 잘리자 순간적으로 발끈한 나는 답했다.

"그냥 죽을 것 같죠? 요즘은 뇌경색이 와도 바로 죽지를 않습니다. 뇌경색 상태로, 마비가 생긴 상태로도 5년, 10년을 더 살아야 해요."

순간 그의 눈동자에 스친 크나큰 두려움을 목격했다. 의사들이 검투사처럼 노리는 그 미묘한 갈등의 순간이었다. 그 약점을 승부처 삼아 나는 좀 더 치고 들어가기로 했다. 담배를 끊으면 심뇌혈관계 질환의 위험성이 서서히 줄어든다는 이야기,

왕진 가방 속의 페미니즘

담배를 끊고 싶을 때 금연약의 도움을 충분히 받을 수 있다는 이야기를 얹어서 급소에 더 깊숙이 찔러 넣었다. 그분은 결국 그날 금연클리닉을 통해 금연약까지 처방을 받았다. 꽤 오래 전 얘기다.

그러지 말아야지 하면서도 진료실에서 얘기를 나누다 보면 '협박'을 하게 될 때가 있다. 나는 다만 정확한 정보를 전달하고 적절한 조언을 하고 싶을 뿐이었는데, '이렇게 하지 않으면 당신은 심장마비에 걸리고 말 거야', '당신 뇌경색에 걸리고 싶어?' 하는 협박처럼 말이 나온다.

나는 협박하는 의사가 되고 싶지 않다. 그렇다고 무관심할 수도 없다. 어디에서 균형을 잡아야 할까. 금연 매뉴얼엔 담백하게 "담배를 아직 피우시나요?"라고 묻는 것만으로도 효과가 있다고 되어 있다. 혹은 "담배를 끊고 싶다면 도와드릴 수 있습니다" 정도로도 효과가 있다고.

나도 사실 예전에는 담배를 피웠다. 내 나이 또래의 페미니스트 활동가들은 대부분 담배를 피웠다. 그땐 그게 세 보이는 유일한 길인 것 같았다. 여성에 대한 차별과 혐오가 당연한 듯이 존재하는 세상에 굴복할 수가 없어서, 담배를 피우고 술을 마시고 데모를 했다. 건드리기만 하면 지하철에서든 거리에서든 집에서든 강의실에서든 누구와도 싸울 준비가 되어 있었다. 심지어 아직 아무도 나를 건드리지 않은 상태에서도, '여자가 담배 피우네 어쩌네 하고 나 건드리기만 해봐. 폭발하고 말

테다'라고 항상 생각하고 있었고, 그런 기분으로 담배를 꼬나물고 허공이든 어디든 상관없이 노려보면 나의 의사는 잘 전달되었다. 이것이 솔직히 담배의 가장 유용한 점이었다.

나는 반성폭력 운동을 하면서 성폭력 사건 가해자를 면담할 때 항상 담배를 물고 있었다. 클리셰처럼 가해자와 만나기로 한 장소에 갈 때는 약속 시간보다 약간 늦게 가고, 들어가자마자 재킷을 벗어 아무렇게나 의자에 걸치고, 담배를 물었다. 가해자의 눈을 똑바로 바라보며 아무 말도 하지 않고 담배 한 대를 끝까지 빨고, 두 대째 불을 붙이고 나서야 눈길을 앞에 써 온 문서로 옮기면서, 까딱 고갯짓을 하여 가해자에게 읽으라고 신호를 보냈다. 성폭력 피해자를 대리하여 그 자리에 나간 나에게 담배는 일종의 경고이자 무기였고, 자기방어의 수단이었다.

의대 진학 후 병원 실습을 할 때도 담배를 끊지 않았다. 의대 실습 가운을 입으면 마치 의사처럼 보이는데, 그 복장으로 병원으로 오르는 길 한편에서 담배를 피웠다. 그땐 같이 담배 피우던 남학생들이 몇 있었기에 나는 더 눈에 힘을 줘야 했다. 분명 여럿이서 담배를 피우는데도, 병원을 드나드는 환자, 보호자, 직원 들이 유독 나만 쳐다보았기 때문이다. 그때마다 '담배 피우는 여자 처음 보냐? 담배 피우는 의사 처음 봐?'라고 마음속으로 대거리를 하며 작은 눈을 부라렸다. 물론 실제로 나에게 와서 시비를 걸었던 사람은 없다.

왕진 가방 속의 페미니즘

병원 내에서의 무수한 여성 차별을 버텨내는 데도 흡연은 도움을 주었다. 내가 담배 피우는 모습을 위 연차 전공의들에게도 보란 듯이 보여주었고, 그것은 내가 병원 생활을 편하게 할 수 있는 길이 되었다. 나는 특히 순박하고 착한 얼굴을 가지고 있어서 담배가 더욱 유용했다.

나는 진료실에서 만나는 흡연자들에게 연필을 물고 숨을 깊게 들이쉬어보라고 한다. 복식호흡으로 깊고 깊게 들이쉬고, 그러고 나선 입술을 오므리고 마치 담배 연기를 내뿜는 것처럼 숨을 천천히 길게 내뱉으라고 한다. 열 번에서 스무 번 정도 이렇게 날숨을 길게 하는 호흡을 하고 나면, 마음이 편안해지는 느낌이 들며, 사실 진짜로 원한 건 흡연이 아니라 잠깐 이렇게 이완할 시간, 일에서 조금 멀어지는 시간이라는 것을 알게 된다. 이것이 내가 담배를 끊은 방법이기도 하다.

진짜 니코틴 의존도가 높은 사람들이 있다. 아침에 눈을 뜨자마자 담배를 찾고 영화관이나 고속버스 같은 금연 공간을 못 견디는 사람들은 니코틴 의존도가 진짜로 높다. 하지만 진료실에서 니코틴 의존도 점수를 매겨보면 생각보다 흡연자들의 점수가 높지 않다.

직장에서만 피운다는 사람, 직장에서 퇴근하는 길에만 피운다는 사람들이 많다. 직장에서 하루 중 유일한 쉬는 시간이 담배를 피우러 옥상에 올라갈 때라고 얘기하는 사람들도 있다. 그러니까 사실은, 담배가 아닌 다른 것을 욕망하고 있는 것이다. 휴식, 이완, 생각 중지, 자기에의 집중, 혹은 탈출.

그런 사람들에게 나는 담배 대신 볼펜을 입에 물고 야외나 옥상에 나가서 깊은 심호흡을 몇 번 하라고 권유한다. 그게 유일한 쉬는 시간인 그들에게, 금연이 그 쉼을 없애는 것이 되지 않기를 바라는 마음에서다.

가난한 여성들이 담배 끊기가 가장 힘들다고 한다. 직장에 다니면서 가족도 돌봐야 하는 그녀들이, 하루 중 스스로를 위해 쓰는 유일한 시간이 바로 담배 피우는 시간이기 때문이다. 홀로 즐길 수 있는 선물 같은 시간이어서, 그것이 자신이 가진 유일한 자원이어서, 끊기가 힘들다는 것이다.

이제는 흡연자들을 만나면 협박을 하기보다는 진짜로 욕망하는 게 무엇인지를 알아보려 한다. 내가 담배를 끊은 건, 가정의학과 전문의씩이나 되어 다른 사람들에게 금연해야 한다고 설득할 때 내 말에 힘이 실리지 않을 것 같아서였다. 그러니까 결국 나는 담배를 피우기 시작했을 때나 끊었을 때나, 같은 것을 욕망한 셈이다. 내 말에 적당한 힘이 실리는 것, 여자라는 이유로 무시당하지 않는 것.

누구나 들어올 수 있는
의원

처음 살림의원을 만들 때 우리 조합원들은 누구나 편하게 이용할 수 있는 의원을 만들고 싶었다. 협동조합의 1원칙은 '자발적이고 개방적인 조합원 제도'이다. 가입과 탈퇴의 자유가 있음은 물론, 협동조합의 설립 목적에 동의하여 들어오고자 하는 사람은 누구나 조합원이 될 수 있어야 한다는 것이다.

그렇다면 우리가 만드는 의원은? 협동조합 1원칙을 적용하자면, '진료받고 싶은 사람 누구나 들어올 수 있는 의원'이어야 한다. 사실 법적으로 의원은 휠체어가 반드시 들어올 수 있어야 한다는 규정이 없다. 계단만 있는 2, 3층에도 의원을 개원할 수 있다. 현실적으로 자영업자에 가까운 개인 의원을 경영하는 의사들에게 비싼 월세를 감당하면서 1층이나 엘리베이터가 있는 건물에 의료기관을 내라고 강요할 수는 없다. 게

다가 엘리베이터 기능이 충분한, 즉 거리에서 건물 내부로 휠체어가 진입 가능한 건물은 그리 많지 않다. 만약 모든 의료기관에는 무조건 휠체어 진입이 가능해야 한다고 법으로 정한다면, 전국의 수많은 1차 의료기관들이 적절한 건물을 구하지 못해 문을 닫아야 할 판일 거다.

하지만 우리는, 협동조합은 다르다. '자발적이고 개방적인 조합원 제도'라는 것은 "누구나 들어올 수 있어요"라고 말로만 내거는 것이 아니다. 누군가 들어오려고 했을 때 그 진입을 방해할 우려가 있는 물리적, 사회적 장벽을 낮추고 없애려는 노력이 있어야만 '개방성'이 유지될 수 있다. 눈에 보이는 계단이나 문턱에서부터 눈에 보이지 않는 차별까지, 진입을 망설이게 할 법한 것들을 줄이는 노력이 필요하다.

우리는 '누구나 가입할 수 있는 협동조합'처럼 '누구나 진료받을 수 있는 의료기관'을 원했다. 당연히 엘리베이터가 있는 곳이어야 한다고 생각했다. 문제는 그런 건물이 별로 없다는 것. 적절한 입지를 찾아 나섰다.

의원 개원 성공의 첫 번째 열쇠는 입지라고 한다. 두 번째 열쇠는 목이고, 세 번째 열쇠는 유동인구. 유동인구가 많고 뒤에 주택가를 끼고 있으면서도, 거리에서 진료실까지 바로 휠체어 진입이 가능해야 하고 월세는 많이 비싸지 않은, 누구나 원할 만한 입지를 찾아야 했다. 그런 게 있다면 그건 유니콘이다. 상상의 동물, 상상 속의 입지.

의원을 개원하기로 한 후 조합원들과 함께 서울 은평구 곳곳을 다녔다. 수십 군데 부동산 사장님들과 함께 수백 군데를 돌아다녔다. 우리가 찾는 조건이 하도 까다로워서 나중에는 지친 부동산 사장님들이 '도대체 어디 들어가는지 두고 보자'고 이를 갈 정도였다.

　엘리베이터가 없는 건물들도 사실 몇 번 후보에 올랐다. 휠체어가 들어갈 수 있는 건물은 월세가 워낙 비쌌기 때문이다. 지하철역과의 거리, 주변 주거지 분포, 지역사회에서의 교류 가능성 등을 고려하며, 유기 농산물과 로컬 푸드, 공정무역 식품들을 판매하는 생협 매장 2층에 들어가려 했다. 그 건물은 낡고 엘리베이터가 없어, 휠체어를 올릴 수 있는 리프트를 건물 외곽에 만들기로 했다. 주차장 한 칸을 이용해 주차장에서 바로 2층으로 통하는 리프트를 만들 수 있다고, 리프트 업체에서 공사가 가능한 구조라고 했다. 구두 계약을 하고 건물주의 허락을 받아 집기들을 옮겨놓기 시작했다. 하지만 정작 계약서를 작성하기로 한 날, 웬일인지 건물주는 만나기로 한 부동산에 나타나지 않았다. 리프트 설치비는 당연히 우리가 부담할 것이었지만, 건물주 입장에서는 주차장 한 칸 대신에 리프트를 설치하는 것이 마땅치 않았던 것 같다. 나타나지 않은 건물주를 원망해봤자 소용없었다. 건물주는 조물주보다 윗분이라지 않은가. 우리의 부동산 순례가 다시 시작되었다.

　결국 바라던 것보다 훨씬 작은 평수에, 훨씬 더 지하철역에서 가까운 곳을 임대하게 되었다. 우리는 이렇게까지 지하철역에서 가까운 의원을 기대하지 않았는데, 엘리베이터가 설치된 건물은 지하철역 근처가 아니면 아예 없었기 때문에 달리 선택지가 없었다.

지하철역 근처 엘리베이터가 있는 건물의 월세가 비싼 건 극히 당연한 이야기였다. 조합원들과 얘기를 나누었다. 우리 예산으로는 감당하기 힘들다는 얘기에, 조합원들은 같이 돈을 더 모으자고 결정했다. '누구나 들어올 수 있는 의원'은 솔직히 돈이 많이 드니까. 개인 의원 원장이라면 은행 빚을 내서 감당해야 하겠지만, 우리 조합원들은 십시일반 출자금을 더 모으는 방식으로 해결할 수 있었다.

어렵사리 휠체어가 들어갈 수 있는 좋은 건물에 자리를 잡았고, 한 번 이사를 하면서도 이 원칙을 지켰더니, 휠체어를 타고 검사실도 화장실도 갈 수 있고 유아차도 실버카(어르신 보행기)도 편하게 올 수 있는 의원과 치과를 주민들과 함께 만들 수 있었다.(물론 그래도 월세를 감당하는 것은 쉽지 않다.)

갑자기 살림의원 만들 때의 이야기가 생각난 것은, 내가 얼마 전 다리를 다쳤기 때문이다. 잘못 넘어져 무릎 측부인대를 다치고 말았다. 무릎 아래가 바깥쪽으로 꺾이며 넘어진 후부터 통증이 심해지고 관절이 많이 부어올랐기에, 처음에는 '반월상 연골 손상'을 의심했다. '반월상 연골이 찢어져서 혈관절(관절 공간에 피가 차는 것)이 생겼나 보다. 아, 당장은 수술도 못

받는데! 수술받아야 한다고 하면, 몇 주 기다렸다가 관절 붓기 가라앉고 나서 받는다고 해야겠다. 아, 너무 골치 아프네.'

실제로 골치가 아팠다. 당장 다음 날 진료를 대신해달라고 같이 일하는 선생님께 부탁하고, 여러 가지 내가 해야 하는 진료 일정을 조정하고 난 후에야, 내가 받아야 할 진료 일정을 짤 수 있었다. 근처 의료기관에서 MRI를 찍었다. 다행히 반월상 연골이나 십자인대는 문제가 없고 측부인대만 손상되어 있어, 6~8주 정도 스플린트(깁스) 하고 지켜보다가 안 되면 수술하자는 진단을 받았다.

당장 수술하지 않아도 된다는 얘기를 듣자, 급격히 무릎도 골치도 덜 아팠다. MRI를 찍고 나니 알아서 낫는다고, 의사들끼리는 이것을 'MRI 치료'라고도 한다. 죽을 만큼 아팠는데 MRI 찍어보니 수술 안 해도 되는 것으로 밝혀지면, 그 즉시 슬슬 덜 아프다는 것이다.

수술은 안 해도 되게 되었어도 아픈 무릎은 여전히 남았다. 당장 며칠은 다른 의사 선생님이 대진을 해주셨으나 남은 진료는 어떻게 하나. 목발을 짚고 돌아다닐 수는 있었지만, 그러다 보니 인대가 손상된 다리가 흔들려 통증이 계속 있었다. 그런데, 그런데 진짜 다행스럽게도, 살림의원이 휠체어가 편하게 다닐 수 있는 곳이었다!

주민센터에서 휠체어를 빌렸다. 같이 살고 있는 친구가 지하 주차장까지 차로 데려다주면, 거기서부터 휠체어를 타고 진료실로 갈 수 있었다. 2층 의원에도, 직원 식당이 있는 10층에도 휠체어를 타고 돌아다녔다. 진료실 안에서도 휠체어에 앉아 진료를 했다. '누구나 들어올 수 있는 의원'은 비단 환자들에게뿐 아니라 직원으로서 갑자기 다친 나에게도 해당하는 일이었다. 누구라도 환자로 올 수 있게 장벽을 없앤 덕을 내가 제일 톡톡히 보았다.

나는 이 일을 겪은 후 '누구나 들어올 수 있는 의원'은 '누구라도 일할 수 있는 직장'이기도 한 거라며 자부심 넘쳐 있다가, 내가 의사라는 사실을 깨달았다. 내가 의사가 아니라면, 청소 노동자이거나 간호사이기라도 했다면, 아마도 휠체어를 타고 근무할 수 있는 조건은 쉽게 갖지 못했을 수도 있다. 그것은 휠체어가 들어올 수 있느냐 없느냐 하는 물리적인 장벽 문제가 아니다.

간호사만 해도 경미한 지체장애조차 가진 이가 별로 없다. 반면 장애를 가진 의사들은 종종 만난다. 외국 병원을 촬영한 다큐멘터리에서는 간간이 휠체어를 타고 진료하는 의사들이 나오기도 한다. 아무튼 모두 '의사'들이었다.

그러니까 아주 특정한 장애 유형에 속하는, 아주 특정한 직업을 가진 사람들만이 '장애에도 불구하고 일할 수 있는' 조건을 갖추게 되는 게 아닐까. 누구나 들어올 수 있는 의원, 갈 길이 멀고 멀다.

목구멍이
닮았다

살림의원에 단골로 찾아오는 아이가 있다. 부비동염에 유난히 잘 걸리는 아이였는데, 알레르기 검사도 해보았으나 딱히 이상이 없었고 편도나 아데노이드가 큰 것도 아니었다. 그래서 나는 코뼈의 구조가 분비물이 잘 빠져나오지 않고 쌓이는 구조인 것 같다고 설명했다. 그랬더니 그 아이의 아빠가 자신도 어렸을 때 축농증을 달고 살았다고 했다. 그러면서 이런 것도 유전이 되는지 궁금해하는 눈치라, 나는 묻기 전에 답하였다.

"그런 것도 부모 자식 간에 닮기는 하지요."

"축농증에 잘 걸리는 체질이 유전이라고요?"

"아, 알레르기 체질도 유전이기는 하지만 이 친구는 알레르기 비염은 없으니까요. 이 경우는 체질이 닮았다기보다는 코뼈의 구조, 그러니까 부비동염에 잘 걸리는 그 뼈 구조가 유전되었다고 볼 수 있겠지요."

"세상에! 뼈도 닮는다고요?"

"하하하, 뼈 구조가 왜 안 닮겠어요. 얼굴도 이렇게 닮았는데요! 골격이 닮았다는 게 뼈가 닮았다는 거죠."

"하긴 듣고 보니 그러네요."

고개를 끄덕이며 수긍하는 보호자. 내가 이런 이야기를 보호자들과 종종 나누는 걸 보면, 뼈 모양이 닮는다는 걸 다들 신기하게 생각하는 것 같다. 부모 자식 간에 얼굴이 닮는 건 익숙하다. 사실 얼굴이 닮으려면 골격이 닮아야 하고, 그러면 두개골의 모양이나 코뼈 내부의 구조 같은 것들도 닮아야 할 테다. 그래야 안와의 크기, 안구의 모양도 닮고, 최종적으로 바깥에서 보이는 쌍꺼풀이 있니 없니, 광대가 나왔니 아니니 하는 외모들도 다 닮는 게 아닌가.

나는 사레가 잘 걸린다. 15년째 같이 사는 내 친구는 나에게 '1식 1사레'라고 놀린다. 한 끼를 먹는 중에 꼭 한 번 사레가 걸린다는 것이다. 어렸을 땐 내가 사레가 잘 걸린다는 인식이 없었고, 인식을 한 후에는 항상 음식을 먹으며 말을 하거나 급하게 국물을 들이켤 때만 사레가 걸렸다는 생각에, 으레 남들이 말하는 대로 '나의 급한 성격'을 탓하곤 했다. 그런데 가만, 나는 성격이 별로 급하지 않다. 특히나 먹을 땐 급하게 먹지 않는다. 사레가 잘 걸리는 탓에 천천히 먹는 버릇이 생겼을 수도 있지만, 기본적으로 급하게 뭘 먹는 편이 아니다. 급한 성격 탓에 사례가 걸렸다고 하기에는, 1식 1사례는 너무 심하지 않은가.

아무튼 나는 믿을 만한 친구들에게 유언은 아니지만 그 비슷한 의향을 남겼다. 내가 나중에 뇌졸중으로 연하장애(연하곤란, 삼킴곤란)가 생기면 일명 트라키오tracheostomy를 뚫으라고 얘기해놓았다. 트라키오는 기관을 절개하여 숨을 쉴 수 있는 호스를 꽂는 것을 말한다. 뇌졸중으로 인해 연하장애가 생긴 환자분들 중 음식이 기도로 자주 넘어가 흡인성 폐렴에 걸리는 분들이 트라키오를 뚫는다. 사례는 음식이 식도와 기도가 나뉘는 부근에서 기도로 넘어갈 뻔하다가 크게 기침을 하여 도로 튕겨 나오는 현상을 말하는데, 사례가 잘 걸린다는 얘기는 식도와 기도가 그만큼 기능적으로 가깝다는 뜻이다. 즉 사례가 아니었으면 그 음식은 기도로 넘어갈 판이었고, 사례는 나를 보호하기 위한 본능적 방어였다는 것이다. 연하장애가 생긴 분들은 사례가 걸리지 않고, 그래서 음식물이 폐로 넘어가 흡인성 폐렴에 걸린다.

트라키오를 뚫으면 날숨이 성대를 통과하지 않고 그 아래 기관에 난 절개창을 통해서 빠져나가기 때문에, 사실 말을 할 수 없게 된다. 물론 트라키오를 뚫는 것이 유일한 대안은 아니다. 가스트로gastrostomy라는, 흔히 말하는 위루관을 뚫거나 코에서 위로 직접 연결되는 비위관(콧줄, L-tube)을 꽂을 수도 있다. 위로 호스를 연결하여 그 호스를 통해 음식(유동식)을 공급한다. 그러면 음식물은 입을 통해서가 아니라 위루관/비위관을 통해서 위로 직접 들어가게 된다. 결국 둘 중 하나를 선택해야 한다. 먹을 것이냐, 말할 것이냐!

"그러니까 나는 말하는 것보다는 먹는 거야. 말은 못 하면 이렇게 글로라도 쓰면 되니까. 하지만 먹지 않고 콧줄이나 위루관을 통해 음식을 공급받으면 내 인생에 낙이 없어질 것 같아. 미리미리 의사를 밝혀놓는 거야, 알았지? 필요하면 트라키오를 뚫어!"

친구들은 나의 당부를 잘 들었고, 내가 사레들릴 때마다 나의 의향을 상기하곤 한다. 말하는 것보다는 먹는 거랬지?

얼마 전 가족 식사 자리에서 엄마가 사레들리는 것을 보았다. 그러자 옆자리에 있던 아빠가, "네 엄마는 사레에 참 잘 걸린단 말이다. 아빠는 잘 안 걸리는데…. 너무 급하게 먹어서 그런가?"라고 말씀하셨다.

엄마가 억울한 표정으로 급하게 먹지 않는다고 반박할 찰나, 불현듯 깨달은 내가 끼어들었다.

"아니야! 이거 목의 구조적인 문제예요. 유전이야, 유전! 나도 사레 엄청 잘 걸려. 내가 목 안쪽 구조가 엄마 닮았나 봐!"

그러자 우리 5남매 중 다른 이들도 한마디씩 거들었다.

"나도 사레 엄청 잘 걸려."

"나는 안 그런데…. 사레가 그렇게 쉽게 걸리는 거야?"

웅성웅성 정리한 끝에 우리 5남매 중 세 명은 사레에 잘 걸리고 두 명은 사레에 절대 걸리지 않는다는 걸 알아냈다. 세 명의 목 구조는 엄마를 닮고 두 명은 아빠를 닮았나 보다. 사실 나는 얼굴은 완전히 아빠 판박이인데, 후두와 식도의 구조는 엄마를 닮은 것 같다. 신기하다. 우리 소아 보호자들이 신기해하는 이유를 알겠네. 내가 이렇게 쓰고도 신기하기는 하다.

그나저나 저처럼 사례에 잘 걸리는 분들, 미리 의향을 잘 밝혀놓으시길 바란다. 각자 자기 삶의 행복이 가리키는 방향에 따라, 말하는 게 더 중요한지 먹는 게 더 중요한지 고민하는 시간을 가지시길. 당연히 말하는 것보다 먹는 거라고 생각했는데, 의외로 말을 선택하는 친구들도 많더라.

진짜
동네

전공의 시절 자주 사망선언을 하고 사망진단서를 썼던 것에 비하여, 동네 의사로 살아온 지난 몇 년 동안에는 죽음이 아주 가깝지는 않았다. 동네 주민분들이나 친구들의 부모님 장례식에서 마주치는 정도였을까. 특히나 내가 의사로서 돌보던 분이 돌아가셔서 죽음을 준비하거나 맞이해야 하는 경우는 많지 않았던 것이다.

그런데 왕진이 늘어나면서 동네 구석구석 집에서 죽음을 준비하는 분들이 많음을 새삼 알게 되었다. 그분들이 한결같이 말씀하시는 게 있다. '집에서 죽고 싶다. 병원에서 죽고 싶지 않다'는 것이다. 당사자가 직접 말씀하지 못하셔도 가족들이 "원래 병원에 입원하는 거 내켜하지 않으셨어요. 항상 때가 되면 내 집에서 눈감고 싶다고, 그게 소원이라고 하셨어요"라고 전해주기도 한다. 집에서 죽지 못하더라도, 병원에는 최대한 늦게 가고 싶다고 하신다.

전공의 1년차 때 병동 주치의로 일하고 있으면, 교수님, 전임의, 치프 선생님 등이 우리에게 와서 '준비'를 지시하곤 하셨다. 어느 병실의 아무개 환자분이 조만간 돌아가실 것 같으니, 환자와 보호자들을 미리 준비시키라는 의미이다. 잘 설명하여 가족들이 받을 충격을 최소화하고, 미리 마지막 인사를 하게 하고, 결정적으로는 심폐소생술을 하지 않겠다는 각서인 DNRDo not Resuscitate 동의서를 받아놓으라는 의미이다. 그런데 며칠 내로 돌아가실 상황이라는 것을 어떻게 아시는 거지? 뭘 모르는 1년차 전공의 입장에서는 이것이 너무 궁금했다. 그제가 어제 같고 어제가 오늘 같은데, 어째서 저 선배님들은 매일의 차이를 감지해내는 것인지, 죽음이 느껴지는 어떤 신호 같은 거라도 있는지 궁금했다.

그래서 친한 치프 선생님을 붙잡고 물어보았다. 어떻게 알아요? 그 선생님은 살짝 난감해하며 '경험이 쌓이면 자연히 알게 된다'는 얘기를 해주었다. 정말 그것 이외에는 잘 설명할 말이 없었다. 나도 1년차가 끝나갈 무렵부터는 선배님들의 지시가 있기 전부터 환자와 보호자분들을 '준비'하시도록 알려드릴 수 있었으니까.

그렇지만 의사로서, 그 준비를 알려드리는 것을 넘어 돕는 것은 쉽지 않다. 정확하게는 뭘 어떻게 해야 할지 잘 배우지 못

했다. 더 좋아지시려면 현대 의학이 어디까지 해야 하는가에 대해선 한계 없이 생각을 밀고 나가도록 훈련받았으나, 잘 돌아가시도록 하기 위해 어디까지 의료인들이 개입해야 하고 어디서부터는 순리대로 두어야 하는지에 대한 경계는 모호하기 짝이 없다. 그래도 '집에서 죽고 싶다'고 한 말씀이야말로 이제와 가장 큰 바람일 텐데, 그것이나마 방향타가 되어주는 것이 어디냐 싶다.

응급실 파견 중이었다. 어떤 할머니가 돌아가신 상태로 응급실에 도착했다. 이걸 D.O.A라고 한다. Death on Arrival. 이미 돌아가신 상태였지만 119를 타고 왔다. 119 대원들은 형식적으로라도 할 만한 심장압박을 하지 않으면서 들어왔다. 이미 돌아가신 지 한참 지나 소생의 가능성이 없다는 뜻이다. 아니나 다를까 사후강직이 시작되고 있었다. 그 할머니는 최근에 병원에 다닌 적이 없고, 눈으로 봐서는 외상이 없고 문진상으로도 특이한 점이 없어, 사인이 뭔지를 알 수가 없었다.

78세의 여자분. 흐느끼며 뒤따른 가족들도 어떻게 돌아가셨는지 모르겠다고 했다. 며칠 전부터 감기 기운이 약간 있기는 했으나, 식사도 잘 하시고 잠도 잘 주무셔서 괜찮은 줄로만 알았다고. 그런데 점심식사 후 누워서 쉬겠다는 말씀에 그러시라고 한 후 저녁을 드시자고 깨우니 이미 돌아가신 상태였다는 것이다.

가족들은 '사망진단서'를 써달라고 했다. 돌아가신 분을 보

왕진 가방 속의 페미니즘

니 살이 많이 빠져 있었지만, 뭔가 방임되거나 학대를 받은 것 같은 느낌은 없었다. 입성이 깨끗하고 몸에서 냄새도 나지 않았다. 멍이 들어 있지 않았고, 최근에 넘어지신 적도 없다고 하였다. 요즘 다니시던 병원이 있느냐고 물었더니, 고혈압이나 당뇨 같은 질환도 없어서 따로 다니시던 병원이 없다고 하였다. 이것 참 곤란하다. 응급의학과 과장님은 사망은 확인해줄 수 있되, 사망'진단서'는 써주지 못한다고 설명하셨다. 지난 2일 이내에 진료받은 적이 없고 평소 앓던 질환이 없으면 진단명이 불상不詳 즉 '알 수 없음'이다.

가족들은 난감해하며, 처음에는 '노환'으로 써달라고 요청했다. '노환'은 진단명이 아니라 써드릴 수 없다고 하니, 나중에 나타난 자녀 한 명이 생명보험을 언급하며 '뇌졸중'으로 써달라고 요청했다. 더더군다나 그럴 수는 없다. 과장님은 다시 한 번 차분히 설명하셨다. 사망진단서는 말 그대로 '진단서'이고 '사망'을 확인하는 것도 있지만, '사망에 이르게 된 원인 질환'을 정확하게 써야 한다고.

써드릴 수 있는 것은 '사체검안서'뿐이었다. 사체검안서는 돌아가신 사체를 눈으로 봤다는 내용이다. 눈으로 보이는 것만 쓸 수 있을 뿐이다. 만약 진짜로 사인을 정확하게 규명하려면 부검을 해야 한다고 설명했다.

흐느끼던 가족들은 더욱 울상이 되었다. 사망 원인이 미상이면 부검영장이 나올지도 모르고 사망보험금을 탈 수도 없다는 거다. 결국 보다 못한 과장님이 나에게 할머니를 모시고 가서 머리 CT를 찍고 흉부 촬영을 하고 오도록 지시하셨다. 나는 이미 몇 시간 전에 돌아가신 할머니의 시신을 모시고 방사선검사실로 가 흉부 촬영을 하고 머리 CT를 찍었다. 어르신들이 가장 많이 돌아가시는 이유가 폐렴, 뇌출혈·뇌경색이니까, 시신으로라도 이런 검사들을 해서 사인을 맞혀보자는 것이었다.

이처럼 집에서 돌아가실 경우 가장 문제가 되는 것이 사망진단서이다. 사망진단서는 말 그대로 사망'진단서'이다. 어떠한 이유로 사망에 이르게 되었는지를 한국표준질병·사인분류 코드표에 맞춰 찾아서 넣어야 한다. 정확한 사망 원인이 되는 병명을 알아야 쓸 수 있다. 진단서이니 당연히 의사(치과 의사, 한의사 포함)만이 작성할 수 있고, 의사라 하더라도 사인을 알 수 없는 의사는 쓸 수 없다. 사망 전 입원 기간 동안 진료를 맡았던 의사, 사망에 이르는 과정을 목격한 응급실 의사, 최소한 같은 의료기관에서 일을 하고 있어 사망에 이르기까지의 진료 기록을 열람할 수 있는 의사들이 작성할 수 있다.

그러면 병원에서 돌아가신 게 아니면 쓸 방법이 아예 없느냐 하면 그렇지는 않다. 사망이 근시일 내에 예견되는 질환의 경우(말기 암, 중증의 간경화 등) 사망 시각으로부터 48시간 이내에 그 질환에 대해서 다가올 사망을 예견하면서 진료를 했던 의사는 그 해당 질환을 사인으로 하는 사망진단서를 쓸 수가 있다.

아주 복잡한 얘기 같지만, 실제 의미는 간단하다. 이론적으로는 2일에 한 번씩 왕진을 나가면 나 같은 동네 의사들도 사망진단서를 쓸 수 있다는 뜻이다.

말기 암으로 왕진을 신청한 분들을 만나러 가면, 가장 궁금해하시는 부분이 바로 '언제 병원에 가야 할까'이다. 조금 더 집에서 버텨도 될까, 아니면 지금쯤은 죽음을 맞이하러 병원에 가야 할까. 마지막의 마지막 순간에야 병원에 가고 싶다고 하시니, 나도 최대한, 정말 최대한 집에서 있을 수 있는 방법을 강구 중이다. 그래서 왕진을 갈 때 소견서를 챙겨 가거나 써드리고 올 때가 종종 있다. 혹시 갑자기 돌아가시게 되어 사망한 상태로 병원으로 이송되었을 때, 사체검안서가 아닌 사망진단서를 받기 위해서는 최근까지 진료해온 의사의 소견이 필요할 때가 있기 때문이다. 예컨대 이분이 어느 병원에서 어떤 검사를 통해 췌장암 말기 진단을 언제 받았고, 암은 어디까지 전이되어 있고 최근까지 어떤 상태였으므로, 췌장암으로 돌아가셨다는 그 형식적인 진단을 위해서 굳이 부검을 받지 않으셔도 되도록 말이다. 이런 부분들이 제도적으로 좀 보완이 된다면 더 많은 분들이 소원대로 집에서 머물다 안식을 맞이할 수 있을 텐데….

어렸을 때 일이다. 내가 살던 아파트에 초상이 났다. 우리 집에서 두 층 위. 내가 자던 방에서 수직으로 위였다. 고령에 지

병으로 돌아가신 것이긴 했지만, 죽음을 생각해본 적 없던 시절이었으니 내가 자던 방 위의 위층에서 사람이 죽었다는 사실에 소름이 끼쳤다. 난데없이 오한까지 느끼며 불안해하던 나와 자매들을 엄마는 품에 안고 달래주시면서 자분자분 말씀하셨다.

"우리 아파트에서 지난달에 아기도 태어났고, 오늘 초상도 났네. 옛날 사람들은 집이 집다우려면 사람이 나기도 하고 죽기도 해야 한다고 했거든. 그러니까 오늘에서야 여기가 진짜로 집이 된 거야. 진짜 집다운 집이 된 거야."

엄마 말씀대로라면 모든 죽음이 병원에서만 이루어지는, 죽음이 실종된 동네는 '진짜' 동네가 아닐 터였다. '진짜' 동네에서 죽음을 준비하고 잘 맞이할 수 있도록, 나도 우리도 조금 더 채비가 필요하다.

혈관을 잃고
생명을 얻다

생전 처음으로 대학병원 1인실에 입원했다. 아파서 그런 건 아니고 조혈모세포 기증을 위해서였다. 조혈모세포 기증은 15년 전인 의대 학생 시절에 신청을 해놓은 것이었다. 혈액종양학 수업에서 혈액암 환자들을 위한 골수이식의 중요성에 대해서 교수님께 인상적인 수업을 듣고 나오니, 골수 기증 등록 캠페인 데스크가 의대 건물 앞에 차려져 있었다. 나와 친구들은 방금 전 수업의 감동에 겨워 줄줄이 들어가 기증 등록을 했다.

예전에는 골수 기증을 하려면 골반뼈에 있는 골수로부터 조혈모세포 1L 정도를 채취해야 했으므로, 전신마취를 한 상태에서 골반뼈를 여기저기 드릴(!)로 뚫어야 했다. 우리 사이에선 괴담이 퍼졌다. 무슨 과의 전공의 선생님이 골수 기증을 했는데 골반뼈를 100번을 뚫었다더라, 골반뼈가 으스러져서 잘 걷지도 못했다더라 하는 내용이었다. 괴담은 우리가 골수 기증을 등록한 직후에 퍼졌으므로, 우리는 감탄해마지 않았다. 빼도 박도 못하게 수업 직후에 등록하게 만드신 교수님!

그렇게 등록해놓고 까맣게 잊고 있었는데, 15년이 지나고서야 연락을 받은 것이다. 그사이 골수 기증은 조혈모세포 기증으로 이름이 바뀌어 있었고, 기증하는 방식도 골반뼈를 뚫는 것에서 헌혈과 같은 방식으로 훨씬 수월해져 있었다. 물론 그사이 내 전화번호도 바뀌어 있었지만, 능력 좋은 조혈모세포은행협회에서는 바뀐 내 전화번호를 찾아냈다.

기증 전 건강한지를 체크하기 위해 대학병원 혈액종양내과를 방문했을 때, 교수님은 알기 쉽게 설명해주셨다. 내가 700년을 살 수 있을 정도의 조혈모세포를 가지고 태어났고, 그중 100년 치를 환자에게 기증하는 것이라고. 700년 중에 100년이라…. 남에게 주고 싶지 않을 정도로 엄청난 비율인 것도 아니지만, 또 기증했을 때 충분히 뿌듯함을 느낄 정도의 하찮지 않은, 딱 매력적인 숫자가 아닌가.

며칠 후 검사 결과가 좋아 이식이 진행될 수 있겠다는 연락을 받았다. 이제 이식 날짜에 맞춰, 환자는 어마어마한 항암 치료를 받을 것이다. 나는 내 조혈모세포가 어떤 환자에게 가는지 전혀 모른다. 그저 혈액암 환자이고 나보다 몸무게가 덜 나간다는 정도가 내가 아는 전부이다. 여자인지 남자인지도 모른다. 하지만 앞으로 몇 주 후면 내 골수에 있는 조혈모세포를 이식받기 위해 그 환자는 자신의 골수를 거의 태워 없애버릴 지경의 항암 치료를 받아야 한다. 그러니 막판에 가서 내가 이식을 포기하면 환자의 생명이 위태로울 수도 있다.

나는 괜히 긴장했다. 이제 몇 주 동안 술도 마시지 않고, 교통사고도 당하지 않고, 아프지 않게, 특히 코로나-19에 걸리지 않게 지극히 조심해야 하는 것이다. 평소 안 아픈 건 자신 있다고 생각했는데, 긴장하니 더 문제가 생긴다고, 공여를 2주 남기고 크게 넘어졌다. 넘어지는 순간 느꼈다. 이건, 아, 이건 많이 다치겠는데! 넘어지는 각도가 너무 나빠!

관절에 피가 차서 부어오른 다리로 정형외과 진료를 받으며 요청했다. 당장 수술이 필요한 게 아니면 최대한 수술을 미루면 좋겠다고. 내가 지금 수술받을 형편이 아니라고. 간절한 마음과는 달리, 검사 결과는 싱거웠다. MRI 결과 수술이 당장 급하지 않았다. 다치고 나니 당분간 두 목숨을 책임지고 있다는 사실이 덜컥 다가왔다. 임신한 여성들도 이런 기분일까?

살림의원으로 골수증식제가 배달되었다. 미리 증식제를 맞으면 허리와 골반이 아플 거라는 설명을 듣기는 했고, 그래서 미리부터 진통제를 먹고 있었지만, 뭐랄까, 너무 색다른 통증이었다.

두통, 복통, 근육통, 치통, 대체로 많이 겪어본 통증은 알고 있다. 이 정도면 참아도 되는 통증이고 이 정도면 진통제를 먹어야 하는 정도 등등 나름대로의 판단 기준이 있는 통증들이다. 꼭 내가 직접 겪어보지 않아도, 통증을 묘사하는 여러 가지 말들을 알고 있다. '욱신거리는', '찌르는', '뒤틀리는', '조이는' 등 설명하는 말들이 많이 개발되어 있는 통증들은 내가 직접 겪지 않았어도 상상할 수 있다. 그런데 골수가 자라는 느낌은 완전히 생소해서, 묘사하기가 쉽지 않았다. 언어화되지 못하니 받아들여지지 않았다. 분명 통증의 크기가 절대적으로 큰 것은 아닌데, 뭔가 알 수 없는, 인식 너머에 있는 것 같은 통증이었다.

얼마 전 돌아가신 내 환자분이 떠올랐다. 아직도 정확한 병명을 모르지만, 짧은 시간 안에 골수가 마치 누가 태워버리기라도 한 것처럼 순식간에 파괴되며 결국 돌아가셨다. 그분이 초기에 허리와 골반이 아프다고 호소하며 평소 혈압약을 타러 오시던 살림의원에 찾아오셨을 때만 해도 그런 무서운 병일 줄 상상도 못 했다.

통증의학과와 정형외과를 전전하다 결국 골수저하로 돌아가시고 난 뒤 그분의 혈액검사지를 보게 되었다. 골수 파괴가 빠르게 진행되고 있었다. 이렇게 며칠 만에 파괴되었으니, 골수가 많이 위치한 척추뼈와 골반뼈가 아팠던 것이다. 그러니 허리와 골반의 통증을 호소하셨던 것이다. 얼마나 아프셨을까. 그분은 평소의 근육통과 다른 양상이라는 것을 아셨겠지만, 그분에게도 나에게도 그 통증을 설명할 언어가 없었다.

왕진 가방 속의 페미니즘

나는 정작 생면부지의 환자에게 골수를 공여하기로 하고서야 그 통증에 조금이나마 가 닿을 수 있었다. 나야 골수가 증식되는 과정에서 느낀 통증이고 그분은 골수가 파괴되면서 느낀 통증이니 그 강도는 비할 바가 아니겠지만…. 골수 공여가 조금만 더 빨랐다면, 그분이 내 진료실에 오셨을 때 내가 그 통증에 조금이라도 공명할 수 있었을까. 알아챌 수 있었을까.

나는 기증을 앞두고 골반과 허리가 뻐근해질 때마다 내가 지키지 못했던 그분이 떠올랐다. 그분을 지키지 못한 만큼, 내 조혈모세포를 받은 분께는 새로운 생명이 잘 전달되기를 간절히 기도했다.

공여가 모두 끝나고 나니, 조혈모세포를 모으기 위해 기계에 연결되었던 내 오른팔 정맥 혈관 하나가 염증으로 사라졌다. 정맥 혈관 하나쯤이야. 혈관 하나에 한 생명을 구했으니, 좋은 거래였다.

사망진단서를
쓰며

드라마에서 대개 흰 가운을 입은 등으로 출연하는 '사망선언을 하는 의사'는, 극중에서는 별 비중 없이 오로지 스토리를 전개시키기 위해서만 잠시 등장할 때가 많다. 그러나 사실 사망선언을 하는 자리는 그 어느 순간보다 무겁고 힘들다. 어느 의사라도 피할 수 있다면 피하고 싶은 자리이다. 하지만 사망선언은 법적으로 의사만이 할 수 있어, 피할 수 없는 이 직업의 숙명이기도 하다.

사망선언을 하는 것도 힘들지만, 진료하던 환자분이 머지않아 돌아가실 것 같다고 미리 환자분과 가족들에게 얘기하는 과정도 힘들기는 매한가지다.

"저희가 최선을 다하고 있습니다만, 점점 쇠약해지고 계셔서 며칠 내로 돌아가실 수 있을 것 같아요. 안타깝지만 가족분들이 미리 마음의 준비를 해놓으시는 것이 좋겠습니다."

담담한 듯 말하지만, 마치 나의 실패를, 현대 의료의 실패를 고백하는 것 같다. 죽음은 환자의 실패도 아니고 보호자의 실패도, 의사의 실패도 아니라고 얘기하지만, 죽음 자체가 실패가 아니라고 얘기하지만, 그 순간에 엄습해오는 실패감과 무력감은 실존이다.

지방 공사 의료원으로 파견 나갔던 때의 일이다. 모든 과의 과장님들은 퇴근하고, 병원에는 인턴 한 명과 1년차 전공의인 나밖에 남지 않은 상황이었다. 여기저기 병동 간호사들로부터 환자분들이 곧 돌아가실 것 같다는 연락을 받았다. 내가 담당하고 있던 환자분들, 한 번도 얼굴 본 적 없던 다른 여러 과의 환자분들…. 이런 전화를 받으면 곧장 병동으로 달려가야 하겠지만, 간호사는 "DNR이에요. 서두르지 않으셔도 돼요"라고 했다. DNR, Do Not Resuscitate 상태. 즉 심정지 상황이 오더라도 심폐소생술을 하지 않고 편안하게 보내드리기로 이미 얘기가 되어 있다는 뜻이다. 아무리 DNR 환자여도 전공의 1년차가 당직으로서 맡았던 환자들을 주말에 네 분째 떠나보내야 하는 상황은 트라우마였다. 나는 그날 일기를 썼다.

어제오늘 들어서만 사망진단서를 네 개째 쓰고 있다. 네 분 모두 DNR 상태. 폐암 말기, 간암 말기 등등 너무 진행된 시기라 어쩔 수 없을 것 같아 그때가 되면 편안하게 보내드리기로, 입원하실 때부터 환자분, 가족분 들과 미리 얘기되어 있던 터였다. 가족 보호자들도 슬프지만 담담하게 받아들이고 누구도 내게 와서 왜 돌아가셨느냐며 항의하지 않았지만 세 개, 네 개째까지 쓰다 보니 뭔가가 밀려온다.

나 지금 뭐 하는 거지? 내가 혹시 무슨 실수라도 했나? 내 주말 연속 당직에 살이라도 낀 거야? 심폐소생술 거부 환자라고 언제 돌아가셔도 상관없다고 생각했던 거야? DNR 환자라고 혹여나 다른 환자분들만큼 열심히 보살피지 않았던 것은 아닐까? 그때 그 약 대신에 저 약을 줬더라면 결과가 달라졌을까? 그래도 역시 내가 살릴 수는 없었겠지? 말기 암 환자를 내가 무슨 수로 살려? 근데 정말 암 때문이야? 다른 문제 때문은 아니고?

사망선언을 하는 것이 힘든 이유는, 누구도 나를 힐난하지 않아도 그 순간 내가 나의 최선을 계속 의심하게 되기 때문이다. 과연 이분이 DNR 동의서를 써놓았어도, 오늘 지금 이 시간에 돌아가실 만했던 게 맞는지, DNR 환자라고 언제 돌아가셔도 된다고 내가 안이하게 생각했던 것은 아닌지, 나의 최선을 의심하게 되기 때문이다.

나만이 아니었다. 전국의 의료협동조합에서 일하는 의사들이 모여 공부하고 교류하는 연수회에서 '죽음 이후의 삶'에 대한 강의가 열렸다. 조용하고 묵직한 분위기에 어느 순간 주위를 둘러보니, 모두들 너무 심하게 눈물을 흘리고 있었다. 강의는 신파조가 아니었다. 말기 암 환자를 수없이 진료실에서 만났던 은퇴한 의대 교수님이 죽음을 연구한 의학 저널들을 소개하는 내용이었고, 담담히 말씀해주셨기에 담담히 들을 수도 있는 내용이었다.

수없이 많은 죽음 앞에서 치료의 실패를 정리하지 못하고 자신을 의심하고 탓하고 구석에 몰아넣었던 스스로를 겨우 꺼내놓는 울음, 오래전 환자와 가족들 앞에서는 차마 보이지 못하고 우리끼리였기에 이해받을 수 있다고 여겨 간신히 꺼낸 그런 울음이 강의실을 가득 채웠다. 우리가 받아들이고 소화하지 못했던 환자들의 죽음….

요즘은 동네 의원에서 일을 하니, "돌아가실 것 같습니다"라고 얘기해야 하는 순간과는 좀 멀어져 있었다. 그러다가 왕진을 하면서부터 나에게 이 고백을 다시 해야 하는 순간들이 돌아올 것 같은 느낌이 있었다. 그리고 그 느낌은 틀리지 않았다.

어느 날 중년의 부부가 진료실을 찾아왔다. 부부는 우리 조합원이었다. 80대 아버지가 기력이 없고 욕창이 심해지는 것 같은데 모시고 나오기가 힘들다고 하셨다. 다이어리를 보니 가장 빨리 찾아뵐 수 있는 날이 월요일 저녁이라, 그날 찾아가기로 했다. 처음 방문하는 댁이고 늦은 시간이라서 왕진 동행 자원활동을 해줄 수 있는 분이 있는지 찾아보니, 마침 나와 같이 살고 있는 조합원인 어라 님이 시간이 된다고 했다.

할아버지는 들었던 대로 기력이 없어 보였다. 그래도 식사는 조금씩 꾸준히 하시고 있는 상태였다. 욕창은 심한 편은 아니었고 호흡음도 나쁘지 않았다. 발열이나 오한은 없었고, 기침, 가래는 매번 비슷한 정도라고 했다. 할아버지의 평소 앓고 계시던 질환에 대해 더 여쭤봤으나, 뚜렷한 것은 없었다. 3주 전까지만 해도 담배를 하루에 한 갑씩 피우셨다고, 갑자기 기력이 쇠해지더니 이렇게 되셨다고 했다. 2주 전인가 근처 시립병원에 들러 영양제 주사를 맞은 것 이외에는 최근에 의료기관에 다닌 적이 없다고 했다.

나는 왜인지 모르겠지만 죽음의 느낌을 강하게 받았다. 할아버지 곧 돌아가실 것 같아. 지금 앓고 있는 질병 때문이 아니야. 뭔가 우리가 알지 못하는 것이 몸속에 퍼져 할아버지를 갉아먹고 있는 느낌…. 말기 암일 것 같았다.

나는 아드님, 며느님과 함께 마루에 앉았다. 조심스럽게 말을 시작했다. 욕창은 심하지 않으나, 알지 못하는 뭔가가 있고, 그것으로 인해 할아버지의 여생이 얼마 남지 않은 것 같다는 이야기. 2~3주 내에 돌아가실 것 같고, 당장 오늘 밤 응급실에 가셔야 하는 건 아니지만 큰 병원에는 가능하면 빨리 모시고 가야 한다는 이야기. 큰 병원에 갈 때 보여드리라고 소견서도 써드렸다. 그런데 아무 마음의 준비 없이 병원에 갔다가는 할아버지의 남은 시간을 이것저것 검사만 하느라고 다 허비할 거 같으니, 형제자매분들을 모아 연명 의료에 대해 의논하고,

마지막 인사를 드리시라고 말씀드렸다. 평소 삶과 죽음에 대한 할아버지의 생각이 어떠하셨는지가 가장 중요하다고, 지금 미리 정리해놓으시라고 당부했다.

부부는 많이 당황하셨다. 그도 그럴 것이, 그날의 왕진 신청 이유는 욕창 드레싱이었으니까. 기력이 좀 없기는 하셔도 설마 돌아가시기 직전의 상황이라고는 생각을 못 하셨던 것 같다. 당연하다. 3주 전까지만 해도 담배를 하루에 한 갑씩 피우시던 분이니까. 가족들은 어찌 이렇게 순식간에 위중한 상태가 되실 수 있는지 궁금해했고, 나는 그렇기 때문에 다른 무엇도 아닌 말기 암일 것 같다는 대답을 했다. 조속히 입원하여 검사받으시되, 연명 치료를 할지 말지에 대해서는 꼭 의논을 하시라고, 그러지 않았다가는 빠른 속도로 진행되는 검사들에 밀려 마지막 준비도 못 하고 혼란 속에 돌아가시게 될 것 같고 알려드렸다.

내 옆에 앉아 있던 어라 님도 너무 놀란 눈치였다. 할아버지를 진찰한 내가 이런 이야기를 가족들에게 하리라고는 상상도 못 했겠지. 대체로 왕진 후에 내가 가족들에게 설명하는 것은 지금 상태가 어떤지, 앞으로 우리가 어떤 치료를 해나갈 것인지, 다음 방문 일정은 언제가 될지 정도이니까.

나는 그 순간 내 옆에 앉아 있는 어라 님이 고마웠다. 이 얘기를 가족들에게 전해야 할 때 누군가 내 옆에 있어주어서, 나혼자 이 상황에 놓여 있지 않을 수 있어서 너무 고마웠다. 그제야 나는 항상 사망선고를 할 때마다 사실은 외로웠다는 것을 깨달았다. 환자와 가족들의 불안, 좌절, 놀람, 분노, 고통 앞에 홀로 마주해야 할 때, 미친 듯이 외로웠던 거다.

우리는 당황하여 눈빛이 흔들리는 부부의 배웅을 받으며 집 밖으로 나섰다. 두 손을 꼭 잡은 채 서로를 의지하며, 우리 집까지 이어지는 긴 내리막길을 천천히 걸어 내려왔다. 그리고 며칠 후 그 댁으로부터 이런 문자를 받았다.

며칠 전 저녁 저희 아버지 왕진을 와주셨습니다. 이 상태로는 2~3주 후에 큰일이 일어날 수도 있다 하셨고 가족들이 모여 연명 치료 관련해서 미리 논의하는 것이 좋겠다고 하셨습니다. 그리고 며칠 후 가족회의를 소집했습니다만, 가족이 모이기도 전인 오후 5시경 아버지께서 돌아가셨습니다. 다행히 주무시다가 편안히 가셨습니다. 저와 아내는 선생님이 늦은 밤 왕진을 와주신 것에도 놀랐지만, 진찰 후 아버지의 상태를 정확히 파악하고 저희 가족에게 마음의 준비를 일러주신 것에 대해 더 감사를 드립니다. 요즘 어느 의사가 왕진을 오며, 환자 상태를 파악하고 가족의 입장을 헤아려 이야기를 할까요. 장례를 치르고 아내와 이야기하다가 이렇게 글을 남깁니다. 배려에 감사드립니다. 건강하시고 평안하세요.

왕진을 본격적으로 시작하니, 가정을 정기적으로 방문하며 돌보던 분들이 하나둘 돌아가시기 시작했다. 대부분 말기 암, 말기 신부전, 인간이 어찌할 수 없는 문제들이었다. 그렇다면 인간인 우리가 더 어찌할 수 있는 부분은, 남겨지는 가족들을 향한 공감과 위로, 충분한 설명일 터이다. 그리고 이 일을 온몸으로 마주하고 있는 이들에 대한 지지일 터이다.

아이
키워본 적 없죠?

진료실 안에서 소아 환자의 보호자와 나 사이에 육아관이 달라 마찰이 생긴 적이 있었다. 그 보호자는 이렇게 물었다.

"선생님, 아이 키워보셨어요?"

나는 아이가 없다. 여자 친구들 세 명과 함께 살며 고양이 세 마리를 함께 돌보고 있다.(김하나·황선우 작가의 『여자 둘이 살고 있습니다』에서 제시한 공식에 따르면 우리 집 가족의 화학식은 W4C3이다. 여자 넷, 고양이 세 마리.) 이렇게 쓰고 보니 뭔가 전형적인 비혼 패밀리의 모습이 떠오르는 것 같아서 웃음이 난다. 어쨌든 나는 아이가 없고 앞으로도 없을 텐데, 뭔가 막연하게 아이들에 대한 책임감을 가지고 있다. 아이들이 멋진 성인으로 자라는 데는, 어렸을 때 만난 '우리 동네 의사 선생님'의 존재가 중요하리란 생각으로 스스로에게 어떤 역할을 부여하고 있는 것이다.

어떤 이는 내가 아이가 없는데 아이 키우는 부모들에게 대체 무슨 조언을 하겠느냐며, "아이도 낳아보지 않은 젊은 여자 의사에게 어느 부모가 아이 진료를 맡기겠나"라고 했다. 그는 '아이가 없는 의사'라고 하지 않고 굳이 '아이도 낳아보지 않은 젊은 여자'라고 말했다. 얼핏 들으면 '아이를 낳아본 여성들'을 존중하는 것처럼 보이는 이 말을, 나는 사실은 여성혐오라고 생각한다. 여자로서 응당 해야 할 경험인 임신, 출산, 육아를 안 해본 여자라서 뭘 모른다는 말은, 아이를 낳아보지 않은 젊은 여자에게도, 아이를 하나밖에 낳아보지 않은 다른 여자에게도, 아이를 낳기만 했지 제대로 돌보지 못한 또 다른 워킹맘에게도, 비슷한 어투로 비슷한 비난이 될 것임이 짐작되기 때문이다.

고해성사를 받는 신부님들도 결혼하지 않았지만 부부 상담을 하고 스님들도 자녀를 키우지 않았지만 자녀 교육과 가정생활에 대해서 조언을 하는 것처럼, 전문가에게는 수많은 사람들을 대함으로써 가지게 되는 고유성이 있다는 걸 그는 알지 못하는 것 같다. 그런데도 나를 '젊은 여자'라고 지칭하는 것이, 내가 사회 물정과 육아를 모른다는 의미를 더욱 강조하기에 적합하다는 사실은 아주 자~알 알고 있었다.

내가 진료실에서 만나는 아이들에게 느끼는 책임감의 정체는 뭘까? 지구나 인류의 미래, 나는 그런 것을 크게 염두에

두는 사람이 아니다.(인류의 종족 보존이 걱정된다면 아이를 낳았 겠지.)

그런데 눈앞의 개별 존재들, 진료실에서 만나는 한 명 한 명 의 아이들에 대해서는, 그들이 건강하게 잘 자랄 수 있도록 돕 는 것이야 말할 것도 없고, 그들이 멋진 성인으로 성장하는 데 나의 역할이 있다고 느낀다. 아이에게는 '내 얼굴을 아는 의사' 가 필요하며 '나를 다른 아이, 특히 형제자매와 구별해주는 의 사', '엄마 아빠가 아닌 내 얘기에 귀를 기울여주는 의사 친구' 가 필요하다고 생각한다.

그것은 어린이집이나 유치원의 선생님들도 해주기 힘든 역 할이다. 그들은 보육 전문가이기는 하지만 역시 수많은 아이 들을 동시에 돌보고 있기 때문이다. 아프고 힘들 때 온전히 나 에게만 관심을 집중하고 내 얘기를 믿어주는 그런 존재가 아 이들에게는 필요하고, 진료실은 마침 그렇게 하기에 좋은 공 간이다.

물론 보호자의 불안과 걱정을 대할 때 적절한 조언을 하는 것도 나의 일이다. 보호자들은 자기 아이의 모습만 보기 때문 에, 자신들이 아이에 대해 걱정하는 지점이 그 또래 수많은 엄마 아빠들이 다들 걱정하는 문제라는 점, 발달이 조금 느려 보여도 전체 아이들의 분포를 생각하면 많이 느리지 않다는 점을 알려줄 필요가 있다. 지금쯤은 이유식을 시작해야 한다, 조금 더 간식을 챙겨주어도 된다 같은 전문적인 조언도 할 수 있다.

나는 아이들이 진료실에서 편안하게 느꼈으면 한다. 그래서 아이들이 진료실에 있는 설압자며 청진기며 검이경 같은 신기한 것들을 이리저리 만져보고 구경할 수 있게 한다. 아이들은 궁금해한다. 저기서 무슨 소리가 나기에 의사 선생님이 항상 집중하는 표정이지? 저 카메라는 어떻게 내 귓속을 보여주는 거지?

아이가 청진기를 만질라치면 어떤 부모들은 "의사 선생님 물건 함부로 만지는 거 아니야" "나중에 의사 선생님이 되고 나면 만져"와 같은 교육(!) 목적의 이야기들을 하기도 한다. 그러면 나도 의사 선생님의 허락하에 만지는 거라고 한 번 더 강조한다.

의학 교과서에도 진료실에서 소아 환자의 긴장을 풀고 협조를 얻기 위해 진찰 도구를 만져보게 하라고 쓰여 있다. 아이가 잘 협조해줘야 적절한 진료가 가능하기 때문이다.(그러다가 몇십만 원짜리 청진기가 뚝 부러진 일도 있었지만.) 감염성 질환이 아이의 손을 통해 옮는 것에 대한 걱정이야, 진료 후 알코올 솜으로 잘 닦아주면 그만이다.

시간이 있을 때는 청진기를 아이들의 귀에 끼워주기도 한다. 청진을 할 때 조용히 있어야 하는 이유를 전혀 몰랐던 아이들이, 청진기를 귀에 끼워주고 심장 소리를 듣게 한 후에는 정말로 협조적이 된다. 의성어 그대로 '두근두근' 하는 심장 소리를 들으며 눈이 휘둥그레지는 아이를 보는 것은 또 다른 나의 재미다. "오, 이제 너의 펄떡이는 생명력을 알아챘어?"

진료실 책상에 청진기를 대게 한 후, 손톱으로 살며시 책상을 긁거나 콕콕 친다. 부드러워 보이는 그 움직임도 청진기를 통하면 천둥 같은 소리로 전해지기에 아이들은 깜짝 놀라며 신기해한다. 내 인생에서 처음으로 접한 의사 선생님이었던 외할아버지도, 무릎에 앉아 꼬물거리며 할아버지의 청진기를 만지던 내게 청진기를 끼워주셨다. 그때 고막을 울리던 어마어마한 내 심장 소리! 청진기는 정말 얼마나 신기한 물건인가.

진료실을 무서워하는 아이들을 둔 보호자들에게는 집에서 병원놀이를 많이 해주시라고 조언한다. 아이에게 의사 역할을 맡기고 보호자가 환자가 되어 '우는 환자, 무서워하는 환자, 떼를 쓰는 환자' 역할을 하다 보면 자연스럽게 아이의 입에서 "병원은 무섭지 않아, 괜찮아, 오늘은 주사 안 맞을 거야" 하는 말들이 나온다. 그게 자기가 매번 듣던 얘기들이니까.

진료실에만 들어오면 우는 아이를 위해 동영상도 찍었다. 동영상을 찍기 위해 귀여운 동물 인형을 구한다고 조합원 게시판*에 올렸더니 여기저기서 봉제 인형이 쇄도했다. 큰 곰돌이, 작은 곰돌이, 금붕어 인형 등을 가지고 명랑한 음악에 맞춰 진료실 안에서 청진도 하고, 귓속도 보고, 콧물도 뽑는 춤을 선

---

* 살림 조합원들이 함께 쓰는 인터넷 카페에는 안 쓰는 물건들을 서로 무료로 나눠주는 게시판이 있다. 의원에서 필요한 물건들도 가끔 이 게시판에서 구할 수 있다.

왕진 가방 속의 페미니즘

보였다.

입을 크게 벌리고 있는 금붕어 인형은 입안을 들여다보는 춤의 주인공이 되기에 딱 좋았다. "친구들, 진료실 안에서 만나요!" 꼬마 친구들은 그 동영상을 수십 번 돌려본 후, 드디어 진료실 의자에 의젓하게 앉을 수 있게 되었다.

이 글 첫머리에서 말한, 보호자와 마찰이 생긴 날의 상황은 이랬다. 진료실 밖에서부터 아이가 울면서 들어왔는데, 같이 들어오던 아이의 엄마가 달랬다. "울지 마. 오늘 주사 맞을 거 아니야." 음, 오늘은 예방주사 맞는 날이 아니구나. 나도 얼른 따라 달래기 시작했다. "선생님도 약속할게. 오늘 주사 맞지 말자."

한참을 어르고 달랜 후 간신히 울음을 그친 아이를 진찰하고 나니 엄마가 말하길, 오늘 예방주사를 맞으러 왔다고 한다. 이런, 나는 이미 '의사 선생님의 이름을 걸고' 주사를 놓지 않겠다고 약속했다. 이럴 거면 처음부터 주사 얘기는 하지 말았어야지!

나는 주사를 놓을 수 없다고 얘기했다. 아이의 상태는 괜찮지만, 오늘은 이미 약속했기 때문에 주사를 놓을 수 없다고. 엄마는 주사를 고집했다. 집이 멀다, 다른 형제가 또 있어서 애만 데리고 나오기 힘들다, 일부러 주사 맞으려고 어린이집도 빼고 왔다, 이 주사 맞으려고 얼마나 대기를 했는지 아느냐 등등 이유를 들면서 말이다. 그러나 나는 설명했다.

"지금 약속과 달리 주사를 놓으면, 아이가 다시는 이 진료실에 안 들어오겠다고 할지도 몰라요."

아무런 약 처방도 없이 집으로 돌아가게 된 엄마가 날카로운 톤으로 물었다.

"선생님, 아이 키워보셨어요? 아이 키워본 적 없으시죠? 아이들 한번 데리고 나오는 게 얼마나 힘든지 모르시죠?"

그 엄마의 피곤과 어려움은 안타까우나, 나에게는 보호자뿐 아니라 소아 환자들과도 지켜나가고 싶은 관계라는 것이 있다.

갑상선암과 방사선

어떤 질병을 진단받으면, 환자분들은 이게 도대체 왜 나에게 생겼을까 궁금해하기 마련이다. 갑상선암이나 갑상선기능저하증을 진단받은 환자들도 마찬가지이다. 다른 가족력이나 동반 질환의 가능성이 없다면, 나는 이런 질문에 "방사선 때문일지도요"라고 답하곤 한다. 내가 이렇게 답하면 다들 의아해한다.

"저는 방사선을 많이 쬔 일이 없는데요?"

구체적인 기억 속에서 방사선을 쬔 일이 없다고 해도, 우리는 1986년 어마어마한 양의 방사선에 이미 노출되었다. 체르노빌 핵발전소 사고 때문이다. 왜 유독 한국과 일본에서만 갑상선암이 이렇게 많이 발생하는가에 대해서 전문가들 사이에서는 의견이 분분하다. 물론 많이 '발생'하는 게 아니라, 초음파 기술이 좋고 검사비가 싸서 많이 '발견'하는 것일 뿐이라는 주장도 근거가 있다. 하지만 체르노빌에서 1986년에 날아왔던 방사선 낙진의 영향이 과연 없을까?

나에게는 이상한 기억이 있다. 체르노빌 핵발전소 사고 이후 시중에서 우유 소비량이 줄어들자, 초등학교 학생들에게 우유 급식을 더 많이 하도록 했던 기억이다. 나는 당시 초등학교 3학년이었다. 체르노빌 사고로 유럽에서는 우유의 판매와 음용을 제한하고 채소 섭취를 금지하는 등의 조치가 취해졌다는 뉴스를 본 것 같은데, 며칠 후 학교에서는 우유 급식을 신청하라는 얘기가 있었다. 나는 현재 한국의 갑상선암 발병이 체르노빌 사고와 무관하다고는 말하지 못하겠다.

미국에서는 2011년 3월의 후쿠시마 핵발전소 사고 이후 퍼진 방사선 낙진이 쿠로시오 해류를 타고 북태평양을 건넌 뒤, 캘리포니아 앞바다까지 가서 캘리포니아에서 태어난 아기의 갑상선 기능 저하를 초래한다는 연구 논문이 발표되어 화제가 된 적이 있다. 캘리포니아 지역에서는 태어난 모든 아기의 갑상선 자극 호르몬을 검사하는데, 이 신생아 갑상선 호르몬 수치를 바탕으로 후쿠시마 사고 이후 태어난 신생아를 그 이전 시기에 태어난 신생아와 비교했더니, 태내에서부터 방사선에 노출되었던 신생아들에게서 갑상선기능저하증이 21% 증가했다는 결과가 나타났다.

질병 예방에는 여러 단계가 있다고 한다. 질병이 발생하기 전에 미리 발생을 차단하는 것을 1차 예방이라고 하고, 질병을 조기에 발견하는 것을 2차 예방이라고 한다. 생긴 후에 빨리 발견하는 것보다 생기기 전에 예방하는 것이 아무래도 좋을 터이다. 따라서 나는 갑상선암과 갑상선기능저하증의 예방을 위해서라도 노후된 핵발전소는 점진적으로 폐쇄해나가야 하는 것 아닌가 하는, 지극히 예방적인 주장을 하게 된다.

의대에서 배우지 못한
치료법

살림의원에는 트랜스젠더 환자들이 많이 방문한다. 어느 날 한 간호사 선생님이, 자신은 살면서 트랜스젠더를 단 한 명도 만난 적이 없었는데 여기 입사 첫날에만 열 명 넘게 만났다며 해준 얘기가 있다.

처음엔 트랜스젠더들이 한 명 한 명 구별되지 않고 그저 '트랜스젠더' 혹은 '트랜스여성', '트랜스남성'으로만 보였다고 한다. 몇 명 만나지 않았을 때는 '트랜스여성은 이렇군, 트랜스남성은 저렇군' 하고 생각했다고. 이를테면 '어머, 트랜스여성들은 일반 여자들보다 더 예쁘게 꾸미고 다니네', '트랜스남성들은 완전 아저씨잖아'같이 말이다.

글로 써놓고 보니 진짜로 심하게 식상하게 느껴지는 그런 편견들이었다. 그러다가 100명, 200명 넘는 트랜스젠더를 만

왕진 가방 속의 페미니즘

나고 얘기를 나누고 삶을 알게 되고 같이 웃고 울다 보니, '트랜스젠더는 이렇다'가 아니라 각자의 성격과 개성, 매력이 눈에 띄었다고 한다. 특정 조건을 가진 사람을 단 몇 사람 만나보았을 땐 선입관이 생기기 쉽지만, 오히려 아주 많은 사람을 만나보면 선입관이 사라지게 되는 것 같다는 얘기였다.

나는 '장애인 시설 촉탁의*'라는 낯선 이름으로 50여 명이 모여서 사는 남성 지적장애인 공동 생활시설을 정기적으로 방문하고 있다. 처음에는 사실 장애인들의 얼굴을 구별하기 힘들었다. 특히 스무 명이 넘는 다운증후군 장애인들은 정말 알 수가 없었다. 비슷한 키, 비슷한 얼굴, 비슷한 몸매, 비슷한 표정, 게다가 남자들이라 머리마저 다들 짧았다. 다운증후군의 특징적인 외모가 먼저 눈에 들어와 한 명 한 명의 개성이 잘 보이지 않았다.

다운증후군은 선천적으로 지니는 공통점이 있다. 심장 기형이 많다. 관절이 약해서 무릎, 발목, 손목에 퇴행성관절염이 잘 생기고, 얼굴 피부와 두피에 지루성 피부염이 잘 생긴다. 이 지루성 피부염이 외이도에도 생겨, 귀지의 양이 많고 끈적한 편인 데다 외이도가 곧지 않고 꺾여 있어 귀지가 잘 빠져나오지 않는 경우가 많다. 내분비적으로는 갑상선이 약해 갑상선기능저하증이 잘 생기는 편이다.

---

* 장애인 시설 또는 노인 시설과 계약되어, 시설에 거주하는 분들의 건강을 돌보는 의사. 계약에 따라 월 1~4회 시설을 방문하여 진료한다.

그러나 이런 여러 신체적인 약점에도 불구하고, 성격이 대체로 온화한 편이고 사회성이 좋아 종종 '천사'라고 불린다. 신이 이 땅에 천사를 내려보내실 수 없어, 다운증후군 아기들을 보내주셨다는 것.

다운증후군인 의천 씨는 한 달 동안 배가 아프다고 호소했다. 내가 시설에 도착해서 인사하기 직전까지 TV도 잘 보고 간식도 잘 먹고 있었기에 실제 내장기관에 문제가 있는 기질적 복통이 아닐 가능성이 높아 보였지만, 잘 다니던 보호작업장에 한 달째 배가 아파 가지 못하겠다고 하니 방법이 없었다. 그 복통은 평일에만 나타나는 데다, 직장에 출근해야 하는 순간에 치명적으로 발생했다. 체중 변화도 없었고 잘 먹고 잘 자고 있었는데 말이다.

너무너무 꾀병이 의심되었지만, 검사를 안 할 수도 없었다. 만에 하나 진짜 문제가 있다면? 진짜로 큰 병인데 적절한 치료 시기를 넘기게 되면? 의천 씨에게도 너무 불행한 일이고, 시설 관계자들과 촉탁의인 나에게도 안타까운 일이다. 우리는 지적장애인의 통증 호소를 무시하고 방치해 장애인을 사지로 몰아넣은 사람들로 매도되어 잘근잘근 씹힐 것이 뻔하다. 우리야 그렇다 쳐도, 그러면 시설에서 돌보는 나머지 장애인들의 건강까지 위협받게 될 수도 있다.

결국 의천 씨는 살림의원에 내원하여 복부 초음파 검사도 받고 혈액검사도 받았다. 검사 결과 지방간 이외에는 아무 이상이 없었지만 복통은 호전되질 않았다. 복통이 더 오래 지속되면 위내시경 검사까지 해보자며 결국 예약을 잡았다.

의천 씨의 통증은 그 다음 날 극적으로 나았다. 멋지게 파마와 염색을 하고 온 직후에 완치된 것이다. 너무 멋진 헤어스타일을 여기저기에 자랑하고 싶었던 나머지, 이튿날 직장인 보호작업장에 빨리 가야겠다고 아침부터 서둘렀다. 그날 직장으로 호기롭게 출발한 이후 지금까지 2년 동안 복통 없이 잘 지내고 있다.

다운증후군인 명운 씨는 욕을 잘 한다. 자기 이름은 읽고 쓸 줄 모르면서 육두문자는 아주 구수하게 날리는데, 발음이 불명확한 탓에 정확히 무슨 뜻인지는 잘 안 들린다. 대체로 건강을 유지하기 위해 필수적으로 해야 하는 일들을 하자고 할 때, 이를테면 "명운 씨, 치아를 닦읍시다"라고 할 때, 명운 씨의 '안해, 싫어, 이쒸'에 이어지는 길고 긴 욕을 들을 수 있다.

어느 날 방문하니 명운 씨가 손에 깁스(스플린트)를 하고 있었다. 손가락뼈가 부러졌다고 한다. 사연인즉, 같은 시설에 있는 봉연 씨와 '나를 무시하지 마'라며 한바탕 싸우다가 흥분한 명운 씨가 기우뚱하며 주먹을 크게 휘둘렀는데 균형을 잡지 못하고 넘어지는 바람에 자기 주먹으로 벽을 치게 되었다는 것이다. 자해 아닌 자해가 된 셈이었다. 명운 씨는 팔다리가 짧고 키가 작은 편이다. 흥분한 명운 씨가 양팔을 마구 휘두르는 모습이 눈앞에 그려졌다.

263

그 뒤로 한동안 명운 씨는 내가 갈 때마다 다친 팔을 보여주었다. 그러면서 본인이 때리려다 못 때린 봉연 씨를 가리키며, 그가 때려 자신이 다쳤다며 '못된 놈'이라고 나에게 고자질을 했다. 나와 생활교사들이 "명운 씨 거짓말하지 말아요. 스스로 벽을 쳐서 다쳤잖아요"라고 정정해도 별 소용 없었다. 명운 씨의 남 탓은 그 후로 1년 동안이나 계속되었다.

누가 다운증후군이 천사라 했던가. 누가 지적장애인들은 똑같은 단순노동을 반복해도 지루함을 덜 느낀다고 했던가. 의천 씨는 직장에 가기 귀찮고 지루해 꾀병이 생긴 거였다. 일상에 자극이 될 만한 것이 생길 때까지 복통은 낫지 않고 있었다.

의천 씨의 꾀병이나 명운 씨의 자해 아닌 자해 소동을 비롯하여 한 명 한 명의 개성을 알게 되자, '다운증후군은 천사'라는 말보다 매력적이고 생생한 캐릭터들이 보이기 시작했고, 훨씬 재미있고 흥미진진한 촉탁의 생활이 내게 열렸다. 장애인 시설의 촉탁의 경험 덕분에 너무 다정한 치료 방법들을 배웠다.

지역으로
열린 시설

　　나는 종종 나에게 실습 교육이 맡겨진 의대 학생들을 데리고, 내가 촉탁의로 일하고 있는 시설에 간다. 내가 의대생이었을 때처럼 그들도 현실에 존재하는 장애인들과의 인연이 별로 없었을 수도 있으므로 시설에 데려가는 것이다.

　그런 촉탁의 진료가 있던 날, 정강이에 상처가 생긴 재찬 씨를 진료하고 시설에서 나오는 길이었다. 실습 학생 한 명이 물었다.

　"혹시 선생님은 걱정 안 드세요?"

　"무슨 걱정이요?"

　"저게 혹시 학대의 증거가 아닐까 하는 의심이요. 시설에서 장애인 학대가 있는지 없는지 어떻게 알 수 있죠?"

　나는 다시 물었다.

"오늘 봤던 그분이 학대를 당한 것같이 보였나요?"

학생은 고민스러운 표정으로 대답했다.

"음, 분위기로는 학대 같진 않은데, 그래도 진짜로 있었는지는 아무도 모르잖아요. 그 순간을 직접 본 게 아니니까요."

나는 좋은 질문이라고 답했다. 항상 그런 의심은 필요하다. 우리는 의료인이고, 의료인은 아동, 장애인, 노인, 여성 등 사회적 약자들을 진료할 때 학대나 방임의 가능성을 언제나 염두에 두고 있어야 한다. 의심되는 정황만 있어도 반드시 확인해야 하고, 필요하다면 신고해야 한다. 그것이 우리의 직업윤리이고 우리가 환자를 보호하는 방식이다. 전문가의 의심과 신고야말로 폭력과 학대의 사슬을 끊는 데 중요하다.

내가 촉탁의로 나가는 곳은 지적장애인들의 생활시설이다. 생활시설은 말 그대로 '생활을 하는 곳', 즉 집이다. 우리가 집에서 넘어지기도 하고 화상도 입는 것처럼, 여기서 사는 장애인들도 곧잘 다치곤 한다. 집이나 학교에서 아이들이 전혀 다치지 않고 아프지 않고 생활하기를 기대하는 것이 어처구니없듯이, 여기서도 다치는 사람들이 생길 수 있다. 가구에 부딪히기도 하고, 걷다가 넘어지기도 하고, 서로 싸우다가 할퀴거나 머리카락이 뽑히기도 한다. 지적장애로 인하여 균형 감각이 낮고 몸을 제어하지 못해서 더 쉽게 다치는 경향이 있다. 또한 지적장애 이외에도 지체장애를 중복으로 갖고 있는 사람들도 많아 더 자주 다친다.

학대 의심을 피하고자, 다치지 않도록 아무런 활동을 안 할 수도 있다. 산책도 안 하고, 숲에도 안 가고, 길거리를 걷게 하지도 않는다면?

전 국민 건강보험이 없는 나라 미국에선, 민간의료보험이 없는 학생이 혹시라도 다칠까 봐 공립 고등학교 체육 수업 시간을 줄인다고 한다. 민간의료보험이 없는데 골절이라도 생기면 형편이 여유롭지 못한 공립 고등학교 학생들의 가정경제 전체가 휘청거리게 되니까, 미식축구니 농구니 하다가 격렬한 부딪힘 끝에 다칠까 봐 아예 학교에서 운동을 못 하게 하고 체육관을 폐쇄한다는 것이다. 그렇게 해서 덜 다치면 이게 더 건강한 건가? 사실 이것이야말로 한창 자라는 청소년들에게 더 심한 학대가 아닌가?

비틀거리며 걷더라도 장애인이 가고 싶은 곳에 갈 수 있도록 독려하는 시설이 더 좋은 시설이라고 생각한다. 설혹 좀 다치더라도 말이다.

그날 우리가 진료한 장애인 환자분은 비틀거리며 걷다가 가구에 정강이를 부딪혀 타박상과 찰과상이 생겼다고 들은 터였다. 만약 진짜 시설 내에서 학대가 있었다면, 우선은 다치는 위치가 다르다. 법의학 수업 시간에 배우는 것처럼, 자해와 타해의 흔적이 다르다. 자해 시에는 주저흔이 생기고 타해 시에는 방어흔이 생긴다.

나는 법의학자도 아니거니와, 내 판단의 근거는 이런 상처의 흔적이나 위치가 아니다. 진짜로 학대가 있었다면 생활하는 모습 중에 위축된 자세나 표정이 나타나게 마련이다. 큰 소리가 날 때나 생활교사들이 가까이 다가갈 때 깜짝 놀라거나 몸을 움츠리는 행동이 여러 장애인들에게 패턴화되어 나타날 수 있다. 그렇다면 반드시 학대를 의심해야 한다.

물론 이 시설에는 그런 행동을 보이는 장애인이 단 한 명도 없다. 처음 보는 사람에게 스스럼없이 다가가고, 생활교사들과 장난을 치고, 언제나 당당하고 즐겁다. 시설에 같이 사는 장애인들끼리 치고받고 때리는 일은 있어도, 그래서 말리다가 생활교사들이 오히려 얻어맞는 일은 있어도 학대는 없다고 믿을 수 있는 곳이다.

하지만 내가 여기를 믿는 제일 큰 이유는 따로 있다. 바로 '혹시라도 학대가 있으면 어쩌지'라고 의심하고 걱정하는 실습 학생의 존재 자체, 그것이 내가 이 시설에 학대가 없다고 믿는 가장 큰 이유이다.

학대가 있는 시설이라면 이렇게까지 실습 학생에게 개방적이지 않을 것이다. 어쩌면 외부인인 나 같은 사람들이 더 외부인인 의대 실습 학생들을 데리고 오는 것이 기껍지 않을 수 있다. 이곳은 시설에 있는 장애인의 가족, 지역 자원활동가, 학교 선생님 들이 적절한 허가를 받아 자유롭게 출입할 수 있는 시설이다. 그렇다면 학대나 방임이 이뤄지고 있는 장소일 가능성은 극히 낮다.

왕진 가방 속의 페미니즘

요즘 장애인 인권운동의 화두는 탈시설이다. 장애인들끼리만 고립되어 생활하는 장애인 시설에 평생 사는 것이 아니라, 지역사회로 나와 다른 주민들과 어울려 살 수 있어야 한다는 것이다. 장애인들이 시설을 떠나서도 행복하게 살 수 있으려면, 휠체어가 이동할 수 있는 길도 필요하고 발달장애인이 등록할 수 있는 운동센터도 필요하다. 장애인 친구와 함께 차를 마시러 갈 수 있는 카페도 필요하고 식당도 도서관도 필요하다. 집들과 골목도 장애인이 살 수 있도록 수리되어야 한다. 장애인이 시설을 벗어나려면 동네가 준비되어 있어야 한다.

결국 폭력과 학대를 예방하는 것도, 탈시설을 가능하게 하는 것도 모두 지역사회 시민의 힘인 것이다.

무엇을 배우든
써먹는다

나는 의대에 입학하기 전 공대를 다녔다. 의대 입학 후에도 학교를 쉬고 여성 단체에서 일을 하기도 했다. 결국 의사가 되기까지 남들보다 긴 시간이 걸렸다. 그 시간이 아깝냐고 누가 물었다. 음, 아니, 그 시간이 있었기 때문에 지금 이렇게 살 수 있는 건데?

응급실에 파견 나가 근무하던 전공의 때였다. 외국인으로 보이는 남자 환자 한 명이 실려 왔다. 이주노동자로 보였다. 술 냄새가 났고 의식이 저하되어 있었다. 아무리 흔들고 깨워도 일어나지 않았다. 혈압과 맥박은 정상이었고 동공반사도 정상이었다. 두부 외상의 흔적은 없었지만, 의식 상태를 평가할 수 없으면 응급실에서는 머리 CT를 찍어야 한다. 문제는 그의 신분을 확인할 수 없다는 것이었다.

그는 신분증이 없었다. 거리에 외국인이 쓰러져 있다는 신고를 받고 119 구급대원들이 출동하여 싣고 바로 시립병원 응급실로 온 것이다. 그의 이름이 '외불남'으로 전자 차트에 등록되었다. 외국인 신원 불상의 남자라는 뜻이다. 응급실에서는 신원을 모르는 사람들이 '무명남' 혹은 '불상남'이라는 이름으로 접수되곤 한다. 뭐가 되었든 접수가 되어야 오더를 입력할 수 있고, 오더가 있어야 검사가 진행될 수 있기 때문이다. 겨울철에 점점 더 많은 환자들이 동사 예방 목적으로 경찰차나 119를 통해 실려 오면 '무명남', '불상남', '미상남'으로는 이름이 모자라게 된다.(실제로 주로 남자들이다.) 이럴 때는 영등포역에서 발견되었다고 '영불상', 부평역에서 발견되었다고 '평불상', 이름 붙이는 응급실 원무과 직원이 어깨에 리듬 좀 타기 시작하면 '금불상', '은불상', '동불상'까지 등장하는 날도 있곤 한다. 어쨌든 그의 이름은 '외불남'이었다.

나는 외불남에게 다가갔다. 생김새로는 아시아계나 아프리카계는 아닌 듯했다. 우선은 한국어와 영어로 외불남에게 이것저것 지시를 하였으나, 반응이 없었다. 두드려보고 꼬집어보았으나 깨지 않았다. 동공반사가 약간 느린 것 같았다. 의식상태를 확인할 수 없다는 기록을 남기고 머리 CT 오더를 넣은 후, CT실에서의 환자 호출을 기다리기 시작했다. CT실에서는 검사가 밀려 있는지 호출이 늦어지고 있었고, 그날따라 응급실이 좀 한가하여 외불남에 대해 생각할 겨를이 났다.

나중에 의식이 깨어나고 나면 병원비를 지불할 수 있을까? 혹시 건강보험이 있으려나? 건강보험이 없으면 어떻게 하지? 병원비 폭탄이 나올 텐데? 그런 생각을 하며 외불남을 물끄러미 보고 있는데, 외불남이 뭔가 웅얼웅얼했다. 자세히 들어보니 스페인어인 듯했다. 엇, 내가 아는 단어인 것 같아.

나는 외불남 옆으로 가서 "올라, 세뇨르. 마노 데레차Hola, Señor. Mano derecha. 안녕하세요, 선생님. 오른손"라고 얘기했다. 오른손을 올려보라고 하고 싶었다. 그런데 올려보라는 동사나 명령법 동사변화 같은 건 잘 기억나지 않아 생략하고 그저 '오른손'이라고 말한 것이다. 다행히 외불남이 오른손을 올렸다. 옳지! 이번에는 "마노 이스끼에르다Mano izquierda. 왼손"라고 하니 왼손을 들어 올렸다. "꼬모 에스타 우스뗏Cómo está usted?" 하고 안부를 물으니, 괜찮다고 "비엔 비엔Bien bien" 하며 고개를 끄덕거리기까지 했다. 뭔가 말하려고 입을 크게 열자 알코올 냄새가 지독하게 쏟아졌다. 나는 바로 응급실 스테이션의 컴퓨터로 달려가 CT 오더를 빼고, CT실에도 검사를 취소한다고 연락을 취했다.

포도당과 수액을 달고 두어 시간 기다리자 외불남은 무슨 일이 있었냐는 듯이 말짱히 깨어났고, 마누엘이라는 자신의 이름을 당당히 되찾아 집으로 돌아갔다. 예상대로 건강보험이 없었지만, 비싼 검사들이 이뤄지지 않았기에 별문제 없이 마무리되었다.

나는 인턴 1년을 끝낸 후 중남미로 배낭 여행을 다녀온 적이 있다. 중남미에서 7개월을 보내기 위해 인턴 시절 비번일 때마다 서어서문학과 출신의 친구에게 생존 스페인어를 배웠다. 같이 인턴을 돌던 친구들은 모두 부러워했다. 자신들이 전공의 시험 책을 공부하고 있을 때, 나는 지중해 분위기가 물씬 나는 스페인어 책을 펴놓고 있었으니까. 그때 배운 스페인어가 응급실에서 이렇게 유용하게 쓰일 줄은 몰랐다.

종종 의대생 후배들이 학창 시절을 어떻게 보내야 할지 멘토링을 부탁해올 때가 있다. 나는 사실 의대에서 요구받는 공부를 따라가는 것만도 참 대단하다고 생각하기에 뭘 더 하라고 요구하지는 않지만, 무엇을 배워도 다 써먹을 데가 있다는 얘기는 들려주곤 한다.

의사는 솔직히 경제적으로 사회 상류층에 속한다. 그런데 비슷하게 상류층에 속하는 직업군 중에서는, 가난하고 힘없고 아픈 사람들을 가장 많이 접하는 직업이다. 고위 공무원이나 대학 교수, 회계사, 변리사, 변호사에 비해 사회적 약자들을 평균적으로 더 많이 만나게 된다. 만나는 절대 숫자 자체가 비교할 수 없다.

그런데 일하면서 움직이는 범위는 아마도 의사가 가장 좁을 것이다. 학창 시절부터 학과 공부에 치여 다른 과 친구들을 거의 사귀지 못하고, 직업을 가진 후에도 거의 좁은 진료실과 병원 안만 종종거리고 돌아다니게 되어, 인간관계와 경험이 제한적일 수밖에 없다.

학생 때부터 다양한 사람들을 만나면 좋지 않을까. 숫자의 문제가 아니라, 계층, 국가, 인종, 성별, 성별 정체성, 종교, 장애 등의 면에서 나와는 다른 입장에서 세계를 바라볼 수 있는 여러 친구들을 사귀라고 조언하고 싶다. 의사는 정말 다양한 사람의 삶과 마주치게 되고, 그래서 무엇을 배우더라도 다 써먹을 데가 있으니까.

주민들과
함께하는 왕진

　　내가 최근 왕진을 자주 나간다는 것을 들은 동네 조합원들은 뭔가 도울 일이 있는지 물어본다. 의료인은 의료인대로 도울 것이 없는지 물어보고, 의료인이 아니라도 뭔가 도울 거리가 있으면 연락을 달라고 한다. 이렇게 도움을 약속하는 사람들이 있기에, 나도 주민들이 같이 할 수 있는 일이 무얼까 찾아보게 된다.

　엘리베이터가 없는 빌라에 사시는 여러 와상 환자분들을 만나고 나니, 휠체어로 접근할 수 있는 집을 부동산에 수소문해서 찾아보는 일이 필요하다는 걸 알게 되었다. 보호자는 환자 곁을 잘 떠날 수 없어, 적당한 집을 찾으러 발품을 파는 일이 수월치 않아 보였기 때문이다. 그 밖에 휠체어 산책을 나가는 일이나 휠체어로 의료기관에 모시고 올 때 돕는 일들도 할 수 있다. 인지 재활을 위해 말을 걸어드리고 음악과 라디오를 들려드리는 일, 무엇보다 고립되어 있는 보호자를 위로하고 '혼자가 아니'라는 느낌을 받을 수 있도록 지지하는 일도 주민들이 할 수 있을 것 같았다.

살림의원과 함께 있는 살림치과의 치과위생사인 계계 샘과 함께 왕진을 간 날이었다. 원래는 환자분의 치아 상태를 확인하는 것이 목적이었는데, 콧줄로 영양을 공급받는 분이라 치아에는 큰 문제가 없었다. 환자분인 어머니의 치아 상태를 확인하는 걸 지켜보던 보호자 따님이 자신의 치아도 아프다고 얘기했고, 계계 샘은 보호자분의 치아도 들여다보셨다. 그런데 이럴 수가…. 보호자분의 치아 상태가 몹시 안 좋았다. 얘기를 들어보니, 어머니 호흡기가 가래에 막혀 숨을 잘 쉬지 못하실까 봐 가래를 뽑아드리느라 두 시간 이상 깊은 잠을 못 잔 지가 10년이 넘는다고 했다. 이러니 치아가 안 좋을 수밖에 없지. 얼른 치과를 방문하시도록 권유했더니, 어머니 곁을 떠나기가 어려워 치과를 찾아오기 힘들다는 답이 돌아왔다.

이를 어쩐다…. 고민하다가 문득 봉봉 님이 떠올랐다. 봉봉 님은 간호사이지만 지금은 일을 쉬고 있는데, 필요하면 자원활동에 불러달라고 하신 적이 있었다. 급히 전화를 하니 마침 자원활동을 해주실 수 있다고 했다. 그래서 치과와 봉봉 님과 보호자, 삼자가 시간이 딱 맞는 날을 정해, 봉봉 님이 어머니 곁을 지키며 호흡기에 가래가 차지 않도록 석션을 해주시는

왕진 가방 속의 페미니즘

동안 보호자분이 치과 진료를 받을 수 있었다.

또 다른 날엔 어느 보호자가 어머니의 맥박이 너무 빠르다며 걱정된다고 연락을 해왔다. 급히 방문하여 살펴보니, 복수가 차서 복압이 점점 높아져 호흡곤란이 오고 있었다. 뇌출혈로 쓰러지신 이후 뇌척수액이 꾸준히 많이 생산되어 뇌압이 높아지는 바람에, 뇌실과 복강 사이를 관으로 연결하여 과다하게 생산된 뇌척수액을 복수로 계속 빼내고 있었지만 한계가 있었다. 복수가 계속 차올라 이제는 뇌압까지 높아질 지경이 되어 환자분의 상태도 불안정해지고 생체신호도 흔들리기 시작했다. 이뇨제 처방이 급한 상태였다.

왕진을 할 때는 처방전을 발행하는 일이 참 난감하다. 가정에서 환자분의 상태를 확인한 후에 바로 발행할 수 있으면 좋으련만….

외국의 경우 왕진 시 온라인으로 전자 차트를 작성하고, 역시 온라인으로 처방전을 발행하면 약국으로 바로 전송되어, 약사님이 약을 조제하여 직접 배달하고 복약지도를 하는 방식으로 방문 약료가 이뤄지는 곳도 있다. 왕진이 디지털 헬스케어 기술들을 이용하여 이루어지는 것이다. 하지만 우리는 아직이다. 어쩔 수 없이 왕진 후 다시 살림의원으로 돌아가 처방전을 발행하면, 인쇄된 처방전을 누군가 들고 약국으로 가서 약을 조제하여 가정으로 돌아가야 한다. 환자 곁을 떠날 수 없는 보호자가 이 일을 어찌 해낼까.

난감하고도 급한 마음에 발을 동동거렸더니, 왕진에 동행해주신 주민 자원활동가 풀꽃 님이 나섰다. 풀꽃 님은 살림의원에 환자로 오기 시작해 조합원이 되었고 지금은 자원활동가로 활약 중이시다.

"제가 어차피 집이 이 근처예요. 주치의 선생님과 같이 살림의원으로 돌아가서, 처방전 내주시면 그거 받아서 약국 들러 조제해서 배달해드리면 어떨까요? 보호자분만 괜찮으시다면, 저는 운동하는 셈치고 동네 한 바퀴 더 돌지요."

순간 보호자분은 크게 안심되고 위안이 되어 눈물을 글썽거렸다. 나도 든든했다. 이런 왕진이라니…. 여러 규제로 기술 도입이 늦어져도, 그 간극을 메워주는 이런 멋진 동네 친구들이 있다면…!

나는 풀꽃 님과 의원으로 돌아왔고, 풀꽃 님은 인쇄된 처방전을 들고 총총히 다시 길을 나서셨다. 풀꽃 님의 뒷모습을 보면서 그렇게 이뇨제가 잘 배달되었겠거니 했다.

며칠 후 그 보호자분한테서 연락을 받았다. 그날 풀꽃 님이 약을 배달해주시면서 보호자를 위한 샌드위치도 같이 배달해주셨다고, 너무 감사하다는 인사를 전해달라는 내용의 문자였다.

왕진 시에 환자뿐 아니라 보호자를 함께 지원해야 한다고 머릿속으로 생각은 하면서도, 정작 왕진을 나가면 환자분 상태에 신경을 빼앗겨 보호자 지원은 뒤로 밀리고 만다. 그런데

왕진 가방 속의 페미니즘

나와 같이 그 집을 방문한 졔졔 샘, 봉봉 님, 풀꽃 님은 보호자에게 훨씬 더 신경을 쓰고 계셨던 거다.

　나는 동네 주치의로서 우리 동네 주민들이 건강할 수 있도록 교육한다는 생각을 하고 있다가도, 또 이럴 때 한없이 배운다.

　예전 야학에서 선생님을 강학으로, 학생을 학강으로 불렀다던 이야기가 생각난다. 가르치며 배우는 사람이기에 강학, 배우면서 또한 가르치는 사람이기에 학강이라고. 우리는 동네 안에서 이렇게 서로에게 배워간다.

5장

우리에겐
주치의가 필요하다

제가
꿈꾸는 병원은요

수영장에서든 동네 술집에서든, 여튼 진료실 밖에서 환자들을 만날 수 있는 것은 행운이다. 진료실 안에서만, 환자와 의사로만 만나서는 다양한 관계를 상상할 수가 없다. 그 사람의 진짜 에너지를 알 수 없다. 진료실을 찾을 때 사람은 가장 아프고 힘든 상태이자 위로가 필요한 상태인 경우가 많다. 하지만 진료실을 벗어나 동네에서 살아가는 그 사람은 주민으로서, 시민으로서 역할이 있고 당당하고 밝고 긍정적이다.

세상에! 나에게 항상 찌푸린 표정으로 여기저기 아프다고 하소연하던 이가 거리에서는 그렇게 밝고 청명하게 웃고 다닐 줄은 몰랐네. 처음엔 배신감도 느꼈다. 왜 나한테만 와서 징징대는 거야! 하지만 그게 내 일이지. 언제고 찾아와서 힘들다고 얘기해도 되는 사람, 아프다고 위로를 구해도 되는 사람, 우리는 그런 사람을 주치의라 부르니까.

내가 의료복지사회적협동조합이라는 것을 알게 된 것은 의대 본과 1학년 때였다. 의료협동조합은 의사가 혼자 만드는 게 아니라 주민들과 의료인들이 돈과 힘을 합쳐 함께 만드는 병원이라는 설명을 듣고 나는 단박에 꽂히고 말았다. 그 첫 번째 이유는 내가 의대 예과를 다니던 중인 2000년에 의약분업과 의사파업이 있었기 때문이 아닐까 싶다. 그 시기 의사, 의료인, 병원에 대한 국민들의 극단적인 불신과 혐오를 경험하면서, 이건 아닌데 싶었다. 내가 아는 친구, 동료, 선배 들은 돈만 밝히는 의사도, 집단이기주의자도 아니었고, 인술이라고는 모르는 쓰레기들은 더욱 아니었으니까.

시스템의 문제라는 생각이 들었다. 현재 한국의 의료 시스템은 환자에게 검사와 치료 행위를 많이 하면 할수록 의사·병원이 돈을 버는 행위별수가제에 기반을 두고 있다. 환자의 바람은 건강해지는 것이다. 그런데 의사는 환자가 아프면 아플수록, 불안하면 불안할수록 더 많은 행위를 하게 되고 또 이것이 수익으로 직결되니, 환자와 의사의 이해관계가 일치하기 어려운 것이 아닐까?

소신 있게 진료하는 의사도 많다. 하지만 환자 입장에서는 더 많은 검사, 더 비싼 치료가 의사의 수익과 연결된다는 것을 알기 때문에, 의사를 전적으로 믿기가 어렵다. 의사가 돈을 벌려고 나에게 저 검사를 하자고 하는 건지, 아니면 꼭 필요하고 내가 걱정되어서 저 검사를 하자고 하는 건지 매번 의심하게 된다. 환자들이 큰 비용을 의료비로 지출하면서도, 이 치료와 검사가 꼭 필요한 것인지, 나의 건강에 최선인지, 비용 대비 가장 합리적 결정인지 등을 확신하기 어려우니, 진료를 받을수록 신뢰가 쌓이는 것이 아니라 긴가민가한 경험이 쌓인다. 이렇게 의사에 대한 불신이 팽배하면 의료 소송이 증가하게 된다. 그리고 의료 소송이 증가할수록 환자에 대한 의사의 불신도 늘어나, 소송에서 문제가 되는 것을 막기 위해 더 많은 검사를 하는 방어적인 진료를 하게 되는 것이다. 이것은 의료비의 상승, 특정 전공과목 수련에 대한 젊은 의사들의 기피(주로 의료 분쟁이 많이 생기는 외과 계열이나 산부인과를 기피한다), 결국에는 더 많은 의료 사고로 이어지게 된다. 서로가 서로를 믿지 못하는 상황, 누구에게도 득이 될 것 없는 악순환의 고리다.

나는 그저 신뢰받는 의사가 되고 싶었는데…. 누구나 자신이 맡은 일을 성실하게 수행하면 사회적으로 신뢰받는 사람이 될 수 있는 그런 사회가 옳은 게 아닌가? 신뢰받는 의사가 되려면 이제는 정녕 유명 대학병원의 교수가 되는 방법 말고는 없는 것일까? 아니, 나는 동네 주치의가 되고 싶은데?

신뢰받는 의사가 되고 싶다는 소박한 목표가 사실은 소박하지 않은 어마어마한 목표라는 것을 깨달았다. 또한 나 혼자의 노력만으로는 힘들다는 것도 깨달았다. 왜냐하면 이것은 시스템의 문제이니까.

나는 세상에 좋은 의사가 많고도 많다고 믿는다. 당장 나와 함께 일했던 수많은 교수님들, 선배님들, 친구들은 다들 좋은 의사들이었다. 그러나 그 의사들이 의료기관을 개원하려면 4~5억 원에 가까운 돈을 마련해야 가능한데, 이걸 다 은행 빚으로 마련하다 보면 빚 갚느라 허덕이게 된다.

비싼 의대 학비를 알아서 마련해서 다니고, 저임금의 수련의·전공의 기간을 알아서 잘 보내고, 의원을 개원하여 각자 알아서 살아남으라는 것이 지금의 제도이다. 의원이 망하면? 의사 각자의 책임이다. 의원이 망하면 그 의원에 다니던 환자의 기록과 진료의 연속성이 사라지게 되는데도, 누구 하나 신경 쓰지 않는다. 의원이 폐업하면 진료기록이 보건소에 보존된다고는 하지만, 지역사회에서 그 의료기관이 하던 역할을 진정 책임지는 곳은 없다.

책임은 질 수 없으니 알아서 살아남으라는 이곳에서, 많은 좋은 의사 선배들이 좌절감을 겪지 않았을까. 은행 빚을 갚기 위해 자연히 좀 더 수익이 높은 치료 방법을 권하거나 직원 월급을 주기 위해 비보험 시장을 찾아 헤매는 모습을 어렵지 않게 상상하게 된다.

환자의 불건강이 의사·병원의 수익으로 연결되는 시스템, 공적 역할이 기대되는 1차 의료에 공적 자원은 전혀 투입되지 않는 시스템에서 어떻게 신뢰받는 동네 주치의로 살아남을 수 있을까. 나는 이 고민의 해답을 의료협동조합에서 찾고자 했다.

만약 환자가 건강하면 건강할수록 의사에게 보상이 돌아가는 구조라면(그 보상이 금전적인 보상이든 심리적인 보상이든 관계적인 보상이든 간에), 시민들이 건강할수록 의사가 더 행복해질 수 있는 구조라면 상황은 다르지 않을까? 그런 구조라면, 환자는 의사를 불신하기보다는 건강의 안내자로, 동지로 받아들일 수 있지 않을까?

의사가 의원을 개원하기 위해 목돈을 은행에서 빌려서 허덕이는 게 아니라, 주민들이 개원에 필요한 자금을 공동으로 모아서 마련하는 구조라면 어떨까? 주민들이 의원의 경영에 대해서도 함께 고민하고 책임지는 구조라면?

이런 구조하에서라면 대개의 평균적인 의사라도 신뢰받고 행복한 의사가 될 수 있지 않을까. 주민들 역시 의사를 자기 건강의 동반자로 여기며 신뢰하는 건강한 주민이 될 수 있지 않을까. 그런 좋은 관계로 다시 만날 수 있지 않을까. 그런 생각을 했다.

나는 의료협동조합에 꽂혔고, 페미니즘(여성주의)에 꽂혔다. 여성주의적으로 운영되는 병원을 의료협동조합이라는 방식을 통해서라면 만들 수 있을 것 같았다. 내가 병원 만들 돈을 다 마련하는 것이 아니라, 여성주의 의료기관을 원하는 사람들이 직접 돈을 모으고 운영에 참여하는 것. 그래야 내가 일하더라도, 다른 어떤 의료인과 직원들이 일하더라도 여성주의

원칙에 맞게 운영될 수 있을 것 같았다.

여성주의 의료기관은 여성들만 진료받을 수 있는 곳이 아니다. 누구나 자신의 성별, 성별 정체성, 직업, 계급, 인종, 나이, 학력 등에 관계없이 차별 없이 진료받을 수 있는 곳이다. 진료실 안에서 의사와 환자 사이의 지식 차이로 인한 권력 차이가 생기지 않게, 환자가 자신의 몸에 대한 충분한 주권을 행사할 수 있게 의사가 적절한 조언자이자 동료로 관계를 맺는 곳이다. 여성들을 비롯한 사회적 약자들이 고통을 호소할 때 무시당하지 않는 곳이다. 직원들도 누구나 존중받으면서 일할 수 있는 곳이다.

이런 '이상적인 의료기관'은 당연히 나 혼자서는 만들 수 없다고 생각했다. 그래서 의료협동조합을, 그것도 여성주의 의료복지사회적협동조합을 만들자고 사람들을 설득하고 다녔다. 처음엔 페미니스트들을, 그리고 서울 은평구에 자리 잡은 후엔 주민들을.

준비 기간부터 하면 10년 이상을 해온 지금, 그래서 '이상적인 의료기관'이 되었느냐 하면, 그건 직접 와서 경험해보시라. 아직 완성형이 아니라도 좋다. 아니, 완성형이 아니라서 좋다. 새로운 조합원, 직원의 들고 남과 함께 매일 달라질 수 있는 조직이 의료협동조합이니까. 의료협동조합이 전국적으로 확대되면 좋겠다. 그래야 의사와 환자 사이의 이 뿌리 깊은 불신을 함께 해결해나갈 실마리가 생기지 않을까.

통역자로
일하는 중

    중요한 사진을 찍을 일이 있어, 평소 안 하던 화장과 머리 손질을 하느라 여동생에게 부탁을 했다. 내 여동생은 한때 메이크업을 전문적으로 공부한 적도 있다. 동생이 내 머리카락를 다듬으며 손질해주다가 말했다.

    "언니, 진짜 심한 곱슬머리네?"

    "어? 나 고등학교 때는 너무 직모라서 파마하기 힘들단 얘기 들었는데? 곱슬이라니 무슨 소리야?"

    "아, 그때는 직모였을 수도 있는데, 두피 영양 상태나 모발 굵기에 따라서 시간이 지나면서 바뀌기도 해. 어쨌든 지금은 곱슬이야. 이런 머리는 매직 같은 거 좀 해줘야 관리하기 편한데…. 내가 이렇게 말해도, 뭐 언니가 하겠어?"

    사실 곱슬이라는 얘기는 동생에게 처음 들은 것이 아니다.

몇 달 전 미용실에서 내 머리카락을 만지던 미용사분에게 '곱슬이 있어서 매직스트레이트 파마를 하는 게 관리가 편할 것'이라는 권유를 받았다. 그때는 이상하다고 생각했다.

나는 직모로 알고 있었는데, 곱슬? 혹시 비싼 파마를 시키려고 곱슬이라고 얘기하나? 그때는 시간이 없기도 했지만 의구심도 생겨 미용사가 권하는 매직을 사양하고 나왔었다. 그러다가 동생에게서 똑같은 얘기를 듣고 나니, 그때 그 미용사가 나를 속인 게 아니라는 사실을 알게 되어 괜히 미안해졌다.

문득 깨달았다. 아하, 의사와 환자의 관계도 이럴 수 있겠구나. 지식의 차이는 가끔 불신을 만든다. 어떤 환자분이 우리 진료실을 찾아와서 그러셨다. 무릎이 아파 정형외과에 갔더니 이런 치료를 받으라 하고, 재활의학과에 갔더니 저런 치료를 받으라 하고, 통증의학과에 갔더니 또 다른 치료를 받으라 한다고. 의사들 말이 다 다르니 누구 말도 믿을 수 없다고 말이다. 또 다른 환자분은 토로하시길, 어떤 의사는 운동하지 말고 쉬어야 한다 하고 또 다른 의사는 재활운동을 열심히 해야 한다고 하니, 도대체 누구 말을 들어야 하는 거냐고 하셨다. 이렇듯 병원마다 다른 치료를 권유한다며 투덜거리시는 경우가 종종 있는데, 내가 들어봤을 때 그것은 용어만 다를 뿐 사실은 같은 내용의 치료법이었던 적도 있다.

나는 그런 환자분들께 반대로 그 의사들의 얘기가 다 믿을 구석이 있는 건 아닐까 답하곤 한다. 의학은 원래 정답이 딱 하나밖에 없는 그런 학문이 아니다. 특히 통증이나 만성 질환과 같은 문제들에는 여러 치료 방법이 있을 수 있고, 의사들마다 가장 자신 있고 환자에게 잘 맞을 것 같은 치료 방법을 권하게 된다. 고혈압약이나 당뇨약만 해도 얼마나 다양한가. 중요한 건, 치료나 약을 의학적 근거 있게, 환자에 맞게 추천해줄 수 있는가 하는 것이다.

나는 동생에게 얘기를 들었을 때에서야 '곱슬'이라는 사실을 받아들였다. 나는 모공과 두발에 대한 지식이 별로 없었던 것이다. '내 머리는 직모'라는 사실을 불변의 것으로 생각했고, 두피 상태에 따라 모발이 변할 수 있다는 사실 자체를 몰랐다.

내가 몰랐다는 사실을 알게 되었을 때, 미용사에게 품었던 의심과 오해도 풀렸다.

내 여동생이 나에게 해준 것처럼, 나도 다른 의사들의 진료 행위에 대해 환자들에게 설명하는 일을 많이 한다. 1차 의료기관의 특성상 수술이나 전문적인 치료는 살림의원에서 이뤄지기 힘들다. 그러면 환자 입장에서는, 전문적인 의학 지식을 바탕으로 평소 자신의 생활습관이나 가치관과 가장 잘 맞는 곳을 찾을 수 있도록 도와주는 의사가 필요하다. 이것이 주치의의 코디네이터 기능이다.

다른 병원에서 수술이나 검사를 권유받은 환자들이 이게 진짜로 필요한지 나에게 의견을 구하는 일이 많다.

"그건 진짜로 수술을 해야만 완치되는 질환이에요."

“그 경우에는 수술과 시술의 장단점을 좀 더 비교해서 설명해달라고 요청하시면 되어요.”

　“그 검사는 5년에 한 번 정도는 해야 하는 검사예요. 저도 조만간에 한번 해보시라고 권하려고 했어요.”

　당장 의료 시스템이 바뀌지 못하더라도, 의료 전문가와 일반인 환자 사이에 믿을 수 있는 통역자는 언제나 필요한 법이다. 나는 동네 주치의로서 때로는 통역자, 때로는 코디네이터로 일하는 중이다.

건강검진은
마음 편하게

건강검진에는 '문진'이라는 과정이 있다. 검진을 받으러 오신 분들을 만나 술, 담배, 운동, 식이 등 평소 생활습관과 과거력, 가족력 등을 물어보고 기록하는 일이다. 형식적으로 묻고 답할 수도 있지만, 좀 더 세세하게 묻고 기록해놓으면 검진 결과를 해석할 때 좋은 참고가 된다. 그러니까 가족력이나 과거력을 바탕으로 한 '개인 맞춤형 검진 판정'을 하기 위해서 중요한 앞단이다.

의사 면허증은 있었지만 소속된 병원이 따로 없던 시기에, 나는 문진 아르바이트를 종종 했다. 내가 아르바이트하던 검진센터에는 개인적으로 신청해서 검진을 하러 오는 분들도 있었지만, 직장과 단체로 계약하여 검진을 받으러 오는 분들이 많았다. 직장 검진인 경우 나와 병원 직원들이 버스를 타고 현

왕진 가방 속의 페미니즘

장으로 출장을 가기도 했다.

　나는 문진실 안에서 이것저것 꼼꼼하게 여쭤보는 편이었는데, 이때 자기 돈으로 검진을 받으러 온 분들과 회사에서 단체로 검진을 받으러 온 분들의 태도가 많이 달랐다. 개인적으로 온 분들은 본인이나 가족들의 질환을 하나라도 더 얘기하고 상담받고 싶어 하는 반면, 직장에서 단체 검진 오는 분들은 가능하면 숨기려고 했다. 과거력이나 음주, 흡연과 같은 것들을 말이다. 특히 직장으로 출장 가서 검진을 하는 경우에는 더욱더 많은 것들을 숨기려고 했다. 심지어는 증상이 있는 서맥(심장이 천천히 뛰는 것)이 있어 정밀검사를 권했더니, 다른 사람들이 듣지 못하게 입술에 검지를 가져다 대며 "쉿~"이라고 하는 이도 있었다.

　나이 지긋한 노동자들은 술·담배를 (아직도 계속) 하고 있는 것이 직장에 알려질까 두려워 내 앞에서 양을 줄여 말씀하시기도 하고, 당일 아침에만도 담배를 서너 대는 피우고 왔을 법한 냄새를 풍기면서 "아유~ 얼마 전에 끊었고요"라고 너스레를 떨기도 한다. 솔직하게 얘기한 분들은 대화가 끝난 후 흡연량과 음주량을 기입하는 내 손을 잠시 동요하는 눈빛으로 쳐다보기도 했다.

　새 직장 채용 검진을 받으러 온 신입사원들은 더 심하다. 이제 막 입사를 앞둔 젊은 노동자들은 혹시라도 채용 과정에 문제가 생기는 건 아닐까 싶어 가족력이고 병력이고 모두 '없다'

로 일관하기 일쑤다. 간혹 어머니의 당뇨나 아버지의 고혈압을 얘기해놓곤 아차 싶었는지, "그런데 채용에 문제 생기는 건 아니겠죠?"라며 불안한 시선을 거두지 못한다.

예전에 본 기사에 따르면 직장 정기검진 항목에 포함된 HIV/AIDS 검사 결과를 회사 측에서 본인 동의 없이 열람한 후 HIV 감염인들을 부당하게 해고한 일도 있었다. 그런 만큼 직장인들이 갖는 두려움이 근거가 없지 않다는 걸 나도 알고 있다. HIV는 B형 간염과 마찬가지로, 밥을 같이 먹거나 화장실을 함께 이용하는 등의 일상생활을 통해서는 전혀 감염이 전파되지 않는데 말이다. 건강과 질병에 관한 개인정보는 보호받아야 하는데도 그런 일이 버젓이 일어났다는 사실이 당황스러울 따름이다.

불안정한 고용 상태는 두려움을 부추기고 진료실 안의 공기를 얼어붙게 만든다. 해마다 계약이 갱신되는 직종에 일하는 노동자들은 더욱 건강검진 결과에 민감하게 마련이다. 노동자가 자기 몸이 어떤지 검사를 받고 싶은데, 이 결과로 인해 일자리가 위태로워질까 봐 회사 눈치를 보며 전전긍긍해야 하니… 좀 억울하다. 아프면 아프다고 얘기하고 제대로 치료받을 수 있으면 좋겠다.

내가 의대 본과 1학년이었던 2003년은 1997~98년을 강타했던 외환위기에서 서서히 회복되어가던 시기였다. 당시 사회참여에 관심이 많았던 나를 포함한 의대·간호대 학생들은 '여름현장활동(노동현장활동/매듭)'이라는 이름으로 근골격계 질환의 산업재해 인정을 요구하는 노동자들을 만났다. 외환위기 때 수많은 노동자들이 해고된 이후 생산 라인이 재조직되면서 노동 강도가 올라갔다. 그 결과 하루 종일 생산 라인의 같은 자리에서 비슷한 근육의 움직임을 반복해야 했던 노동자들이 집단적으로 근골격계 질환을 앓는 일이 생겼다.

아프기 시작한 초기에 그들은 아프다고 말을 할 수 없었다. 아파서 쉬게 되면 동료들이 더 높은 강도로 일해야 한다는 걸 너무 잘 알고 있었기 때문에, 제대로 쉬지도 못하며 같은 동작을 수천 번 수만 번씩 반복하다가 결국 관절이 쓸 수 없을 정도로 망가졌다.

그랬던 그들이 정작 건강검진 문진실에서 의사인 나를 만났을 때는 '나는 다 건강하다, 전혀 아프지 않다'고 답했을 것이 그려진다. 부디 건강검진만이라도 편안하게, 아픈 곳 다 얘기해가며, 어떻게 하면 앞으로 덜 아플지 의논해가며 받을 수 있으면 좋겠다. 건강검진 결과를 산재 발견과 예방을 위해 활용한다면 더할 나위 없겠고 말이다.

코딱지와
면역 똘레랑스

"이게 뭘까요, 선생님? 눈두덩이 너무 심하게 부었어요."

엄마와 아빠가 아기의 빨갛게 부은 눈꺼풀과 손등을 보여주며 물었다. 보호자의 걱정스러운 눈빛과 아기의 퉁퉁 부은 눈꺼풀을 번갈아 보았다. 너무 귀여워서 허허 웃고 말았다. 순간 보호자들의 긴장이 풀리는 느낌이다.

"하하, 모기에 물린 거네요."

"네, 모기요? 이렇게 심하게 붓는다고요?"

아기는 모기에 물린 것이 맞다. 그렇지만 아기의 피부는 모기에 물렸을 때, 우리가 상상하는 것 이상으로 심하게 붓는다. 이 때문에 초보 엄마 아빠는 놀란다.

왜 아기들은 모기에만 물려도 이렇게 심하게 부을까. 피부가 얇고 보드라우니 당연하다 생각할 수도 있지만, 똑같이 피부가 얇은 고령자들은 모기에 물려도 물린 듯 만 듯 지나가곤 한다.

모기는 우리 피부에 침을 꽂는데, 그 침에는 흡혈관과 타액관이 있다. 흡혈관으로 피를 빠는 동안 타액관을 통해서는 타액을 흘려 넣어 피가 굳는 것을 방지해 손쉽게 피를 빨게 된다. 타액을 흘려 넣지 않으면 피는 금방 굳어서 모기가 계속 빨 수가 없다. 이렇게 타액관을 통해 들어온 모기의 타액을 우리 면역 체계는 외부 침입 물질로 인식하고 공격해, 일종의 알레르기 면역 반응이 나타나 가렵고 붓게 된다. 그래서 모기에 물려 가려운 곳에 알레르기 반응을 억제하는 성분의 약(항히스타민, 스테로이드 등)을 바르는 것이다.

성인들의 경우 이미 수없이 모기에 물려왔기에, 모기의 타액에 대해서는 몸의 면역 체계가 무시하려는 경향이 있다. '뭐, 전에도 겪어봤는데 별스럽게 문제되진 않더구만' 하고 여기는 것이다. 그러면 알레르기 반응이 덜 나타나게 되고, 이것을 '면역 관용Immune Tolerance'이라고 한다.

원래대로라면 성인은 모기에 물려도 많이 붓지 않아야 하지만, 늘상 물리던 지역의 모기가 아닌 새로운 모기에 물렸을 때는 '면역 관용'을 발휘하지 못하게 되어 심하게 부을 수 있다. 산모기, 바다모기 무섭다는 말이 이 뜻이다.

나는 남미 여행 중에 아마존 밀림에서 몇 주 보냈던 적이 있는데, 아마존의 원주민들은 아무리 모기에 물려도 멀쩡하고 나와 친구는 호되게 붓고 가려워 고생했다. 우스갯소리로 모기가 이방인 차별하니 '텃세 모기'라며 웃었지만, 모기가 무슨 이방인만 골라서 무는 재주는 없을 터. 밀림의 거주민들에게 그 모기는 태어나서부터 지금까지 쭉 접해왔던 모기라 익숙한 타액이지만, 우리에게는 새로운 유전자형의 모기 타액이라 면역 반응이 심하게 나타났던 것이다. 오랜만에 면역 체계가 모기에게 제대로 발동했다.

아기들이 모기에 물렸을 때도 비슷하다. 모기에 물려본 적이 별로 없어 그 타액에 대해 면역 관용이 생기지 않은 상태라, 심한 면역 반응이 일어나 많이 붓고 많이 가려워하게 된다. 게다가 아기들은 '너무 긁으면 안 된다'는 인식이 없다 보니 피부가 벗겨져 상처가 날 때까지 마구 긁기 쉽고, 그러면 세균 감염이 생겨 상처가 더 심해지곤 한다. 때로는 농가진이나 연조직염같이 항생제를 써야 하는 감염도 생긴다.

이런 면역 관용이 모든 알레르기 질환에 생기면 참 좋을 텐데, 안타깝게도 아토피 피부염이나 알레르기 비염·결막염에는 면역 관용이 잘 생기지 않는다.(사실은 그래서 '알레르기 질환'이라는 이름이 붙어 있는 것이다.) 집먼지진드기에 알레르기가 있는 아이를 집먼지진드기에 지속적으로 노출하면 피부염과 비염이 심해질 뿐이다. 면역 관용을 일으키려면 아주 특수한 방식(항원을 피부 아래에 주사로 주입하거나 혀 밑으로 넣어주는 등)으로 알레르기 항원에 노출시켜야 효과를 기대할 수 있다.

면역 관용에 대해서는 다른 재미있는 의견도 있다. 오스트리아 의사인 비스친거 박사는 콧구멍을 후벼 코딱지를 먹는 아이들이 면역력이 더 좋다는 연구 결과를 발표했다. 이 내용이 인터넷에서 큰 화제가 되기도 했는데, 코털에 걸러진 여러 가지 박테리아나 바이러스, 알레르기 항원을 먹어서 장을 통해 흡수하게 되면, 면역 관용을 유도하는 효과가 있다는 것이다.

우리의 장(소화기관)은 기본적으로 이물질에 관대한 편이다. 매일 수십, 수백 가지 이물질이 별 탈 없이 장을 통과해야 하기 때문인데, 그래서인지 코의 점막에 닿으면 점막을 자극하는 효과만 있는 알레르기 항원도, 관대하디관대한 장을 통해서 들어가게 되면 '그냥 지나가게 두는 과정에서 면역 관용이 유발'되는 것 같다.

나는 코딱지를 파 먹어서 걱정이라고 울상을 짓는 보호자에게 이 연구 결과를 소개한다. 치료 효과를 위해 코딱지를 먹으라고까지는 못 해도, 코 파는 아이들을 진료실에서 만날 때 그냥 웃어넘긴다.

나도 어렸을 때 콧구멍을 팠는데(그리고 그 코딱지를 좀 먹기도 했는데), 코 파기는 지위 고하, 성별, 인종, 문화적 차이와 나이를 막론하고, 무릇 콧구멍이 있는 사람이라면 거의 누구나 하는 행위라고 한다. 심지어 인간과 유사한 유인원들도 코를 판다!

코털에 외부에서 들어온 이물질이 걸려서 붙고 코 점막의 점액질까지 더해져 생기는 코딱지는, 인간이 생존해 있는 이상 생기기 마련이다. 그렇기에 어떻게 하면 코 점막에 상처를 입히지 않고 잘 파느냐가 관건이다.(실제로는 코를 후비는 과정에서 코 점막에 무조건 상처가 생기기 때문에, 면역력을 높이기 위해 코딱지를 일부러 파 먹는 건 좋은 선택이 아니다.)

나는 면역 관용이란 말에서 관용(똘레랑스)이라는 단어가 좋다. 면역 반응은 없어도 문제, 너무 심해도 문제인 셈이니, 관용이라는 용어가 주는 '적당함'에 마음이 끌린다. 어쨌든 해가 지날수록 모기 물린 자리는 덜 간지러워질 테고, 그렇게 조금 더 관용이 생겼다고 생각하면 어쩐지 성장하는 느낌에 뿌듯하기도 하다.

왕진 가방 속의 페미니즘

불편한 이야기를
하고 듣기

"거기는 다시 안 갈래요. 원장님이 처방해줘요."

"처음의 진단명을 정확히 알아오셔야지요. 검사 결과도 받아오시고요."

"아뇨, 가기 부담스러워요. 계속 도수 치료를 권한단 말이에요."

"도수 치료 안 받겠다고 하면, 권하지 않으실 거예요. 안 한다고 분명하게 얘기하시면 되…."

진료실에서 환자분과 실랑이를 하다가 나는 말을 멈췄다. 다른 정형외과에서 진료를 받다가 살림의원으로 오신 분이었다. 그 정형외과에서 엑스레이를 찍고 물리치료도 받았지만, 이젠 안 가시겠단다. 진단명도 정확히 알아오고 검사 결과와 처방전도 받아오시라고 하자, 도수 치료를 계속 권해서 부담스러워 못 가겠다고 한다. '도수 치료는 안 받겠다고 분명히 얘기하면 되지'라고 생각하다가, 나는 입을 다물었다. 사실 나도 거절의 말을 잘 못 할 때가 있으니까.

옷가게에 옷을 사러 갔을 때, 마음에 썩 들지는 않았지만 점원이 열심히 권하기에 샀는데 집에 와서 보니 실제로 안 어울렸던 적이 있다. 그런데도 바꾸러 가지 않고 지내다가 결국은 그 옷가게를 다시는 가지 않는 것으로 해결하고 만 적이, 그나마 비싸지 않은 옷이라 다행이라고 여긴 적이 나에게도 있지 않은가. 그러니 환자분이 딱 부러지게 "저는 비싼 도수 치료는 원하지 않아요. 그럴 형편이 안 돼요. 다른 방식으로 치료해주셨으면 해요"라고 그 선생님에게 말하지 못한다고 해서 이해하지 못할 상황은 아니다.

같은 증상으로 이 병원 저 병원, 이 의사 저 의사를 마치 쇼핑하는 것처럼 찾아다니는 것을 가리켜 닥터 쇼핑이라고 한다. 마음에 드는 의사가 없으니 여기저기를 찾아다닐 수밖에 없지 않으냐고 생각할 수 있지만, 닥터 쇼핑은 사실 큰 사회 문제다.

우선 많은 의료비와 건강보험료가 낭비된다는 점에서 문제이고, 환자의 진료기록과 건강 정보가 이곳저곳에 산발적으로 쌓일 뿐 제대로 관리되지 않는 점도 문제다. 환자의 개인정보가 여기저기 등록되는 점도 그렇다. 의료인은 환자를 추적 관찰할 수 없어 적절한 진단이 늦어지고, 이는 의료인과 환자 사이의 신뢰를 저해하는 이유가 되기도 한다. 여러 의료기관에서 처방받은 약들의 상호작용으로 심각한 부작용이 발생하기도 한다.

전반적으로 의료비가 싸고 대형 병원의 이용을 막는 다른 장애물이 없는 한국에서는 닥터 쇼핑이 이미 하나의 문화가 되어 있다. 의료기관을 블로그나 인터넷에서 검색하는 것은 물론이고, 명의로 소문난 서너 곳 이상의 상급 병원에서 동시에 진료를 받는 일도 허다하다. 의사들도 환자들이 닥터 쇼핑을 하리라는 사실을 너무 잘 알기에, 충분히 기다리면서 지켜볼 수 있는 질환도 재빨리 증상을 호전시키는 약을 쓰게 된다.

한 의료기관에서의 충분한 상담, 이후 우선적으로 의심되는 질환을 배제해나가면서 이루어지는 진단 과정, 필요하면 적절한 상급 병원에 의뢰가 되고, 치료 약물이 나타내는 부작용까지도 주치의와 모두 상담할 수 있는, 이런 주치의-환자 관계는 정말 꿈같은 이야기가 된다.

닥터 쇼핑을 줄이기 위해서는 제도적인 보완이 꼭 필요하다고 생각한다. 충분한 상담이 가능하도록 의료수가가 보장되어야 하고, 지속적인 관계를 유지할 수 있는 주치의제가 시행되어야 한다. 그리고 이러한 제도적인 보완 이외에도 다른 노력이 좀 더 필요한데, 나는 '불편한 이야기를 하고 듣는 법'을 훈련해야 한다고 생각한다.

"처방받은 약을 3일 먹었는데 증상이 크게 호전되지 않았어요."

"이 약은 저에게는 부작용이 있어요. 피부가 가려워요."

"그때 권해주신 검사는 가격이 부담스러워서, 지금 반드시 필요한 게 아니라면 좀 더 뒤로 미루고 싶어요."

"그 주사는 좀 아팠어요. 다른 치료 방법이 있으면 좋겠어요."

"좀 더 큰 병원에 가서 검사를 받아볼 필요가 있지 않을까요?"

불편할 수도 있지만, 꼭 해야 하는 이야기이다. 옷가게야 점원이 불편하면 안 갈 수도 있으나 의료기관은 그렇지 않다. 게다가 의료기관에 쌓인 의료기록은 우리 각자의 것이기도 하다. 불편한 얘기들을 계속 해야 환자-의사 관계가 좋아질 수 있다. 부작용을 알기에 다음에는 부작용이 없는 약을 처방할 수 있고, 경제적인 사정을 알게 되었기에 다음 진료 시 더 많이 배려할 수도 있다. 불편한 얘기를 하는 건, 당장은 산처럼 큰 부담이지만, 그 산을 넘으면 서로를 더 신뢰할 수 있는 다른 장이 열린다.

팀 주치의가
필요해

의료협동조합에서 일하는 의사들끼리 하는 우스갯소리가 있다. 제일 까다로운 환자가 누구냐는 질문에 대한 답이 그것. 주민이 협동조합의 주인이라고 하니 마치 사장님이나 된 듯이 모든 직원들에게 갑질하는 환자의 얘기도 나왔지만, 우리 모두가 공감했던 경우는 이런 환자였다. '잘 낫지 않는데도 여기가 협동조합이라 꾸준히 나를 믿고 오는 환자', '나를 주치의라고 여기고 내 역량 밖의 문제도 항상 나와 상의하려는 환자'. 사실 정말 감사하기도 한 이런 신뢰는, 솔직하게는 가끔 무섭기도 하다.

어느 가정의학과 교수님도 진료실에서 '교수님이 이제 저의 주치의입니다'라는 얘기를 듣는 순간 엄청난 부담감이 밀려온다고 하셨다.

사실 '주치의'라는 이름을 의사들은 썩 좋아하지 않는 것 같다. 기쁘면서도 가슴 뻐근하게 부담스러운 단어이다. 주치의라고 믿고 꾸준히 진료를 다녔는데 '결과가 이 모양이야' 혹은 '이것도 발견하지 못했어' 같은 상황들을 조금씩은 다 겪어봤기 때문이다.

주치의는 진짜 환자에 대해서 잘 알까? 많이 알기는 한다. 무슨 일을 하는지, 병원에 자주 올 형편이 되는지, 부모님을 모시고 사는지, 집에서 밥을 많이 해 먹는지, 평소 무슨 운동을 하는지, 나아가 무슨 책을 요즘 읽는지까지 알기도 한다. 5~6년 이상을 봐온 환자들은 이제 친구 같다. 나만 그런 게 아니다. 그들도 나를 안다. 요즘 어느 식당에 자주 가는지, 어떤 빵을 좋아하고 어떤 운동선수의 팬인지도 안다. "요즘은 ○○랑 같이 산다며?" "최근에 ○○신문에 쓴 칼럼을 봤는데, 왕진하시느라 그런가 살이 좀 빠진 듯해요." "저번에 ○○술집에서 봤어요. 술 많이 드시는 건 아니죠?" "왜 요즘은 등산을 자주 안 오세요?" 등등, 귀엽고 애정 어린 간섭을 많이 받는다. 친구 같고 가족 같다. 그런데 의료에서는 친구 같고 가족 같은 게 독이 될 때도 있다.

너무 잘 알아서 안 보이는 것도 있다. 말이 어눌해지고 글씨가 잘 안 써진다며 진료실에 오신 분이 있었다. 나를 만나기 전 평소 잘 알고 지내던 의료인에게 이미 진찰을 받았으나, 너무 과로해서 그런 것 같다며 휴식을 권했다고 했다. 우리 진료실에 왔을 땐 손가락을 움직이는 것에 비해 글씨는 잘 못 썼고,

말을 하는 것에 비해 단어를 생각해내는 속도가 느려져 있었다. 생각하는 바를 글씨나 말로 잘 표현하지 못하는 상태였다. 언어중추에 문제가 생긴 것이다. 뇌 기능에 분명한 이상이 있어 보여, 그날로 뇌 MRI를 찍도록 의뢰했다. 그리고 소뇌출혈이 확인되어 바로 대학병원으로 입원하였다. 혈관이 터져 출혈이 갑작스럽게 진행되었다면 누구도 놓치지 않았을 테지만, 동정맥 기형으로 인해 출혈이 아주 천천히 진행되었기에 초반에 놓친 것이다. 나중에 얘기를 들은바, 그 의료인은 '너무 잘 알고 지내는 친구여서 오히려 이상하다는 걸 잘 못 느꼈다. 이상이 있어 보였는데도 내 친구가 설마 뇌출혈일까 싶은 생각이었다. 너무 미안하다'라고 얘기했다고 했다. 이상하게 들리겠지만, 나는 너무나 공감하였다.

사람을 자주 만나면 서서히 진행되는 변화를 놓치고 만다. 특히 친한 사람들에 대해서 더 그렇다. 그건 매일을 함께 사는 가족들이 어머니의 암이 말기로 진행될 때까지 알아채지 못하는 것과 같다. 가족은 비의료인이고 주치의는 의료인이니까 다를 거라고 생각하지만, 잘 알고 익숙한 탓에 신호를 놓친다는 점에서는 비슷하다. 커다란 이상 신호가 발견되어도, '설마 (내 가족이, 내 친구가) 그러랴' 하며 넘어가는 것도 비슷하다.

이 문제들은 주치의에게 큰 부담이다. 잘 아는 관계여서 더 잘 보이는 문제들도 있지만, 잘 아는 관계이기에 더 안 보이는 문제들도 있다. 심지어 어떤 의료인은 자기 자신에게 생긴 건강 문제도 뒤늦게 발견한다. 너무 잘 알기 때문에.

2년 전에 나는 안식월을 받아 쿠바와 멕시코로 한 달간 여행을 다녀왔다. 혹시나 내 신변에 무슨 일이 생기면 어쩌나 싶어 세세한 사항들을 마치 유서처럼 써놓고 갔더랬다. 어느 환자의 3개월 후 어떤 검사는 꼭 챙겨달라든지, 청구는 몇 월까지 했으니 건강보험공단에는 어떻게 연락을 해달라든지, 계획했던 날까지 돌아오지 못할 경우 어떤 의사에게 연락을 취해 진료를 몇 개월이라도 맡아달라고 부탁을 하라든지 등등. 몇십 페이지에 이르는 인계장을 써놓고 여행을 가려니 전에 없던 불안이 몰려왔다. 이걸 다 기억하고 있는 내가 갑자기 없어지면 어떻게 되는 거지? 그 여행을 마치고 돌아와, 나는 필사적으로 '팀 주치의'에 매달리기 시작했다.

결국 '팀 주치의'로 가야 한다고 본다. 단 한 명의 주치의는 환자에게도, 주치의에게도 부담스럽다. 서로 긴밀히 소통할 수 있고 진료기록을 공유할 수 있고 신뢰할 수 있는 몇몇 의료인들이 팀을 이루어 연속적인 진료를 할 수 있어야 '주치의제'의 진짜 장점을 살릴 수 있다.

서로 믿되 적절하게 의심하고, 이전 진료기록을 충분한 근거로 삼되 문제를 처음부터 되새겨볼 수 있는 사람, 우리는 그런 '주치의들의 팀'이 필요하다.

왕진 가방 속의 페미니즘

VIP
신드롬

검사인 나의 언니는 자신이 담당하는 의료 분쟁이나 의료 사고 사건에서 궁금한 점이 생기면 나에게 전화를 하곤 한다. 물론 사건에 대한 나의 판단이 궁금해서 그러는 것은 아니다. 사건이 이러저러해서 대한소아과학회나 대한산부인과학회에 질의서를 요청하려고 하는데 여기에 요청하는 게 맞아 보이는지, 어떻게 쓰면 좋겠는지, 혹은 이렇게 쓰려는데 질의 방향이 적합한지 등등을 물어본다. 그러니까 정식 자문 의뢰를 하기 전에, 자문 의뢰를 이렇게 해도 될지를 봐달라는 것이다. 자문에 대한 자문이랄까.

"이거 왜 이래, 나 시급 비싸. 아무 자문료도 안 주면서 사람 부려먹고, 공무원이 너무하네."

툴툴거려보지만, 대개 언니의 질문에 답을 주곤 한다.

얼마 전 언니가 어떤 사건에 대해 물어보면서 자신의 의견을 덧붙였다.

"환자분이 얼마 전 은퇴한 이 병원 교수님의 사모님인데 말이야, 그러니까 이건 전형적인 VIP 신드롬이라고 할 수 있는데…"

"으흥, 언니, VIP 신드롬은 어떻게 알아?"

"의료 사건 많이 맡아봐서 이젠 나도 알지."

언니의 말대로 우리 의료인들에겐 'VIP 신드롬'이라는 말이 있다. VIP 신드롬은 'VIP 환자들의 거들먹거리는 병'을 뜻하는 말이 아니다. 공주병이나 왕자병처럼 '실제로는 아닌데 자기 스스로를 VIP라고 착각하는 병'을 뜻하는 것도 아니다. 오히려 '잘해드리고 싶은데 계속 일이 꼬이는 상황' 정도라고 생각하면 된다. 이런 VIP 신드롬은 무릇 접객을 기본으로 하는 모든 산업 영역에 있을 것 같은데, 의료계에서 특히 유명하다.

사람은 누구나 실수를 하고, 의료인들도 마찬가지다. 물론 의료인의 실수는 치명적인 의료 사고로 이어질 수 있다는 점에서 각별히 주의하여 실수를 예방해야 하고, 그러기 위해서 한 사람의 실수를 다른 사람들이 커버할 수 있도록 이중 삼중으로 체크하는 시스템을 마련해야만 한다.(이런 의미에서 사실 모든 의료는 '팀플레이'일 수밖에 없다.)

약간의 긴장은 사람이 실수 없이 더 일을 잘하게 만들 수 있지만, 만성적인 긴장이나 극도의 긴장·불안·부담감 등은 오히려 문제를 일으킬 수 있다.

전공의 시절 대학병원에서 일할 때 '교수님의 어머님', '대기업 회장님' 같은 환자분들이 입원을 하시면, 병동의 전공의나 간호사들이 긴장하여 안 하던 실수도 하던 일들이 생각난다. 실수를 커버하기 위해 마련해놓은 이중 삼중의 시스템들은 작동하지 않고, 오히려 서로 손발이 꼬이는 상황이 되곤 했다. 이런 상황이 우리 의료인들이 얘기하는 VIP 신드롬이다. 더 잘해드리려고 하다 보면, 통상적으로는 문제없이 진행하던 일들에서 치명적인 실수가 발생한다는 것.

왜 VIP 신드롬이 의료에서 이렇게 많이 발생하는가. 호텔이나 레스토랑, 항공운수업계에서도 VIP 신드롬이라는 게 있다고 한다. VIP 손님이라 더 잘하려다 보면 긴장하여 실수하고, 실수하고 나면 그걸 만회하기 위해 뭘 더 해보려다가 일이 점점 꼬여버리는 일이 어디선들 발생하지 않으랴. 그러나 그런 산업에서의 VIP 신드롬은 의료계에서와는 완전히 다르다. 그것은 좀 기분이 나빠지거나 업체의 명성을 조금 잃는 상황을 만들 뿐이지만, 의료에서는 환자의 건강에 심각한 타격을 입히거나 심한 경우 생명을 앗을 수도 있기 때문이다.

비행기 승무원이나 호텔리어들은, 기본적으로 모든 고객에게 만족스러운 서비스를 제공해야 한다고 생각하겠지만, 산업의 특성상 고객이 지불하는 비용에 따라 서비스의 내용과 질이 달라져야 한다는 것을 잘 알고 있다. 항공기 퍼스트클래스에 탄 고객과 이코노미클래스에 탄 고객에게 어찌 같은 서비스를 제공하겠는가. 당연히 퍼스트클래스 고객을 위한 특별한 서비스를 교육받을 것이다.

그러나 우리는, 의사와 간호사 등 의료에 종사하는 우리 모두는 지위가 높은 사람에게, 돈이 더 많은 사람에게 더 잘해야 한다고 배우지 않는다. 우리는 아무것도 모르는 학생 때부터도 '환자를 차별하지 말라. 경제력, 직업, 인종, 장애 유무, 성별, 종교, 성적 지향이나 성별 정체성 등 그 어떤 것으로도 차별하지 말라'고 배웠다.

모든 환자를 똑같이 대하고, 다만 질환의 중하고 경함에 있어서, 의료 자원의 분배에 있어서 더 필요한 환자에게 의료진의 관심이 집중되는 정도가 다를 뿐이어야 한다고 배우고 훈련받는다.

게다가 환자들이 지불하는 금액은 그들이 선택한 서비스의 등급에 따라 달라지지 않는다. 대개 얼마나 중한지, 얼마나 아픈지, 며칠을 입원했는지 등에 따라 최종적으로 지불하는 의료비가 달라진다. VIP 병동이든 1인실이든 의료 서비스의 본질적 내용은 차이가 없다. 다만 병실료에서 차이가 날 뿐.

이것이 의료계에서 특히 VIP 신드롬이 많이 발생하는 이유가 아닐까 싶다. 의료나 간호의 루틴과는 다른 쓸데없는 것들(환자의 사회적 지위, 환자의 재산, 교수님과의 친분 등)을 신경 쓰려 하면 일이 꼬이는 것이다. 왜냐하면 의료인들은 그런 것을 신경 쓰면서 일하라고 배우고 훈련받지 않았으니까.

VIP 신드롬은 수술이나 중요한 검사가 있는 대학병원 같은 곳에서만 발생하는 것이 아니다. 살림의원같이 조그마한 의료기관에서도 VIP 신드롬은 충분히 발생할 수 있다. 이떤 환자들은 목소리가 커야 대접받는다고 생각하는지, 접수 데스크의 직원들이나 간호 스태프들에게 언성을 높이기도 한다. 물론 아파서 왔는데 오래 기다려야 하고 뭔가 일이 잘 안 풀리는 것 같으면 힘들어서 짜증이 날 수도 있다.

간혹 직원들에게 폭언을 퍼부은 후 아무렇지도 않게 진료실에 들어와서 진료를 받으려고 하는 이들을 보면 안타깝다.

'아, 이분은 의료가 팀플레이라는 것을 잘 모르시는구나. 이렇게 우리의 감정을 흩뜨려놓고 긴장감을 높인 상태에서도 정상적인 의료가 가능할 거라고 생각하시는구나. 나는 그렇게까지 냉철한 사람이 아닌걸.'

사람은 누구나 실수를 할 수 있고 의료인들도 예외가 아니다. 의료인의 실수를 줄여서 치명적인 의료 사고를 예방하는 것은 너무 중요하다. 그리고 이 일은 의료진만의 책임이 아니다. 크리스틴 포래스가 지은 『무례함의 비용』이라는 책에 따르면 무례함은 전염된다고 한다. 누군가 다른 사람에게 무례하게 행동하는 것을 본 사람들은 자신도 무례하게 행동할 수 있고, 업무 효율도 떨어진다고 한다. 직접 무례한 행동을 당한 사람뿐만 아니라 그 상황을 옆에서 보기만 했을 뿐인 사람에게도 업무 효율이 떨어지는 일이 나타난다니, 의료기관 안에서 직원과 환자 모두를 위해 정중한 태도가 필요하다는 생각이 든다.

나는 사실 다른 병의원에 잘 가지도 않거니와, 혹시 다른 곳에 가게 될 때도 '내가 의사'라는 사실을 잘 밝히지 않는 편이다. 괜히 나를 담당하는 바쁜 의료인들을 더 신경 쓰게 만들고 싶지 않다. 더 신경 쓰려다 보면 될 일도 안 되는 법이니까.

불만이 많은
환자들

살림의원을 개원하고 일하기 시작했을 때, 나는 부작용이나 효과 없음을 호소하는 환자들이 너무 많다는 사실에 놀랐다. 그전에 대학병원에서 외래 진료를 할 때는 많은 환자들이 나의 진료에 만족하는 편이었고, 후배 전공의들도 투표를 통해 '우리 가족의 주치의를 맡기고 싶은 선배 의사 상賞'을 나에게 주었기에, 내 실력이 비교적 괜찮지 않나 생각하고 있던 터였다.

내가 실력이 없어진 것인가, 아니면 대학병원의 아우라를 벗고 나면 원래 그리 특별할 게 없는 의사였던 것인가. 그도 아니면 동네 의원에 다니는 사람들이 특히 부작용 호소가 많은 편인 것인가. 혹시 의료협동조합의 조합원이나 우리 조합원 중 많은 수를 차지하는 페미니스트들은 불만이 많은 사람들인 것인가…. 알 수가 없었다. 자괴감에 빠지고 의기소침해졌다.

나는 직원들과 함께 '비폭력대화 워크숍'에도 참여했다. 환자의 격렬한 항의와 불만이 '충족되지 못한 욕구에 대한 안타까운 표현'이라는 비폭력대화 지도자 선생님의 얘기는 많은 위안이 되었다.

그러던 어느 날 진료실에서 한 환자가 힌트를 주었다. 그날 그녀는 자신이 느끼는 약물 부작용에 대해서 한참 얘기한 후였다.

"선생님, 저는 여기를 제 주치의 의료기관이라고 생각하고 다니고 있어요. 제가 다른 곳에서라면 약이 안 맞으면 그냥 다음에 안 가고 말았을 텐데, 여기는 주치라고 생각하고 다니니까 부작용 같은 걸 더 열심히 얘기하게 돼요. 저도 이런 얘기 하는 거 생전 처음이에요."

아, 그렇구나. 환자 입장에서도 '약이 잘 듣지 않는다', '선생님이 권해준 치료가 효과가 없다'는 얘기는 결코 쉽게 할 수 있는 얘기가 아니구나. 이런 얘기를 피하기 위해, 그냥 다니던 병원을 바꿔버리는 사람들도 많을 텐데, 그들은 그러지 않고 용기를 낸 것이었다. 마음에 안 들면 다른 병원에 갈 수도 있는데 굳이 여기에 와서 살림의원과 자신을 맞추어가려고 노력 중이었던 것.

그 얘기를 듣고 나니, 진료에 대한 불만도, 직원에 대한 불평도 이전과는 다르게 다가왔다. 진료가 마음에 안 들어서 병원을 바꾸는 이들도 있고 직원이 마음에 안 들어서 병원을 바꾸는 이들도 있다. 불만을 얘기하는 사람들은 적어도 다니던 의료기관을 말없이 바꾸지는 않으려는 이들이다. 그렇다면 나도 자세를 달리하게 된다. 그냥 '의사로서 죄송하다', '직원에게 주의를 주겠다', 이런 말은 아무런 의미가 없다.

진료에 대한 불만도 직원에 대한 불평도, 실제로는 의료에 대한 지식의 차이 때문이거나 의원 운영에 대한 인식의 차이 때문인 경우가 많다. 현재 우리 살림의원의 역량상 어쩔 수 없는 문제인 경우들이 많다. 어쩔 수 없는 구조적인 문제들은 설명을 제대로 해야 한다. 그래야 오해를 풀고, 주민들이 함께 만든 이곳 살림의원을 같이 개선해갈 수 있다. 환자들이, 주민들이, 직원들이 어떤 부분에서 더 역할을 해야 하는지까지 논의할 수 있다.

의사는 환자의 신뢰를 필요로 한다. 감기에 항생제와 주사제를 처방하지 않아도 나를 다시 찾아올 것이라는 믿음, 처방약을 먹다가 부작용이 생겨도 다시 와서 상담을 받을 것이라는 믿음, 증상이 빨리 사라지지 않더라도 원인을 따져보기 위해 나의 말에 따라 기다려줄 수 있을 거라는 믿음이 있어야 소신껏 진료할 수 있다. 그러지 않고 환자들이 언제 어디서나 '닥터 쇼핑'을 할 거라고 생각하면, 할 수 있는 진료가 줄어들게 된다. 의사에게는 정말이지 환자의 신뢰가 절실하다.

그러나 환자도 의사의 신뢰를 필요로 한다. 아프다고 하면 믿어주고 공감해주는 의사, 내가 하는 말을 들어주고 이해해 주는 의사, 약의 부작용을 있는 그대로 이야기해도 되고 잘 낫지 않는다고 마음 편히 털어놓을 수 있는 의사를 필요로 한다.

환자들이 부작용을 호소하거나 상급 병원에서는 다른 설명을 들었다고 얘기할 때, 자신을 질책하는 건가 싶어 지레 방어적이 되는 의사 말고, 자신에 대한 환자의 신뢰를 '신뢰'하는 그런 의사 말이다. 의사-환자 사이의 피드백들이야말로 우리를 성장하게 한다.

비염이 요실금을
부르기까지

진료실에서 알레르기 비염이나 결막염, 천식, 아토피 등 알레르기 질환을 가진 분들을 진료하다 보면, 해가 갈수록 증상이 심해진다고 호소하는 분들을 많이 만난다. 본인과 배우자는 알레르기가 없는데 아이들은 왜 아토피가 있는지 궁금해하는 보호자들도 있고, 어렸을 때는 분명히 없었던 알레르기 비염이 왜 이제야 생기는지 의아하게 여기기도 한다.

한 20대 환자가 알레르기 질환이 최근 심해졌다고 내원했다. 바뀐 환경이 무엇이 있느냐고 묻자, 그는 하나씩 얘기하기 시작했다. 다른 지역에 살다가 대학에 입학하면서 혼자 서울에서 자취를 시작한 점, 그러다 보니 자연히 배달 음식이나 인스턴트 음식을 많이 먹게 되었다는 점, 새끼 길고양이 한 마리를 키우기 시작했다는 점, 그리고 이불 빨래를 언제 했던가….

사실 모든 문제는 환자의 이야기 속에 답이 있다. 이 환자는 원래도 알레르기 체질을 가지고 있었으나 환경이 바뀌면서 질환으로 발현된 경우였다.

알레르기 질환은 매년 심해지고 있다. 유병률도 점점 올라가고 그 증상도 점점 심해지고 있다. 이렇게 알레르기 질환이 늘어나는 데에는 여러 원인이 있을 수 있다.

첫 번째는 기후 변화이다. 기후 변화에 따라 식물의 개화 시기가 달라지면서 예전과는 달리 알레르기 증상이 이른 시기에 시작하여 늦은 시기까지 지속되는가 하면, 식물의 북방한계선·남방한계선이 달라짐에 따라 원래는 남부 지방에서만 서식하는 식물들이 점차 북상하면서 새로운 알레르기 항원으로 작용하기도 한다. 똑같은 꽃가루라도 대기 온도가 높으면 항원성(알레르기를 일으키는 성질)이 높아진다는 연구 결과도 있다.

두 번째는 세계화이다. 외래종 동식물들이 들어오면서 한국인의 유전자에 이전까지 노출된 적 없던 새로운 알레르기 항원들이 노출되고 있는 것이다. 집먼지진드기 검사를 해보면, 한국 토종 집먼지진드기에는 알레르기가 없는 사람들도 미국이나 유럽에서 들어온 집먼지진드기에는 알레르기가 있는 경우가 아주 많다. 사실 나도 유럽 집먼지진드기에만 알레르기가 있다. 이런 분들에게 나는 농담으로 조선 시대에 태어났으면 아토피가 없었을 체질이라고 얘기하기도 한다.

세 번째는 환경오염의 영향이다. 꽃가루, 곰팡이 등의 전통적인 알레르기 항원들이 미세먼지, 공기 중 금속 물질과 같은 대기오염 물질과 결합하여 새로운 알레르기 항원으로 작용하는 경우가 점점 늘고 있다고 한다.

네 번째는 식품 첨가물의 영향이다. 식용색소, 유화제 등 각종 식품 첨가물들은 장 점막세포의 결합 상태를 변화시켜 음식물의 알레르기 항원성을 높이게 되고, 설사를 일으키거나 아토피 피부염을 악화시킬 수 있다.

마지막으로는 인류의 유전자가 사실 점점 알레르기에 약해지고 있다는 점을 꼽을 수 있다. 잔인하게 들릴 수도 있지만, 항생제와 다른 약품들이 발명되기 시작한 후로 인류는 알레르기에 점점 약해져왔다. 심한 아토피, 천식이 발현될 만한 유전자를 가진 사람들이 어렸을 때 폐렴으로 사망하지 않고 많이 살아남아 후손을 남기게 되어, 몇 세대 만에 인류 유전자 풀 내에서 알레르기 유전자의 비율이 올라간 것이다.

그렇다고 알레르기 질환을 치료하지 말아야 한다는 것은 절대 아니다. 어찌할 수 없는 문제와 어찌할 수 있는 문제를 잘 나누어, 할 수 있는 문제에 집중하자는 것이다. 개인적으로 식품 첨가물이 들어간 음식을 피하고 집먼지진드기 관리를 위해 침대 청소를 자주 하거나 이불을 삶아 빠는 노력을 기울이는 것도 중요하지만, 사회적으로 기후 변화, 세계화, 환경오염, 건강하지 않은 먹거리에 공동으로 대응하는 것도 필요하겠다.

나는 진료실 안에서 알레르기 질환을 통합적으로 보려고 하는 편이다. 알레르기 비염이 있으면 재채기를 많이 하게 되니, 요실금도 잘 생기고 역류성 식도염도 나타날 수 있다고 본다. 아토피 피부염이 있는 아이들은 바이러스에 대한 피부 면역이 낮으니 사마귀가 잘 생길 수 있다고 보고, 이렇게 사마귀가 잘 생기는 친구들에게는 '자궁경부암 예방주사'를 권하는 식이다. 자궁경부암도 결국 인간유두종바이러스(사마귀바이러스)로 인해 생기는 암이니까.

비단 알레르기 질환만일까. 이거 하나로만, 저거 하나로만 나타나는 질환은 잘 없다. 인류의 역사와 지금의 내 건강이, 전 지구적인 환경오염과 내 피부가, 내 재채기와 요실금이 서로 연결되어 있다는 것을 이해하고, 그 연결성 안에서 우리의 건강을 통합적으로 사고하려는 노력을 같이 해나가고 싶다.

자격증과 면허증의 차이

일을 잘한다는 건 뭘까? 아툴 가완디의 『어떻게 일할 것인가』를 읽다가 문득 고민이 생겼다. 나는 일을 잘하고 있는 걸까? 괜스레 내가 일하는 방식을 되돌아보게 된다. 나는 스스로 일을 잘한다고 자신할 만한가? 일을 제대로 하고 있는지 평가를 하고 있는 걸까? 의사로서, 특히 나같이 동네에서 일하는 의사들이 진료를 잘한다는, 일을 잘한다는 것의 기준은 무엇으로 해야 할까?

환자들에게 인기가 있는 것? 환자들이 나를 많이 찾는 것?

음, 환자들은 나의 인상 좋은 미소에 진료실을 찾는 것일 수도 있고, 혹은 내 목소리가 다정해서이거나, 항생제를 조금이나마 덜 써서, 설명을 그래도 좀 더 잘해주는 것 같아서, 협동조합의 조합원이라서 찾는 걸 수도 있다. 집이 가까워서, 의원인테리어가 예뻐서, 친절한 직원이 마음에 들어서, 의원 아래 약국의 약사님과 친해서일 수도 있다.

그러니까 그냥 진료대기실이 조금 북적거린다고 해서 그것이 '의사로서 내가 진료를 잘한다' 혹은 '의사로서 실력이 있다'는 의미는 아니다.

물론 일을 잘하려고 노력하고 있다. 나의 일의 핵심 부분은 진료니까, 중요한 최신 연구들을 놓치지 않으려 하고 책과 논문들로 열심히 공부하는 등 근거 있게 진료하려고 노력하고 있다. 무엇보다 진료실에서 환자들을 통해서 배우려 하고 있다. 그러나 이것이 저절로 '진료를 잘하는 것'으로 연결되지는 않는다.

우리의 문제는, 이런 평가를 진행할 근거와 기준이 너무 부족하다는 것이다. 여러 병원 평가 기관에서 하는 병원 평가란 사실 세상 못 믿을 것들이다.

건강보험심사평가원에서는 급성 상기도감염에 대한 항생제 처방률을 모니터링하고 사이트를 통해 결과를 공개하고 있다. 감기를 포함한 급성 상기도감염에서 불필요하게 항생제가 처방되는 것을 줄여보자는 취지로 시작한 이 모니터링은, 초창기에는 의미가 있었다. 나 역시 전국의 의료복지사회적협동조합들과 일반 의원들의 항생제 처방률 차이를 비교하여, 주치의 서비스를 제공할수록 항생제 처방률이 낮아질 수 있다는 사실을 언론에 공개한 적도 있다. 하지만 몇 년째 동일한 방식의 모니터링이 지속되고 이 수치에 관심 가지는 소아 환자의 보호자들이 많아지는 것을 의료기관에서 눈치 채게 되면서, 인위적인 개입이 생기기 시작했다.

어느 날 사이트에 들어가 확인해본 자료에서 나는 급성 상기도감염에 대한 항생제 처방률이 0%인 의료기관들을 발견했다. 어떻게 0%일 수 있지? 의아했다. 급성 부비동염, 급성 궤양성편도염 등 항생제를 종종 처방하게 되는 질환군을 포괄하여 조사한 자료인데, 어떻게 항생제 처방이 0%인 의료기관이 있을 수 있을까? 이 수치는 그러니까 항생제를 처방할 때는 급성 상기도감염이 아닌 다른 질환명, 이를테면 기관지염이나 중이염 같은 것으로 바꿔 넣는다는 의미일까? 그렇다면 이런 곳은 항생제 처방률이 낮은 병원이라고 아무리 평가를 잘 받아도, 실제로 항생제를 덜 처방한다고 믿기 힘들다.

다른 인증 평가들은 더 믿기 어렵다. 수많은 평가들이 서류를 얼마나 잘 쓰느냐로 결판나곤 하는데, 현실에서는 진료나 간호에 필요하지도 않은 기상천외한 서류 작업을 하느라 정작 환자에게 집중할 시간이 부족해진다는 결말은 누구나 짐작 가능한 상황이다. 의사들만 처한 상황도 아니다. 학교 선생님들도 비슷한 호소를 한다. 각종 인증, 평가에 대비하고 서류를 작성하느라, 정작 학생들을 돌보고 학생들과 대화할 시간이 없다고 말이다.

하지만 평가를 제대로 해야 질 향상을 꾀할 수 있다. 그리고 그건 의사로서의 나 개인의 영역을 넘어서 우리 팀 전체, 우리 의료 체계의 역량 강화와 맞닿아 있다. 그러니까 당장 답이 보이지는 않아도 포기할 수는 없는 고민인 것이다.

얼마 전 우리 조합의 치과 의사와 술을 마시는데, 그 친구가 이런 얘기를 했다. 신경 치료를 실패하게 된 환자들에게 너무 마음이 쓰여서, 환자를 '미안'과 '안 미안'으로 나눠보았다고 한다.

치과에서 신경 치료란 일정 정도 실패할 수밖에 없는 치료다. 제아무리 뛰어난 의료인이 해도 실패율이 20%에 이른단다. 그러면 아무리 잘해도 다섯 명 중 한 명은 실패할 수 있다는 뜻이다. 그래서 이 친구는 이 실패 케이스들을 '미안'과 '안 미안'으로 나눠보았다.

'미안'은 그야말로 환자에게 죄송한 거. 내가 아니라 다른 의사가 했다면 결과가 달랐겠지 싶은 거. '안 미안'은 불가항력적인 거. 누가 하더라도 이 이상의 결과는 내기 힘들었을 거야 싶은 거. 누구도 실수하지 않았고 잘못하지도 않았지만 결과가 어쩔 수 없는 거.

이렇게 나누고 나니, '미안'이 거의 없고 대부분이 '안 미안'이어서 머릿속이 좀 정리되는 듯싶었지만, 그래도 속상했다고 한다. 어쩔 수 없으니 죄송하다고 하긴 애매해도 속상하긴 한 거다. 했던 치료를 뜯어내고 다시 고통스러운 신경 치료부터 해야 하고, 심지어는 발치를 해야 할 수도 있으니 환자도 의사

왕진 가방 속의 페미니즘

도 속상할 수밖에 없다. 치료가 실패할 때는 환자들처럼 의사도 속상하다.

맞다. 우리는 어떤 경우에 속상하고 안타깝다. 누군가 잘못하지 않아도 사고는 발생할 수 있고, 환자를 낫게 하려던 시도가 더 아프게 만들 수도 있다. 이럴 때 속상하다.

가끔 인터넷 뉴스에 의료 사고 소식이 나올 때, 그 의사를 향해 퍼붓는 원색적이고 날카로운 비난을 보며 마음이 아프다.

의사는 면허증을 가진다. 면허증은 자격증과 다르다. 자격증은 그 일을 할 수 있는 적절한 자격을 갖추었음을 증명해주는 서류이고, 면허증은 면허가 없이는 절대 해서는 안 되는 일을 할 수 있음을 증명해주는 서류이다. 그게 없어도 할 수 있는 것과 그게 없으면 해서는 안 되는 것의 차이는 크다. 그래서 조리사는 자격증이고 영양사는 면허증이다. 변호사는 자격증이고 의사는 면허증이다.

운전도 면허증이다. 운전자는 면허증이 없으면 운전할 수 없지만, 면허증이 있다고 사고가 나지 않는 것은 아니다. 운전자가 잘못하거나 부주의해서 사고가 날 수도 있고, 운전자의 실수가 없어도 다른 운전자의 잘못이나 도로 상황, 행인의 돌발 행동, 날씨 등의 문제로도 사고가 난다. 사고가 나면 사고의 원인을 제공한 사람이 다칠 수도 있지만 그러지 않은 사람이 죽거나 다치기도 한다.

의사를 비롯한 의료인들도 마찬가지다. 부주의해서 의료

사고(의료 과오)가 나기도 하지만, 아무 잘못된 행위가 없어도 의료 사고가 날 때가 있다. 과정에 큰 문제가 없어도 결과적으로 사고가 발생하기도 한다.

아직도 우리는 인간의 신체에 대해 모르는 것이 많고, 다만 최선의 선택을 하려고 노력할 뿐이다. 그 노력이 항상 좋은 결과를 보장하는 것은 아니다. 그렇기에 의료 사고가 날 때 우리는 모두 정말 속상하다.

영어에서는 "I'm sorry"라고 하면 속상하고 안타깝다는 표현도 되고 미안하고 죄송하다는 표현도 되니까, 그 둘이 한꺼번에 되니까 미국 의사들은 좋겠다고 생각한 적도 있다. 그래서인지 미국에서는 'I'm sorry'라고 뭉뚱그리지 말고 '안타까움의 표현'과 '제대로 된 사과'를 구별하자는 움직임도 있다고 한다.

미안함과 속상함, 그저 인기 있는 것과 실제 진료를 잘하는 것, 부주의했던 것과 불가항력적인 것…. 이것들이 엄밀하게 구별되지 않을 수도 있으나, 최선을 다해 구별해내려는 시도를 해야 한다. 그게 일을 잘하고 있는지 아닌지를 판단하는 기준이기도 하니까.

감기밖에 모르는
의사

      살림의료협동조합에서 같이 일하는 친구와 얘기를 나누던 중이었다. 의사 구인에 난항을 겪던 우리는 어떻게 하면 내과나 가정의학과의 좋은 의사들이 살림의원 같은 의료복지사회적협동조합으로 일하러 올 수 있을지 고민하고 있었다. 친구가 내게 물었다.

  "의사들은 언제 실력이 제일 좋아? 음, 가정의학과 의사는?"

  "가정의학과 전문의 자격증 딴 직후가 아닐까?"

  "에이, 그때는 아는 게 없잖아. 병원에서 전공의 수련을 막 끝냈으니 외래 진료는 잘 못 보지 않을까?"

  "아니야, 전문의 시험 직후가 아는 게 제일 많아. 진짜 빡세게 공부한 직후거든. 지금 나야말로 아는 게 없지. 의대생 시절에 배웠던 그 수많은 희귀 질환들은 이제 이름조차도 가물가물해. 음, 어쩌면 지금은 감기밖에 모르는 것 같아."

이 말을 하다가 문득 내가 정말 감기밖에 모른다는 생각이 들었다. 맞다, 나는 감기밖에 모른다. 그래도 의대 다닐 때에는 감기조차 몰랐는데, 이제 감기는 조금 아는 것 같기도 하다. 이 계절의 감기와 저 계절의 감기를 알고, 이 사람의 감기와 저 사람의 감기를 알지. 감기의 첫째 날과 감기의 둘째 날도 알아. 그리고 보면 그동안 많은 것을 배운 것 같기도 하네.

감기를 진료하려면 감기를 진단할 수 있어야 한다. 폐렴이나 천식, 중이염이나 부비동염 같은 감기의 합병증으로 생길 수 있는 질환이 아니고 감기로 초기에 오진될 수 있는 질환도 아니며, 알레르기 비염도 아니라는 것을 알아야 한다.

우리 동네에 요즘 무슨 호흡기 바이러스가 유행하고 있는지도 알아야 하고, 감기가 이 가족과 그 어린이집에서 어떻게 퍼지고 있는지도 알아야 한다. 3~4일 쉬면 나을 감기인데도 학교나 직장을 쉬지 못하니 약이라도 먹어야 하는 환자의 사정도 이해해야 한다.

단순한 감기에는 항생제가 필요 없다지만 감기로 인해 합병증이 항상 생겨왔던 아이니까 항생제를 복용할 수밖에 없는 상황이 있다는 것도 파악해야 한다. 왜 독감 예방접종을 받아도 감기에는 걸리는지, 그럼에도 왜 여러 가지 예방접종은 필요한지, 왜 대체 감기 예방접종은 개발되지 못하는지도 설명할 수 있어야 한다.

예전엔 교과서와 논문을 통해 배우는 줄 알았다. 교수님들과 선배님들에게 물려받는 것이 의학 지식인 줄 알았다. 그런데 시간이 지나고 보니, 모두 환자들에게서 다시 배운 거다.

감기도 모르던 내가 이제 감기는 조금 알겠네 싶은 것은, 우리가 진료실에서 함께 보내왔던 지난 시간 덕분이다.

에필로그

1.

가끔 그 사주가 생각난다. 재밌게 살려면 응급의학과를 하고, 주변 사람들을 도우려면 가정의학과를 하라고 했던 사주풀이. 지금의 나는 가정의학과를 선택하고도 흥미진진하게 살고 있는데, 응급의학과를 선택했다면 도대체 내 인생은 어떻게 되었을까? 아우, 정말 궁금하다. 내년에 다시 한 번 사주를 보러 가야지.

2.

코로나가 터지기 직전인 2020년 1월 친구들과 집을 합쳐 여자 네 명, 고양이 세 마리가 함께 살기 시작했다. 그때 그렇게 가족이 되지 않았다면 나는 코로나 시기를 잘 버티지 못했을 거다, 암.

진료를 마치고 보건소로 달려가 코로나 선별진료소에서 자원활동을 하고 집에 돌아왔던 저녁들. 혹시라도 옷에 바이러스가 묻어 있을까 봐 저녁도 먹지 않고 방에 들어가 샤워부터 하던 나를 떠들썩한 응원과 향기로운 요리로 지지해준 몽쟈스하우스 식구들이 있었다. 각별히 감사하다.

이제 와 얘기지만, 여자 네 명의 팬티와 옷을 각각 구별해내는 건 결코 쉬운 일이 아니었어. 하지만 우린 그 어려운 걸 해냈다고!

3.

책은 저자가 쓰는 게 아니라 편집자가 만드는 것이라는 말이 정말 힘이 되었다. 그냥 인사치레로 하는 말인 줄 알았는데 아니었다.

4.

엄마, 사랑합니다. 원망은 사절이에요.

5.

당신이 혹시 나의 진료를 마음에 들어했다면, 그것은 내가 페미니스트 주치의이기 때문입니다. 살림의 조합원들이 자주 하는 말마따나, 페미니즘만으로 건강한 세상을 만드는 것은 힘들지만 페미니즘 없이 건강한 세상을 만드는 것은 불가능합니다. 우리는 차별과 혐오가 얼마나 건강을 해치는지 잘 알기 때문입니다.

6.

언제나 든든한 살림의료복지사회적협동조합의 임직원들과 조합원들께, 촉탁의를 맡겨주신 은평재활원의 이용인들과 직원들께 감사드립니다. 여러분 덕으로 아직 배울 것이 많은 삶을 살고 있어 참 행운입니다.

주치의를 갖고 싶다면

한국의료복지사회적협동조합연합회(의료사협연합회)

의료복지사회적협동조합은 지역 주민과 의료인이 힘을 모아 건강한 마을 공동체를 이루고자 만든 자치 조직입니다. 지역 주민들의 주치의 의료기관과 돌봄기관을 운영하고 있으며, '관계를 통한 건강'과 '의료의 공공성'을 명확한 지향으로 밝히고 있습니다. 제가 일하는 살림도 의료사협연합회의 회원 협동조합입니다. 의료협동조합의 조합원으로 가입하여, 의료기관을 함께 운영하고 주치의 관계를 맺어갈 수 있습니다.

전화 02-835-5412
소속 의료기관 hwsocoop.or.kr → 기관소개 → 회원조합현황

한국사회적의료기관연합회(사의련)

사의련은 의료의 사회적, 공공적 역할에 가치를 두는 의료기관들의 연대 모임입니다. 환자와 보호자, 지역 주민의 참여를 통한 건강 생태계 조성과 점점 악화되는 건강 불평등의 원인을 연구, 교육하며 이를 해결하기 위한 정책 활동과 실천을 목적으로 합니다. 사의련에는 여러 병원, 의원, 치과, 한의원, 약국, 의료복지사회적협동조합 등이 가입해 활동하고 있습니다.

소속 의료기관 healthallnet.org → 우측 상단 줄표 → 소개 → 엑셀 파일

살림의료복지사회적협동조합

서울 은평구에 자리한 의료협동조합으로, 여성주의자, 은평 지역 주민, 의료인 들이 협동하여 만들었습니다. 의원과 치과, 건강센터 다짐을 운영 중이며, 2020년 하반기에 장기요양기관 개설을 준비 중입니다.

전화 02-6014-9949
홈페이지 salimhealthcoop.or.kr(다음 카페)

왕진 가방 속의 페미니즘

1판 1쇄 펴낸 날 2020년 9월 25일
1판 3쇄 펴낸 날 2021년 2월 10일

지은이 | 추혜인

기 획 | 안희주
교 정 | 심재경
경영지원 | 진달래

펴낸이 | 박경란
펴낸곳 | 심플라이프
등 록 | 제406-251002011000219호(2011년 8월 8일)
주 소 | 경기도 파주시 광인사길 88 3층 302호(문발동)
전 화 | 031-941-3887, 3880
팩 스 | 031-941-3667
이메일 | simplebooks@daum.net
블로그 | http://simplebooks.blog.me

© 추혜인, 2020
ISBN 979-11-86757-64-2 03810

• 저작권법에 의해 보호를 받는 저작물이므로 무단전재와 복제를 금합니다.
• 이 책의 일부 또는 전부를 이용하려면 저작권자와 심플라이프의 동의를 받아야 합니다.
• 책값은 뒤표지에 있습니다. 잘못된 책은 구입하신 곳에서 바꾸어드립니다.

• 이 도서의 국립중앙도서관 출판예정도서목록(CIP)은 서지정보유통지원시스템
  홈페이지(http://seoji.nl.go.kr)와 국가자료종합목록 구축시스템(http://kolis-net.nl.go.kr)에서
  이용하실 수 있습니다. (CIP제어번호: CIP2020037260)